デュラララ!! SH×4

プロローグ

バーゲンセール

埼玉県《さいたま》某所《ぼうしょ》　大型ショッピングモール建設予定地

飛び交う銃弾《じゅうだん》。

渦巻《うずま》く爆炎《ばくえん》。

破壊《はかい》と喧噪《けんそう》が埼玉の空に響《ひび》き渡る。


完成間近《まぢか》であり、あとはテナントが入るのを待つだけだった大型ショッピングモール。

既《すで》に建築作業自体は終わりに近く、一階から三階まで吹き抜けとなった野球場数個分の広さがあろうかという縦長《たてなが》の建造物《けんぞうぶつ》の中では、所々内装《ないそう》作業が始まっている店舗《てんぽ》も見受けられる。

そして現在、そんな未完成のモール内で、殺意《さつい》と凶気《きょうき》の叩《たた》き売りが行われていた。


――いやいやいや。

周囲に銃声《じゆうせい》が響《ひび》き渡るその空間内で、物言わず走り抜ける影が一つ。

閃光《せんこう》と爆煙《ばくえん》の合間を縫《ぬ》う形で、それは純白《じゆんぱく》のモール内に色濃い残像《ざんぞう》を生み出していた。


——どうしてこうなった？


エンジン音の代わりに馬の嘶《いなな》きを響かせる漆黒《しつこく》のバイク。

現実にはありえない動きで壁や天井《てんじよう》すら走る異質《いしつ》な存在だが、そんな奇妙《きみよう》な乗り物に跨《また》がる者——『首無《くびな》しライダー』こそが、現在この場で最も混乱している存在だった。


——ええと、杏里《あんり》ちゃんのお店に泥棒《どろぼう》が入ったのと……私が運び屋の仕事を再開した事……。

自分に迫る銃弾《じゆうだん》を身体《からだ》から湧《わ》く『質量のある影』で受け止め、拉《ひしや》げた鉛《なまり》を床に投げ捨てながら、首無しライダーは考える。

——今の私の状況、杏里ちゃんの件と本当に関係あるのか？

——それと、もしかして八尋《やひろ》君達も絡んでるのかこれ？

頭の中に思い浮かぶのは、数年来の付き合いである古道具屋《ふるどうぐや》の店主《てんしゅ》の女性と、最近知り合いになった高校生達の顔。

しかし、まだ話が彼女の頭の中で繋《つな》がらない。

彼らは池袋《いけぶくろ》で、少しばかり社会の裏側に踏み込んではいるものの、こんなアクション映画さながらの銃撃戦《じゅうげきせん》の領域《りょういき》までは踏み込んでいない筈《はず》だ。

そもそも、闇医者《やみいしゃ》と同居し、運び屋として非合法組織《そしき》と関係を持ち、更《さら》には人間ですらない自分でさえ、このような『ドンパチ』に巻き込まれたのはここ20年でも数える程しかない。

——誰《だれ》がどこまで関わってる？　静雄《しずお》まで出張《でば》ったりしないよな？

——また裏で臨也《いざや》がなんかやってるんじゃないだろうな。

ゴタゴタ、と聞いて最初に思い浮かぶ二人の知人の事を考えつつ、首無しライダーは飛来《ひらい》する手榴弾《しゅりゅうだん》を自らの手から伸ばした『影』で包み込んだ。

くぐもった爆音《ばくおん》と共に影が一瞬《いっしゅん》膨張《ぼうちょう》するが、その破片《はへん》などが『影』の外に漏《も》れる事はない。

日本という国の中では非日常極まりない状況の中、首無しライダーは存在しない頭の代わりに心を冷やしながら、極めて冷静たろうとしていた。

──このゴタゴタした状況に絡んだのは、誰《だれ》が一番先だったんだろう。
──というか、私の仕事と杏里《あんり》ちゃんのお店の泥棒《どろぼう》……一体どこで繋《つな》がったんだ？

状況を打破《だは》する為《ため》のヒントを探すべく、ここ数日の事を冷静に思い返そうとする都市伝説《でんせつ》──セルティ・ストゥルルソンは、自分が想像《そうぞう》以上に落ち着いている事を実感しながら、左側から撃《う》ち込まれたサブマシンガンの弾幕《だんまく》を処理《しょり》していく。
──流石《さすが》に、もう銃弾《じゅうだん》だの手榴弾《しゅりゅうだん》程度じゃ焦《あせ》りは無いな。前にヘリからの銃撃《じゅうげき》やアンチマテリアルライフルに撃たれた時も影で防げたという実績があるからな。
包み込んだ影からポロポロこぼれ落ちる鉛玉《なまりだま》を後ろに見ながら、セルティは自嘲《じちょう》気味《ぎみ》に肩を竦《すく》めた。

──なるほど、これは人間から化《ば》け物《もの》と言われても仕方ない。

銃で狙《ねら》われた事自体は過去に何度もあり、それらで自分が死ぬ事はないと理解している。もちろん、痛みは感じるので『影』で防ぐ事が前提ではあるのだが、周囲に巻き込まれそうな人間もおらず、見られたら不味《まず》いという禁忌感《きんきかん》も数年前のとある事件の際に消失《しょうしつ》している為、必要とあらば力を振るう事に対する忌避《きひ》も特にはない。

——とにかく、これじゃ埒《らち》が明かない。全員影で押さえ付けるか？

——だが、今どこかに隠《かく》れてる奴《やつ》がいたらそのまま逃げるかもしれないな……まずはリーダーっぽい奴を探して押さえてから一気に……。


——一気に……に……ににににににに……にに？


そこで、思考《しこう》が一旦《いったん》フリーズする。

黒煙を潜《くぐ》り抜けて、モールの入口から別の影が飛び込んできた事に気付いたからだ。

もちろん、それだけならば奇妙《きみょう》には思っても思考が飛ぶような事はない。

セルティにとって問題だったのは——

その影の正体が、自分とは対照的《たいしょうてき》に、白を主体としたバイクだったという事だ。


——な……ちょ……え？

——なんで!?

——なんでここに!?　埼玉《さいたま》だぞ!?

左右から降り注《そそ》ぐ銃弾《じゅうだん》を影の傘《かさ》で受け止めるも、それは半《なか》ば無意識《むいしき》の動作だった。
セルティはほんの数秒だけ思考《しこう》が銃を持った襲撃者《しゅうげきしゃ》達から完全に離れていたのである。
セルティ・ストゥルルソン。
池袋《いけぶくろ》を根城《ねじろ》とする、実存《じつぞん》する都市伝説《でんせつ》。
影を自在《じざい》に操《あやつ》る、不死身《ふじみ》の首無《くびな》しライダー。
銃弾の恐怖《きょうふ》すら慣れによって克服《こくふく》した、まさに化《ば》け物《もの》と呼ぶに相応《ふさわ》しい強者《つわもの》である。
だが、そんな化け物ですら、いつまで経《た》っても慣れない恐怖の対象《たいしょう》というものもある。
多くの吸血鬼《きゅうけつき》がニンニクや白木《しらき》の杭《くい》を怖《おそ》れるように。
狼男《おおかみおとこ》が生家《せいか》の鍵《かぎ》を溶かして造った銀《ぎん》の弾丸《だんがん》を怖れるように。
フランケンシュタインの怪物《かいぶつ》が孤独《こどく》を怖れるように。
首無しライダーにとっての恐怖《それ》が、今まさに彼女の目の前に現れたのだ。

「いよう、派手《はで》にやってやがるな……化け物」
その白バイ警官——葛原金之助《くずはらきんのすけ》は、モール内の喧噪《けんそう》や立ち上る炎《ほのお》を確認《かくにん》しつつ、サングラスの下から双眸《そうぼう》を鋭く光らせる。

「それで？　この騒動《ドンパチ》は、どこまで手前《てめえ》が原因だ？」

自らの天敵《てんてき》である白バイ警官の言葉に対し、セルティ・ストゥルルソンは改めて自問《じもん》の言葉を己《おのれ》の心に投げかけた。

——どうしてこうなった？

第一章
いらっしゃいませ

数日前

古物商《こぶつしょう》『園原堂《そのはらどう》』。

池袋《いけぶくろ》の都心部から少し離れた場所に、その店は存在していた。

住宅の一階部分は店舗《てんぽ》用に改築されており、道路に面したショーウィンドウには古めかしい雰囲気《ふんいき》の商品が並んでいる。

あるいはそれは使い古された花瓶《かびん》であり、あるいは作者不詳《ふしょう》の掛《か》け軸《じく》であり、あるいは真空管《しんくうかん》を利用したラジオであり——時代やジャンルとは関係なく、大凡《おおよそ》の人間から『古物』として認識《にんしき》される商品がまんべんなく並べられている印象《いんしょう》だ。

そんな古風《こふう》な雰囲気の店構えではあるが、中にいる店員は、そうした空気とは裏腹《うらはら》に、まだ若い少女らしさを残した女性である。

とはいえ、今時の若者という感じでもなく、どこか昭和《しょうわ》めいた落ち着きを持ったその女性は古道具《ふるどうぐ》の数々と調和《ちようわ》を見せており、オカルトめいた言い方をするならば、まるで店に取り付いた付喪神《つくもがみ》のようにも感じられた。

まだ二十歳《はたち》にも満たぬような年齢《ねんれい》だが、彼女——園原杏里《そのはらあんり》はれっきとしたこの古道具屋の店主《てんしゆ》であり、不思議《ふしぎ》と周囲にそれを納得《なつとく》させる空気を醸《かも》し出している。


そんな若店主が、店に入ってきた少年に向かって柔和《にゆうわ》な微笑《ほほえ》みを浮かべて頭を下げた。

「いらっしゃいませ。……ええと、三頭池《みずち》君、ですよね」

店主の言葉に、客である少年は驚いたような顔を向ける。

「覚えていてくれたんですか」

「ええ、あのラジオ、使い勝手《がつて》はどうですか？」

「はい、お陰様で、部屋が落ち着いた感じになりました」

少年——三頭池八尋《やひろ》は、まだこの店に来るのは二度目であった。

何か部屋に置くテレビのようなものが安く買えないかと思い、来良《らいら》学園の卒業生《そつぎようせい》が経営しているというこの古物商《こぶつしよう》を訪れ、結果として年代物のアンティークラジオを購入《こうにゆう》したという経緯《けいい》がある。

古い店に高校を卒業したばかりの店主というのも不思議な組み合わせだと八尋は思った。

聞くところによると、元々彼女の亡《な》くなった両親が経営していた店を、自立すると同時に資格などをとって再開させたらしい。

卒業してすぐに店を構えるなど本当に凄《すご》い事だと、八尋は尊敬《そんけい》の念を持って店主である来良学園の先輩《せんぱい》の姿《すがた》を見ていた。

そんな店主に名前を覚えられていた事に驚きを感じていると、彼女はクスリと笑いながらネタバラシをする。

「竜ヶ峰《りゅうがみね》君から、色々と聞いてますから」

「竜ヶ峰って……図書《としょ》委員長のですか？」

「凄く優秀《ゆうしゅう》な図書委員の後輩《こうはい》ができたって、嬉《うれ》しそうに話してましたよ」

「竜ヶ峰先輩と知り合いなんですか？」

そう尋ねる八尋に、店主である杏里は虚空《こくう》に視線を送り、過去を懐《なつ》かしむように答えた。

「同級生だったんですよ。今でも、大事《だいじ》な人です」

どこか含みをもたせた言葉。

八尋は何かあるのかもしれないと考えたが、それをストレートに聞くのは失礼《しつれい》だろうかなどと言葉を返すのをためらった。

すると、そんな彼の心の内を代弁《だいべん》するかのように、八尋の後から店に入ってきた少年が口を開く。

「えっ？　なんすかなんすか、もしかして竜ヶ峰先輩と付き合っちゃったりしてるんすか？」

「久音《くおん》、ストレート過ぎるよ」

「お、お前にそういう事を言われる日が来るとはな……」

露骨《ろこつ》にショックを受けたような顔をしたのは、八尋《やひろ》の同級生の琴南《ことなみ》久音だ。

緑色《みどりいろ》に染めた頭髪《とうはつ》が、古色《こしょく》めいた店内の中で一際《ひときわ》浮き上がっている。

すると、そんな彼の後ろから現れた三人目の客が無表情のまま辛辣《しんらつ》な言葉を口にする。

「八尋君だから言ったんじゃない？　正直、私は凄《すご》く引いたけど、わざわざ琴南君の将来を考えて忠告しようなんて考えなかったと思う」

「……姫香《ひめか》ちゃん、もしかして俺《おれ》のこと嫌《きら》い？」

「そんなことないよ。好感度でいうなら、街を歩いてる人達と同じぐらいかな」

「はい興味《きょうみ》ない宣言《せんげん》入りましたー」

おどけた調子の久音に、少女は追い打ちじみた言葉を投げかけた。

「無関心とは違うよ。良い所と悪い所が半々だからプラスマイナスゼロになってるだけ」

淡々《たんたん》とした調子で語る少女——辰神《たつがみ》姫香の言葉に、久音は冷《ひ》や汗《あせ》を額《ひたい》に滲《にじ》ませた。

「いや……そんなこと冷静に言われても」

そんな久音の肩をポンと叩《たた》きながら、真顔で頷《うなず》く八尋。

「大丈夫《だいじょうぶ》だよ、久音。これから良い所を増やそう。俺も一緒《いっしょ》に増やせるように頑張《がんば》るよ」

「何を頑張るんだよ何を！　何をどう頑張りゃいい人になれるんだっての！」

「……」

　久音のツッコミに対し沈黙《ちんもく》した八尋だが、数秒の間をおいておもむろに口を開いた。

「……倫理《りんり》の授業とか……？」

「おう……これまたリアクションに困る普通の答えが返ってきたなオイ……」

「普通？　本当に？　良かった……」

「ホッとした顔するな！　ああもう、お前は本当に調子狂うな！」

　半分涙目《なみだめ》になりながら言う久音だったが、彼は視界《しかい》の隅《すみ》で店主の女性が穏《おだ》やかに微笑《ほほえ》んでいる事に気付き、話を逸《そ》らすように改めて問い質《ただ》す。

「まあまあまあ、そんなことよりどうなんすか店長さん！　結局のところ、竜ヶ峰先輩《りゅうがみねせんぱい》と付き合ってるんすか？」

　そんな少年に対し、杏里《あんり》は少しだけ考えた後に答えた。

「それは……内緒《ないしょ》です」


　その後、様々な物を購入《こうにゅう》して帰った高校生達。

　杏里はそんな彼らの事を思い返し、やはり過去を懐《なつ》かしむように微笑んだ。

　——なんだか、思い出すな……帝人《みかど》君や紀田《きだ》君と会ったばかりの頃《ころ》を……。

　かつての自分達と今の高校生たちを重ね合わせながら、杏里は静かな日常を送る幸せを噛《か》みしめる。

古道具屋《ふるどうぐや》の経営も楽な事ばかりではないが、それでも、かつて自分が欲していた『居場所』を手に入れられた事に確かな喜びを感じていた。

数年前から続く池袋《いけぶくろ》での数奇《すうき》な運命《うんめい》。

首無《くびな》しライダーという『非日常』を軸《じく》としたその大きな流れの前に、来良《らいら》学園の後輩《こうはい》達が自分と似たような運命をたどる予感を覚えながら、杏里《あんり》はただ、彼らの歩む道の安寧《あんねい》を心から祈ることにした。

一方で、彼女は自分の生活の安寧についてはそこまで強く祈らない。

曰《いわ》くだらけで因縁《いんねん》に満ちたこの店を受け継《つ》ぐと決めた時から、多少の波風は覚悟《かくご》の上であり──何より杏里は、その波風こそが自分と多くの人々を繋《つな》ぎ止める腕のようにも感じていた。

確かに、園原《そのはら》杏里の数奇な運命は、まだ続いていると言えるだろう。

それを証明《しょうめい》するかのように──

店の扉《とびら》が静かに開かれ、新しい『波風』がその姿《すがた》を現した。

「いらっしゃいませ」

来店した客に対し、杏里はいつもと同じようにカウンター内からお辞儀《じぎ》をする。

だが、その奇妙《きみよう》な来客——顔面に包帯《ほうたい》を巻き、その上から眼鏡《めがね》を掛けていた若い男は、店主である杏里の挨拶《あいさつ》に応《こた》える事もなく、店内に他の人影《ひとかげ》がない事を確認《かくにん》してから口を開いた。

「あんたが、園原杏里か」

「？　はい、そうですけれど……」

見覚えのない男が自分の名前を呼んだ事に首を傾《かし》げる杏里。

そんな彼女に、男は淡々《たんたん》とした調子で、自分の望む『商品』の名を告げた。

「……『罪歌《さいか》』を売って欲しい」

罪歌。

その単語《たんご》を聞いた瞬間《しゅんかん》、杏里の表情が笑顔から困惑《こんわく》の色に塗り替えられた。

訝《いぶか》しみながら沈黙《ちんもく》する彼女に対し、客の男は淡々と商談の続きを口にする。

「金は……とりあえず五百万までは出す用意がある」

そのついでとばかりに、男は自分が『罪歌』の本質を知っていると示す言葉を付け加えた。

「なんなら、俺《おれ》を斬《き》って『子』にするだけでも構わない」

♂♀

同日　夜　川越街道沿《かわごえかいどう》い　新羅《しんら》のマンション

『働こうと思う』

そんな事を言い出した同居人――セルティ・ストゥルルソンに対し、部屋の主《あるじ》である岸谷新《きしたに》羅が首を傾《かし》げた。

「セルティ？　突然《とつぜん》どうしたのさ？　アルバイトはもうやってるじゃない。あの、ほら、高校生がやってる便利屋《べんりや》みたいなの」

彼女は現在、琴南久音《ことなみくおん》という少年が主催《しゅさい》している『スネイクハンズ』という便利屋のアルバイトのような事をしている。

滅多《めった》に仕事があるわけではないが、それでもどうやって高報酬《こうほうしゅう》の仕事を見つけてくるのか、久音の紹介《しょうかい》する仕事は実入《みい》りが多く、食費がかからないセルティにとっては十分な生活費の足しになっていた。

『そのアルバイトだけじゃなく、運び屋の仕事を本格的に再開しようと思うんだ』

「そんなセルティ！　働いたら負けだよ！」

　悲痛な叫びをあげてガシリとしがみついてくる新羅を引き剥《は》がしながら、新羅にスマートフォンの画面で冷静に反論する。

『誰《だれ》が何に負けるんだ』

　至極《しごく》もっともな意見に対し、新羅は正直に己《おのれ》の心を叫び返した。

「僕が現実にだよ！　働きに出たセルティが家にいないっていう寂しさに、僕はどうやって勝てばいいのさ！」

『コンティニューでもしてろ』

　駄々《だだ》をこねる新羅に呆《あき》れながら文字を綴《つづ》るセルティ。

　そんな彼女に手を伸ばしながら新羅が更《さら》に言った。

「じゃあ、コンティニューする為《ため》にはクレジットをチャージしないとね！　セルティを一回抱きしめればそれだけで僕は気分満点万札両替《まんさつりようがえ》、人生残機《ざんき》無限大だようべふっ」

『わけのわからない事を言いながら抱きつこうとするな！　……とにかく、久し振りに運び屋の仕事を再開するのには理由があるんだ』

　改めてソファに座るセルティに、新羅は絨毯《じゆうたん》の上に正座《せいざ》しながら相対《あいたい》する。

「いいよ、聞こうじゃないかセルティ。どんな理由だろうと難癖《なんくせ》をつけてみせるよ？　お金で解決する問題なら、僕が立て替えるから問題ないからね！　貨幣《かへい》制度の社会においてお金の力は偉大《いだい》だよ！　世の中はお金さ！」

『お前……よく恥《は》ずかしげも無くそんな事言えるな……』

呆《あき》れるセルティに、新羅《しんら》は堂々《どうどう》と目を輝かせて語り始めた。

「セルティの前で今さら建前《たてまえ》とか恥ずかしいじゃない。あ、でも、これだけは言っておくよ？　確かにお金は重要です。でも一番じゃありません！　一番大事なのはセルティです！　もちろん二番目もセルティ！　三番目も四番目も……ええい、もってけ泥棒《どろぼう》！　五番目までセルティだ！　世の中セルティだよ！　地獄《じごく》の沙汰《さた》もセルティ次第、人間万事《ばんじ》セルティの世の中さ！」

『……自分で言ってて、その日本語理解できてるのか？』

「ああ、世の中の一番目から五番目までがセルティだなんて夢みたいだ。まさしくセルティがいるだけで僕にとっては『五穀豊穣《ごこくほうじょう》』と言うに相応《ふさわ》しい状態だよ！　セルティ一人で五つの味が楽しめるって事だよウフフもごがが」

『すまない、そろそろ気色《きしょく》悪い』

大分《だいぶ》譲歩《じょうほ》したセルティだが、流石《さすが》に話が進まないと判断《はんだん》し、新羅の口を影で造った猿《さる》ぐつわで抑え込んだ。

「もがもごご？」

『いいから黙《だま》って聞いてくれ』

正座《せいざ》したまま手足も縛《しば》られ、時代劇の罪人《ざいにん》のような格好《かっこう》になった新羅に、セルティはゆっくりとこ数ヶ月考えていた事をスマートフォンの画面に打ち込み始めた。

『私自身は、世間《せけん》にどう思われていても構わない。新羅に迷惑《めいわく》さえかけなければいいと思ってるんだ。それは変わらない』

「もご……」

『しかし、半年休んでる間に世間は変わった。20年以上この池袋《いけぶくろ》で暮らしているが、人の価値《かち》観《かん》も街の色も目まぐるしく変わってる。例えば……ほら、ダラーズだの黄巾賊《こうきんぞく》だのからまだ数年しか経《た》ってないのに、街からはカラーギャングだのなんだのは綺麗《きれい》に消え去ってて、もう、過去の遺物《いぶつ》みたいになってるだろう？』

「もごもも、もうもう」

漆黒《しっこく》の猿ぐつわをつけたまま頷《うなず》く新羅を見て、セルティは更《さら》に続ける。

『山奥で隠者《いんじゃ》のように暮らすなら別に関係ないとは思うが、私はこのまま街の価値観から置き去りにされて、色々な人達と……人間そのものと感覚がズレていく事が嫌《いや》なんだ』

「もごご」

『こんな事を言うと「信念が無い」とか「周りに流されるだけ」と言われるかもしれない。でも、自分の中に確固たる信念がないわけじゃないんだ。私の望みは、新羅、お前とそれなりに幸せになる事だ』

「もごごごっ!?」

唐突なセルティの言葉に、新羅《しんら》は身体《からだ》をビクリとさせて歓喜《かんき》に満ちた声を上げようとするが、猿《さる》ぐつわをされた状態で興奮《こうふん》しているという変態《へんたい》的な光景《こうけい》となるだけだった。

セルティはそんな様子《ようす》の新羅をサラリと無視し、自分の言葉を更《さら》に続ける。

『私は新羅を幸せにしたいし、私も新羅と一緒《いっしょ》にそれなりに幸せになりたい。……まあ、それにはまずお前に闇医者《やみいしゃ》という非合法な仕事を辞《や》めさせるというのが一番早い気がするが、それはもう今さらだし、辞めた所でお前がまともな仕事につけるとは思わないから諦《あきら》めてはいる。ただ、麻薬《まやく》とかそういう方向に手を出さないでくれればいい』

「もご！　もご！」

力強く頷《うなず》く新羅。

もっとも、それに関してはセルティは半分安心はしていた。

粟楠会幹部《あわくすかいかんぶ》の赤林《あかばやし》が大の麻薬嫌《ぎら》いである事を知っている為《ため》、もしもそんなものに手を出そうものなら幸せ云々《うんぬん》以前にまず命が危ない。新羅もそれを理解している筈《はず》である。

『まあ、もしもお前が捕《つか》まったらちゃんと刑務所《けいむしょ》から出るまで待ってやるさ』

「もごご……えうえぃ……」

『まあ、早い話がリハビリさ。丁度《ちょうど》昨日《きのう》、前に仕事を受けた人から会いたいっていうメールを受け取ってたんだ。良い機会《きかい》だから街の様子を肌《はだ》で感じてくるよ』

その後、拘束《こうそく》を解いた瞬間《しゅんかん》に「セルティ！」と叫んで抱きつこうとして来た新羅を適当にあしらいつつ、セルティは約束の時間に間に合わせるべくマンションを出る事にした。

地下駐車場《ちゅうしゃじょう》でシューターに跨《また》がりながら、ふと考える。

——とはいえ、私の仕事もカタギとは言えないしな……。普通に道交法《どうこうほう》を違反してるし……。

天敵《てんてき》である白バイ警官の事を想像《そうぞう》し、セルティはブルリとその身を震わせた。

——……仮に私が警察に捕まったらどうなるんだろう？

——研究対象《たいしょう》……。実験施設《しせつ》……アメリカとの取引……エリア51……。

——エリア51……⁉

——う、宇宙人《うちゅうじん》と鉢合《はちあ》わせになったらどうしよう……！

リトルグレイや爬虫類《はちゅうるい》型、精神生命体から珪素《けいそ》生物型まで様々な姿《すがた》の宇宙人を想像しながらカタカタと震え続けるセルティ。

自分の想像が生み出した恐怖《きょうふ》を払拭《ふっしょく》せんと、彼女は黒バイクのハンドルを強く握り締《し》め、夜の川越街道《かわごえかいどう》を走り始めた。

その先で受ける仕事の果てに、何が待ち受けているのかも知らずに。

『──そんなわけで、数日はスネイクハンズの方の仕事は受けられないんだ。琴南《ことなみ》君にも伝えてあるから大丈夫《だいじょうぶ》だと思うけれど』

♂♀

翌日　朝　八尋《やひろ》のアパート

日が高く昇り始めた空の下、そんなメールをセルティから受け取った八尋は、文面を見ながらアパートの壁に背をもたれかけていた。
「街と自分がズレてる気がする、か」
律儀《りちぎ》にも運び屋の仕事を再開するという事に対して、そんな事情までを事細かく書いてきたセルティのメールをじっくりと読み込んだ八尋は、自分の過去に思いを馳《は》せる。
彼女の抱いていた想《おも》いは、幼い頃《ころ》から自分を縛《しば》り付けていた不安と共通していたからだ。

──ボクは、みんなと違う？

──ずれている。

──ずれている。

──ずれている。

──俺《おれ》は、普通じゃない？

──違いたくないのに。

──俺は、みんなと一緒《いっしょ》にいてもいいの？

思えば、そんな事ばかり考えていたような気がする。

そして、実際にズレていた。

当時は理不尽《りふじん》だと感じていたが、この池袋《いけぶくろ》に来て、家族以外の色々な人達と出会うようになってから、やはり自分の方がおかしかったのだとある程度納得《なっとく》している。

──それでも、みんなもやり過ぎだったと思うけど……。

釘《くぎ》バットで全力で殴《なぐ》られたり、後ろからトラックで撥《は》ねられたりと、明らかに子供の喧嘩《けんか》という範疇《はんちゅう》を大きく超える仕打ちを受けてきた。

だが、今思うと、そこまで周囲の悪意を引き上げてしまったのは自分だったのだろうという事も理解はしている。

もっとも、それに関しては理解はできても納得はできない所ではあるのだが。

実際、今過去に戻ってもう一度人生をやり直せると言われても、上手《うま》く立ち回れる姿《すがた》がまったく思い浮かばない。自分に最初に突っかかってきたガキ大将《だいしょう》に虐《いじ》められるがままにしておけば良かったのだろうか？

そんな話を久音《くおん》にすると、彼は肩を竦《すく》めながらこう言った。

――『んなもん、適当にあしらえばいいんだよ。そういう連中《れんちゅう》は大抵《たいてい》バカだからさ、殴《なぐ》られない程度に適当におべっか使って、なんか虐めとか受けたら、舐《な》められない程度に適当に喧嘩《けんか》して相手が泣いたらハイお終《しま》い、って感じでさ。俺《おれ》ならともかく、お前ぐらい強かったらできるだろ？』

と言っていたが、それは無理《むり》だと八尋《やひろ》は思う。

自分にはその『適当に』という感覚が抜けているのだと。

どの程度やれば相手の気が済むのか、どこからやり過ぎになってしまうのか、どうやら自分は、その調整《ちょうせい》が壊滅《かいめつ》的に下手糞《へたくそ》らしい。

それこそが自分の世間《せけん》との『ズレ』なのだろうと考えると、セルティがメールで言っていた事は至極《しごく》真っ当《とう》な事であり、何よりも重要であろうと八尋は考え、更《さら》にはそれを克服《こくふく》しようと考える首無《くびな》しライダーを尊敬《そんけい》すらしていた。

――俺も、何かしないと……。

――もっともっと、『スネイクハンズ』の仕事を頑張《がんば》らないと。

果たして半分街の裏側に足を踏み入れている『スネイクハンズ』の仕事で世間とのズレが調

整できるかどうか、八尋の頭にはそんな疑念が浮かぶ事すらなかった。

──姫香《ひめか》ちゃんや久音に迷惑《めいわく》を掛けないようにして、変な奴《やつ》だと思われないようにする。

──うん、まずはそれを目標《もくひょう》にして頑張ろう。

自分の状況の異質《いしつ》さに対しても鈍感《どんかん》な彼にとって、久音や姫香、セルティといった僅《わず》かな人脈《じんみゃく》こそが、この街とのズレを食い止める最後の綱《つな》だと言えた。


するとその数少ない人脈の一つである男が、八尋に声を掛けてきた。

「よう、八尋。待たせたな」

アパートの管理人の弟、渡草三郎《とくささぶろう》である。

大型のワゴン車を所有しており、受験の時などに何度か車を出して貰《もら》って世話《せわ》になっていた。

「悪いな、日曜の朝から手伝わせちまって」

そんな事を言いながら、三郎は手にしていたバケツと雑巾《ぞうきん》を八尋に渡す。

「まあ、仕上げのワックスとかは俺が全部やるから、下回りを整備する時の道具の受け渡しと、水洗いだけ手伝ってくれや」

これもまた、簡単なアルバイトのようなものだった。

園原堂《そのはらどう》に寄って帰ったところ、三郎から『あとでちょっと車の整備と洗車を手伝ってくれ。

飯代《めしだい》程度なら出せるから』と、頼まれたのである。

八尋《やひろ》は人から何か仕事を頼まれる事が嬉《うれ》しく、二つ返事で引き受ける事となった。

「しっかしなあ、未《いま》だに信じられねえよなあ。お前がセルティとかと知り合いで、静雄《しずお》とまともに殴《なぐ》り合ったなんてなあ」

「……いえ、平和島《へいわじま》さんには一方的にやられましたよ？」

「嘘《うそ》つけ、俺《おれ》も後から知って例の動画《どうが》見たけどよ、お前、あれ、かなり善戦《ぜんせん》してたぞ？　静雄相手に3秒以上持つ奴《やつ》なんて、池袋《いけぶくろ》じゃ殆《ほとん》どいねえ。ましてやまともに喧嘩《けんか》の形になるのなんて、サイモンと……あと、臨也《いざや》って奴がいたが、最近姿《すがた》見ねえなそういえば」

あくまで世間話《せけんばなし》の一環《いっかん》として語る三郎《さぶろう》に、八尋は無表情を装《よそお》いながらも感激《かんげき》していた。

先週の連続通《とお》り魔《ま》事件の際に三郎に自分の正体がばれてしまい、敬遠《けいえん》されるか、最悪の場合アパートを追い出されるのではとドキドキしていたのだが、どうやら彼は自分の姉兄達にも告げていないようで、割と普通に接してくれている。

それが、周囲から化《ば》け物《もの》扱いされて育ってきた八尋にとっては何よりも嬉しかった。

「……三郎さんは、俺の事、危ない奴だとか思わないんですか？」

「なんでだ？　礼儀《れいぎ》正しい良い奴だと思うぜ？　……ああ、そりゃまあ、こないだみたいに通り魔みたいなのにつっかかっていくのは危ねえとは思うが、俺も割と学生時代は向こう見ずだったからな。反省して器《うつわ》がでかくなったってわけでもねえから、説教《せっきょう》する権利はねえよ」

「いや……というか、俺の事が、怖《こわ》くないんですか？」

「？　……ああ、そういう話か」

得心《とくしん》がいったとばかりに頷《うなず》くと、三郎は呆《あき》れながら八尋の疑問に答える。

「おいおい、俺が何年あの静雄やセルティと同じ街に住んでると思ってるんだ？」

「……ですよね」

何よりも説得力のある言葉に、八尋は安堵《あんど》の息を漏《も》らす。

「でも……静雄さんはやっぱり街の人に怖がられているんですか？」

「ああ……大半の奴にはな。そりゃ、電柱《でんちゆう》引っこ抜いて振り回してくるような奴を『怖がるな』って言うのは無理《むり》だろ。でもまあ、実際に話してみると怒らせさえしなきゃまともな奴ってのは解《わか》るからな。俺も門田《かどた》の旦那《だんな》を通して実際話すまでは半信半疑《はんしんはんぎ》だったけどよ。まあ、解ってる奴は解ってるから、そこまで気遣《きづか》ったり同情したりする必要はないと思うぜ？」

そして、渡草《とぐさ》は大きな溜息《ためいき》を吐きながら言葉を続けた。

「第一、そういう意味でのヤバさだったら、狩沢《かりさわ》と遊馬崎《ゆまさき》の方が遙《はる》かにアレだしな……」

「狩沢さん達が？」

首を傾《かし》げて尋《たず》ねる八尋。

「ああ、お前はまだあいつらの本性を……いや、まあ、付き合ってりゃそのうち解るさ。あんまり近づけたくはなかったが、仲良くなったもんはしょうがねえ」

ワイパー回りを丁寧《ていねい》に洗いながら、渡草《とぐさ》は少し疲れたように肩を落とした。

すると、そこで何か思い出したとばかりに声の調子を変える。

「そういや、八尋《やひろ》も狩沢《かりさわ》達もなんかこないだが初対面《しょたいめん》だと勘違《かんちが》いしてたっぽいけどよ、お前、狩沢達と数ヶ月前にも一回この車の中で会ってるぞ？」

「えっ？」

「ほれ、受験の時に車出したろ？　その時、後部座席でなんか騒《さわ》いでる奴《やつ》らいたろ？」

「……あっ！」

——思い出した。

——確かに、あの時後部座席でずっと漫画《まんが》の話をしてる人達がいたけど……。

——あの人達、狩沢さんと遊馬崎《ゆまさき》さんだったのか……。顔をよく見てなかったから気付かなかった……。

——いや、そもそもあの時は三郎《さぶろう》さんの顔すら良く覚えてなかったけど……。

受験に対する緊張《きんちょう》で、後部座席にたまたま乗り合わせていた同乗者の顔を覚える余裕《よゆう》が無かったのだが、それは言《い》い訳《わけ》だろうと考えた八尋は困ったように渡草に尋《たず》ねた。

「どうしましょう。俺《おれ》、初対面だと勘違いして『はじめまして』って……。凄《すご》く失礼《しつれい》な事をしちゃったんじゃ……」

「あぁ、向こうも気付いてないっぽかったからいいんじゃね？　まあ、あいつらの方も漫画じやないリアルな人間の顔とか覚えるの苦手《にがて》だからな……」

そして渡草は、再び大きな溜息《ためいき》を吐きながら件《くだん》の二人について一つだけ愚痴《ぐち》を零《こぼ》す。

「……あいつらもよお、長い付き合いだが、この車のドアの件だけはな……」

そう言った渡草の視線は、バンの片面のドア、そこに貼《は》られたアニメか何かのキャラクターを描いた巨大《きょだい》ステッカーに注《そそ》がれていた。

「いつもいつも、俺の隙《すき》を見て貼り付けて、気が付いたらまた別のに貼り替えてやがる……」

「剝《は》がさないんですか？」

「……まあ、色々借りとかもあってな……この一面だけはあいつらの自由って事にはさせてるが……くそ、どうせ痛車《いたしゃ》にするなら、俺だって聖辺《ひじりべ》ルリちゃん一色の車にしたいのによ……」

「しないんですか？」

聖辺ルリとは、モデルや女優業《じょゆうぎょう》もこなす、押しも押されぬ人気《にんき》アイドルである。

三郎はファンクラブの幹部《かんぶ》を務めているそうで、八尋に話す日常会話の半分が聖辺ルリ絡みの事だといってもいい程だ。

映画好きの八尋もまた、特殊《とくしゅ》メイクアーティスト時代から聖辺ルリを知っており、それなりにファンでもある。

最初にルリの話が出た時に「素敵《すてき》な人ですよね、聖辺ルリさん」と言ってからというもの、三郎にはよくファンクラブに誘われていた。

もっとも、三郎《さぶろう》の熱意を間近《まぢか》で見ている為《ため》に『自分などがファンクラブ会員などおこがましい』と感じて遠慮《えんりょ》し続けているのだが。

実際、そんな渡草《とぐさ》が車をルリの痛車《いたしゃ》にしない事が不思議《ふしぎ》であったのだが、渡草はそんな八尋《やひろ》の問いに首を振った。

「肖像権《しょうぞうけん》の問題とかもあるが、流石《さすが》に自分の顔を貼《は》り付けた車が走り回ってるのはルリちゃんが嫌《いや》がるかもしれないからな……。遊馬崎《ゆまさき》の奴《やつ》は『じゃあルリちゃんが声をあてた漫画《まんが》のキャラで埋め尽くしましょう』とか言ってきて、それには少し心が惹《ひ》かれたんだが……」

そして、渡草は窓を拭《ふ》きながら車の後部までやってきて、リアパネルを洗っていた八尋の横に立ってある一点を指差した。

「まあ、俺《おれ》はルリちゃんも車も好きだからよ。だからこうして、ささやかに車を飾るだけで十分ってわけだ」

そこには、『聖辺《ひじりべ》ルリ命《いのち》』という文字と共に、聖辺ルリをディフォルメ化したと思《おぼ》しき公式マスコットキャラのステッカーが貼られている。

「最近やっと納得《なっとく》のいくステッカーができてな」

「自作なんですね……」

「おう、このステッカーを通して、いつでもルリちゃんの魂《たましい》の一部が車の中にいると思うと、運転も自然と気合いが入るってもんだ。このステッカーだけは遊馬崎達にも絶対弄《いじ》らせねえ。

落書きとかしやがった奴《やつ》は首都《しゅと》高《こう》の環状線《かんじょうせん》を百周引きずり回してやる……」

「……」

ゾクリ、と、八尋の背中を寒気《さむけ》が走り抜けた。

生来《せいらい》の臆病《おくびょう》さを備えた八尋の本能が、彼に一つの事実を伝えたのである。

この男の言っている事は、冗談《じょうだん》などではなく本気であると。

「しかし、マジで悪いな。せっかくの休みに手伝わせちまって」

数分後。仕上げのワックスがけを始めた渡草が、上機嫌《じょうきげん》に笑いながらそんな事を言った。

「いえ、暇《ひま》でしたから」

「暇ねえ。まあ、来良《らいら》は私立だから完全週休2日ってわけでもないんだろ？　手伝わせてる俺が言うのもなんだが、休みの日は有意義《ゆういぎ》に使った方がいいぜ？　本当ならルリちゃんのコンサートにでも連れてってやりたい所だが、悪いな、特等席は俺でも自分の分ぐらいしか手に入らなくてよ……待てよ……カズターノに頼めばあるいは……だがなあ……」

「いや、お構いなく。聖辺ルリさんは、テレビや映画で観るだけでも素敵《すてき》だと思いますから」

何かブツブツと言い始めた三郎に対し、建前《たてまえ》や機嫌取りではなく、聖辺ルリへ素直な感想を伝える八尋。

その言葉が気に入ったのか、渡草はリズミカルにワックスをかけながら大きく頷《うなず》いた。

「そうだろうよそうだろうよ、ルリちゃんの可愛《かわい》さは映像越《えいぞうご》しでも神々《こうごう》しさを感じるからな！　だけどな、やっぱり生《なま》で観《み》ると違うぜ？　もう天使《てんし》とかそういうのを通り越して、俺《おれ》の世界を生み出してくれる創造神《そうぞうしん》って感じだ。心のガソリンなんてもんじゃねえ、油田《ゆでん》そのものだぜ」

──ああ、やっぱり三郎《さぶろう》さん、狩沢《かりさわ》さんや遊馬崎《ゆまさき》さんの友達なんだな。

熱く語る言葉の中から、どこか件《くだん》の二人と通じるものを感じた八尋《やひろ》は、そこまで熱くのめり込めるものがある事を羨《うらや》ましく思いつつ、もう少しだけ聖辺《ひじりべ》ルリについて語る事にした。

「……なんていうか、聖辺ルリさんって、凄《すご》く浮世《うきよ》離《ばな》れしてるのに、どこか親しみを感じて好きですよ、俺」

すると、渡草《とぐさ》はそこで一旦《いったん》ワックスの手を止め、顔を輝かせて八尋を見る。

「おお、解《わか》ってるな、お前！　そうだよ、ルリちゃんのあの神秘的《しんぴ》な雰囲気《ふんいき》を『近寄り難くて不気味《ぶきみ》』なんて抜かす奴《やつ》らもいるが、ルリちゃんのミステリアスな空気をただ拒絶《きょぜつ》する事しかできないなんて本当に憐《あわ》れな連中《れんちゅう》だぜ！」

「近寄りがたい……」

八尋としては『自分と似た雰囲気を纏《まと》っている』という意味合いも込めての『親しみがある』という物言いだったのだが、流石《さすが》に『彼女、俺と似てる気がします』と渡草の前で言う事は八尋の憶病《おくびょう》な本能が全力で押し止《とど》めていた。

──やっぱり、近寄りたくないって思う人もいるんだ。

自分が言われたわけではないが、あれほどのアイドルでも敬遠《けいえん》される事があるという事実を前に、八尋《やひろ》は『聖辺《ひじりべ》ルリさんですらそうなら、俺《おれ》なんかはどうなる？』と気落ちする。

大きな溜息《ためいき》をつきかけたところで、八尋の耳に軽快な音楽が響《ひび》いた。

その聖辺ルリも出演している『吸血忍者《きゅうけつにんじゃ》カーミラ才蔵《さいぞう》』シリーズのメインテーマ。それが自分の携帯《けいたい》から鳴り響いている事に気付き、「ちょっとすいません」と渡草《とぐさ》に断ってから携帯を取り出す八尋。

すると、画面にはメールの到着《とうちゃく》が示されており、送り主は琴南久《ことなみく》音《おん》と書かれていた。

——久音からだ。

——なんだろう？

また『スネイクハンズ』の仕事が入ったのだろうかと思ったが、そちらのアドレスではなく久音個人用メールからの着信《ちゃくしん》となっている。

八尋は深く考えずにそのままメールを開いたが——次の瞬間《しゅんかん》、思わず声を上げてしまった。

「……えっ」

「？　どうした？」

ワックスの仕上げに取り掛かりながら、渡草が尋《たず》ねた。

八尋は目を僅《わず》かに泳がせながら、メールで今しがた知った情報を口にする。

「園原堂《そのはらどう》っていう、友達と良く行く古道具屋《ふるどうぐや》さんに……泥棒《どろぼう》が入ったって……」

「えっ？」

渡草は数秒前の八尋と同じような声を上げ、眉《まゆ》を顰《ひそ》めながらさらに問いを続けて来た。

「園原堂って、杏里《あんり》の嬢《じょう》ちゃんの所か？」

「えっ……園原先輩《せんぱい》を知ってるんですか？」

目を丸くする八尋を見て、渡草は大きな溜息を吐きながら首を振る。

「……なんつーか、本当に池袋《いけぶくろ》って狭いよなぁ……」

そして、ニヤリと笑いながら僅かに言葉を付け加えた。

「まあ、お前の人脈《じんみゃく》が異常に広い、とも言えるけどよ」

♂♀

同時刻《じこく》　都内某所《ぼうしょ》　マンションバー

「珍《めずら》しいこともあるもんだねえ。こっちから呼びつけたわけでもないのに、運び屋さんの方からここに来るだなんて」

マンションの一室を改造して作られたバーの奥で、色眼鏡《いろめがね》をかけた疵顔《きずがお》の男——粟楠会《あわくすかい》の幹《かん》部《ぶ》である赤林《あかばやし》がニヘラと笑いながらそう言った。

　彼の前に座るセルティは、当然ながら飲み食いができないので、何も注《ちゅう》文《もん》しない事についてバーに罪悪感《ざいあくかん》を覚えつつスマートフォンに文字を打ち込んでいく。

『お手間《てま》をとらせてしまって申《もう》し訳《わけ》ありません。実は、私が今追っている案件《あんけん》が、もしかしたら赤林さん達と関わりがあることかもしれないので一度お伺《うかが》いしておこうと思いまして……』

「おやおや、物騒《ぶっそう》な話だねぇ」

　手の中のグラスをくゆらせ、氷《こおり》をカラコロと転がしながら赤林が苦笑《くしょう》した。

「おいちゃん達の依頼じゃないのに、そんなヤバい案件に首を突っ込んでるのかい？　まさか明日機組《あすきぐみ》から依頼を受けたとかじゃないよねぇ」

『そんな身の程知らずな真似《まね》はしませんよ。そもそも、組絡みだったら赤林さんではなく四木《しき》さんに相談します』

「はて？　四木の旦那《だんな》が知らなくて俺《おれ》が知ってる事なんて限られてると思うけどねぇ？」

　惚《とぼ》けるわけではなく、真面目《まじめ》に首を傾《かし》げる赤林に、セルティは淡々《たんたん》と自分が望む情報をスマートフォンに打ち込んでいく。

『……【邪《ジャ》ン蛇《ジャ》カ邪《ジャ》ン】や【屍　龍《ドラゴンゾンビ》】のような暴走族《ぼうそうぞく》や愚連隊《ぐれんたい》絡みの案件は、四木さんではなく赤林さん預かりだと伺っています』

「あぁ……なるほど、そっちの話かい」

赤林は苦笑混じりの溜息《ためいき》を吐き出し、軽くグラスの中の液体を口に含む。

「ダラーズや黄巾賊《こうきんぞく》が無くなってから、割とガキ共は大人《おとな》しくなった感じだと思ってたけどねえ。その代わり、なんだか都市伝説《でんせつ》の狂信者《きょうしんしゃ》達が色々と暴《あば》れてたらしいけど、何か運び屋さんにちょっかいでも出したかい？」

『まだ確証はないんですが……』

セルティは少し躊躇《ためら》った後、周囲を気にしながらとある文章を打ち込んだ。

『今、とある人物を探してまして、どうもその人物が……どこかの暴走族か何かのグループに所属《しょぞく》しているらしいという話を聞いたんです』

「へえ……運び屋なのに人捜しってのも変な話だけど、うちからも何度か似た依頼してるからしょうがないか。で、その探してる人……っていうのは？　話だけ聞くと、まだ成人するかしないかレベルの若い子みたいに感じるねえ」

『それは流石《さすが》にお伝えできません。……運び屋の仕事も信用が大事《だいじ》な所がありますから』

その画面を見せた後、セルティはハッと気付き、慌《あわ》てて文章を追加する。

『もちろん、こちらの情報は言わないのにタダで教えてくれと虫の良いことを言うつもりもありません。できるだけの情報料は用意させて頂《いただ》きます』

「ああ、いや、いいよいいよ。四木の旦那とか青崎《あおざき》さんなら無理矢理《むりやり》でも聞くかもしれないけど、俺としちゃ……そうだね。代わりに今度暇《ひま》な時でいいから、俺が欲しがってる情報を耳にしたら教えてくれればいいよ」

『赤林《あかばやし》さんが欲しがってる情報？』

「ああ、ちょっと、最近気になる連中《れんちゅう》がいてね」

赤林はグラスを軽く呷《あお》った後、いつも通りの笑《え》みを浮かべて、その単語《たんご》を口にした。

「……『ヘヴンスレイヴ』って知ってるかい？」

『……ええと、どこかで聞いた事があるような……』

——ヘヴンスレイヴ⁉

聞いた事があるどころではなかった。

過去にセルティが折原臨也《おりはらいざや》に利用された際に関わってきた集団であり、先日の『新興宗《しんこうしゅう》教《きょう》・首無《くびな》しライダー教』事件の際にも名前が出て来た事を覚えている。

——なんでその名前が。

——でもまあ、臨也の事もあるし、とりあえずとぼけておこう。

『たまに耳にはしますが、具体的に踏み込んだ事までは……』

「それこそ、まだダラーズがあった頃《ころ》、この池袋《いけぶくろ》でいけない薬をばらまいてた連中でさ」

『……それはまた、命知らずですね』

赤林が大の麻薬嫌《まやくぎら》いであり、粟楠会《あわくすかい》も組長の意向で薬には手を出していない事はセルティも良く知っている。

その縄張《なわば》り内で勝手《かって》にそうした麻薬関係の代物《しろもの》を広めていた連中がいたとした場合、どのような末路《まつろ》を辿《たど》るであろうかという事も。

「ああ、前に一度潰《つぶ》れた筈《はず》なんだけどさ、最近また残党《ざんとう》が活動を始めたらしい。って、『耳にした』ってのはそれ絡みなんじゃないのかい？　なあ、首無しライダー教の御本尊様《ごほんぞん》？」

『それは止《や》めて下さい。私の中でも自分の関わりない所で起こった黒歴史なんです……』

「ああ、悪い悪い。おいちゃんとしては、例の事件の時に出て来たアンタの恋人だのなんだの噂《うわさ》されてる『スネイクハンズ』って奴《やつ》にも興味《きょうみ》あるんだけど……まあ、そいつが街で悪さしてないなら、特に何も言うつもりはないさ」

『……ありがとうございます』

――流石《さすが》に、八尋《やひろ》君を粟楠会に紹介《しょうかい》するわけにはいかないからな……。

赤林が『怪人《かいじん》スネイクハンズ』について軽く流してくれた事に感謝《かんしゃ》しつつ、セルティはそのまま相手の条件を受け入れる事にした。

『なるほど……解《わか》りました。私も、変な薬が出回って池袋が荒れるのは防ぎたいですからね』

「街が荒れるのが嫌《いや》なら、まず、おいちゃんみたいな悪党と仕事しちゃダメだよ？　運び屋さんの力があれば、粟楠会なんて簡単に潰せるだろうに」

『買い被《かぶ》りですよ。それに……私は無事《ぶじ》でも、周りの人に危険が及ぶ真似《まね》はしたくないんです』

「だったら、尚更《なおさら》ヤクザ者との付き合いは断たなきゃねえ」

ニヘラと笑いながら冗談《じょうだん》とも本気ともつかない事を口にした後、赤林《あかばやし》は肝心《かんじん》の『商談』を続けようとしたのだが——

「じゃあ、まずは、そっちの話から……おっと御免《ごめん》よ。電話だ」

携帯《けいたい》から着信音《ちゃくしんおん》が鳴り響《ひび》き、そこに映し出された文字を見て、目を細めながら席を立つ。

「悪いねえ、運び屋さん。身内からの電話だから、ちょっと待っててもらえるかな」

『どうぞお構いなく』

そう言ったセルティだったが、丁度《ちょうど》そこで、自分の胸元に入れていた携帯電話も振動《しんどう》を始めている事に気が付いた。

——なんだろう。

——メールか。

そこに書かれていた『スネイクアイズ』という文字を見て、琴南久音《ことなみくおん》からだと気付く。

琴南のアドレスは二つあり、セルティは仕事用を『スネイクハンズ』、個人の私用アドレスは『スネイクアイズ』と登録《とうろく》していた。

本人が『八尋《やひろ》が怪人《かいじん》スネイクハンズなら、俺はスネイクアイズって事で一つ。姫香《ひめか》ちゃんはスネイクスキンで、セルティさんはスネイクテイルという感じにしちゃいましょう！』とノリで言っていたからなのだが、律儀《りちぎ》に彼のアドレスの表示名《ひょうじめい》をスネイクアイズに書きかえたのはセルティ一人だけだった。

──私がテイルなのはスネイクテイルとフォークテイルをかけていると言っていたが……ただ適当に言っただけにしか聞こえないな……。

──スネイクテイル……。昔フランスの森で会った蛇女《メリサンド》のメリーヌちゃん、まだ元気かな。

古い過去を思い出しながら、なにげなくメールを確認《かくにん》したセルティ。

するとそこには、淡々《たんたん》とした調子で驚きの言葉が書かれていた。

【園原堂《そのはらどう》に泥棒《どろぼう》が入ったらしいっすよ。青葉《あおば》さんやくるまいの先輩達《せんぱい》から聞いてますけど、セルティさん、園原先輩と知り合いなんですよね？　一応御報告《ごほうこく》までに！】

──……は？　え？　杏里《あんり》ちゃんの店に泥棒⁉

──どういう事だ？　杏里ちゃんは無事《ぶじ》なのか⁉

仮にも罪歌《さいかも》持ちである為《ため》、生半可《なまはんか》な押し込み強盗《ごうとう》あたりなら返り討《う》ちにできるだろうが、それでも心配なものは心配だ。

──とりあえずメールをして……まだ警察とかいるかもしれないけど、とりあえず近くまで行ってみるか。

久音に返事を返すよりも先に、杏里の携帯へと無事を確認するメールを送る。

丁度その作業が終わり、送信ボタンを押したタイミングで、赤林が戻ってきた。

「悪いね、運び屋さん。こっちの話は手早く終わらせよう。ちょっと用事ができちまってね」

『奇遇《きぐう》ですね、私もちょっと気になる事があって……』


その後、最低限のやりとりをして『詳しい情報はまた次に会った時に用意する』という合意の元に『商談』を終わらせた赤林《あかばやし》とセルティ。

セルティが取り急ぎ店を出ようとすると、赤林も外に出ようとしている事に気が付いた。

車を呼ぼうとしている赤林を見て、思わず問い掛ける。

『方向が同じだったら、途中《とちゅう》まで送りましょうか？』

「……そうかい？　いや、池袋《いけぶくろ》の駅から向かって雑司《ぞうし》ヶ谷《がや》を少し過ぎた辺りなんだけどさ」

『丁度《ちょうど》良かった、私もそっちの方に用事がありまして』

「はは。正直ねえ、運び屋さんのあのバイク、一度乗ってみたかったんだよねえ」

そんな事を言いながら店を出る二人。

セルティはその時はまだ気付いていなかった。

赤林の向かう方向が、自分の目的地とあまりにも同じであるという事に。

幕間　ブラック個人業①

前日　夜

セルティ・ストゥルルソンは人間ではない。

俗《ぞく》に『デュラハン』と呼ばれる、スコットランドからアイルランドを居《きよ》とする妖精《ようせい》の一種であり——天命《てんめい》が近い者の住む邸宅《ていたく》に、その死期の訪れを告げて回る存在だ。

切り落とした己《おのれ》の首を脇《わき》に抱え、俗にコシュタ・バワーと呼ばれる首無《くびな》し馬に牽《ひ》かれた二輪の馬車に乗り、死期が迫る者の家へと訪れる。うっかり戸口を開けようものならば、タライに満たされた血液を浴びせかけられる——そんな不吉《ふきつ》の使者《ししや》の代表として、バンシーと共に欧《おう》州《しゆう》の神話《しんわ》の中で語り継がれて来た。

そんな彼女も、現在は日本の池袋という遠い異国《いこく》の地で職についている。

職といっても、最低限の給料《きゆうりよう》を保証《ほしよう》されている定職の類《たぐい》ではなく、日によって収入がまちまちな個人事業——しかも非合法な事も行う裏の運び屋である。

真《ま》っ当《とう》な運送業者、特にバイク便《びん》などと道ですれ違うと、セルティは「大変そうだな……」と思う一方で、何も後ろめたいことがなく、お天道様《てんとうさま》の下を堂々《どうどう》と走行できる彼らのことを羨《うらや》ましくも思っていた。

同時に、罪悪感《ざいあくかん》も覚えている。

道交法《どうこうほう》すら守れていない自分が、何か怪《あや》しげな物を運んで通常の運送業ではありえないような大金《たいきん》を手にする。仕事の効率《こうりつ》の良さや環境《かんきょう》では危険という一点を除いて大分《だいぶ》ホワイトな職場と言えるが、合法非合法の話が絡むとこの上ない程ブラックな職業である。

——とはいえ、私にはこれぐらいしか取《と》り柄《え》がないし……そもそも運び屋ができるのだって、正確には私じゃなくシューターの力があってこそだしな……。

そんな思いを抱えつつ、セルティは依頼人の自宅へと向かう。

——そうだな。どうせなら、せめて人の助けになるような仕事をしよう。

——何か大事な思い出の品物を運ぶとか、飛行機に乗る想《おも》い人《びと》に告白《こくはく》するために空港まで依頼人を運ぶとか、そういう夢のある仕事をして行こう。

再開する運び屋業務に対してそんな抱負《ほうふ》を抱きつつ、セルティは依頼人の元へと向かってシューターを揚々《ようよう》と走らせた。

「ある人物を、ここまで攫《さら》ってきて頂《いただ》きたいのです」

♂♀

『お断りします』

そう文字を綴《つづ》ると同時に、セルティは踵《きびす》を返して応接間《おうせつま》から退室しようとした。

――冗談《じょうだん》じゃない！

――なんで誘拐《ゆうかい》の片棒《かたぼう》なんか……。

「あああ、お待ちください！　違うんです！　違うんです！　確かに誤解《ごかい》を招く言葉でしたが、あえて言いましょう、貴女《あなた》は恐らく私の叙述《じょじゅつ》トリックにまんまと引っかかった事により、大きな誤解をなさっている！　いやはや、そんな事ではうっかり早とちりさんと呼ばれますぞ！　主《おも》に私に！」

『やっぱり帰ります』

早足で応接間を去ろうとするセルティと、その腰にしがみついてズルズルと引きずられる身なりの良い中年《ちゅうねん》男性。

セルティはいつも新羅《しんら》に対してやるように、適当に引き剝《は》がして影で縛《しば》り上げようとしたのだが――その寸前で、騒《さわ》ぎを聞きつけた別の人間が応接間の扉《とびら》を開いて現れた。

「どうしたんですか、お父様《とうさま》……えっ⁉」

セルティの姿《すがた》を見て驚いた声を上げたのは、一目見るだけで『お嬢様《じようさま》』だと判《わか》るような、高級そうな部屋着を纏《まと》った少女。

「運び屋さん⁉　運び屋さんですか⁉」

本人の可愛《かわい》らしさや身に纏う上品な空気なども含めて、様々な特徴《とくちよう》を持つ小学生ぐらいの少女だったが――何より見た者にインパクトを与えるのは、彼女が体に巻きつけている一匹《いつぴき》の巨《きよ》大《だい》な白蛇《しろへび》だった。


「あの時は、本当にありがとうございました！」

そう言って、首に蛇を巻いたままの可愛らしい令嬢《れいじよう》がペコリと頭を下げる。

『ああ、君も、そのハクジョウシちゃんも元気そうで何よりだ』

かれこれ2年ぶりの再会ではあるが、セルティはその少女のことをハッキリと覚えていた。

彼女の名は夏瓦淡雪《なつがわらあわゆき》。

江戸《えど》時代から続くと言われている玩具《がんぐ》メーカー、夏瓦グループ。その創設者一族《そうせつしやいちぞく》の末裔《まつえい》であり、かつてセルティに『誘拐《ゆうかい》されたペットの白蛇を取り返して欲しい』という依頼をした少女でもある。

人質《ひとじち》（？）の奪還《だつかん》など本来は運び屋の業務ではないのだが、彼女の父親である夏瓦白夜丸《びやくやまる》が新羅《しんら》の父、岸谷森厳《きしたにしんげん》の幼馴染《おさななじ》みという事で、その伝手《つて》で仕事をする事になったのである。

——あの時は武装《ぶそう》ヘリだのなんだのまで出て来て、大変だったなあ……。

色々と現実味のない事件だったのだが、そもそもこの家からして、セルティの中ではかなり常識《じょうしき》の埒外《らちがい》だ。

埼玉《さいたま》の荒川沿《あらかわぞ》い。畑《はたけ》の広がる区画《くかく》のど真《ま》ん中《なか》にある、野球場程の広い敷地《しきち》を持つ大豪邸《だいごうてい》。

庭園の真ん中には噴水《ふんすい》が設置されており、欧州《おうしゅう》の貴族《きぞく》が住んでいる屋敷《やしき》と言っても過言《かごん》ではないような家だ。

——畑のど真ん中にわざわざ道路まで引いて……。土地利用の法律《ほうりつ》とかちゃんと全部クリアしてるのか？

あまりにも広大な屋敷を初めて見た時、思わずそんな事を考える程だったが——屋敷の広さだけではなく、何もかもが規格外《きかくがい》だったのである。

——この応接間《おうせつま》だけで、私と新羅のマンションの半分以上ある……。

川越街道沿《かわごえかいどうぞ》いのマンションで、ほぼワンフロアといって良い程の広い部屋を所有している岸谷親子も相当なブルジョアであり、その恩恵《おんけい》に与《あずか》っている自分はかなり幸運な生活を送っているのだろうという自覚はあった。

だが、この家の中を見回す度《たび》に、『上には上がいる』という事を改めて思い知らされる。

周囲を見渡しているセルティに、改めて席に着いた白夜丸が語りかけた。

「いやあ、先ほどは失礼《しつれい》しました。少し話を端折《はしょ》りすぎましたな。うっかりさんはどうやら私の方だったようですので、これからは私の事はうっかり白夜丸《びゃくやまる》とお呼び下さい」

『呼びません』

キッパリと言い放ちながら、『やっぱり森厳《しんげん》の友人なだけはあるな……』と、今回の依頼人である男の人格《じんかく》にやや不安を覚えたが、そこを追及《ついきゅう》しても仕方が無いと判断《はんだん》し、セルティはとりあえず世間話《せけんばなし》から始めて場を和《なご》ませる事にする。

『それにしても、凄《すご》い家ですね……』

「ははは、そうでしょう。我が夏瓦家《なつがわらけ》は家柄《いえがら》では喜佐《きさ》一族《いちぞく》には及びませんし、権力では炭鉱《たんこう》成金《なりきん》の阿多村《あだむら》グループに及ばないでしょうが、とりあえず、金だけは唸《うな》るほどあるのですよ！　やはり最後に物をいうのは家柄でも権力でもなく金の力ですな！　私が尊敬《そんけい》する人物は硬貨《こうか》を投げて強盗《ごうとう》を撃退《げきたい》したと言われているアメリカの大財閥当主《だいざいばつとうしゅ》、ルード・ガルダスタンス氏です」

――子供の前でする話じゃない！

――あと『金の力』の意味合いがなんか違わないかそれ⁉

セルティは現在アメリカにあるという自分の首を想像《そうぞう》し、心の中でその頰《ほお》を引きつらせた。

『あの、そろそろ仕事の話を……』

「ん？　そうですな、仕事の話をしましょう」

チラチラとヘルメットを淡雪《あわゆき》の方に向けると、その意図《いと》に気付いたのか、白夜丸が自らの娘《むすめ》に対して言い聞かせる。

「ほらほら淡雪。これからお父《とう》さんは運び屋さんとR18指定の血みどろスプラッタホラービデオを見ながら仕事の話をするから、子供はベッドの中でまだ見ぬ怪物《かいぶつ》の姿《すがた》でも想像して大人《おとな》しく震えていなさい」

「か、怪物ですか、オバケですか、御父様」

「ああそうだ。悪い子の所にオバケが来るというのは……実は嘘《うそ》だ。本当は……いい子にしていても、来る！」

――やっぱりこいつ森厳の同類だ！

――考えてみれば、まともな奴《やつ》が森厳と仲良くなる筈《はず》がなかった！

そんな確信を抱きながら、セルティは顔を青くしている淡雪に対して文字を紡《つむ》ぐ。

『大丈夫《だいじょうぶ》だよ、淡雪ちゃん。怖《こわ》い映画なんて観《み》ないよ。ただ仕事のお話をするだけだから』

「仕事……？」

それを聞いて、淡雪はハッとしてセルティに言った。

「じゃあ、運び屋さんが、お兄様《にいさま》を探してくださるんですか！」

――お兄様？

2年前より幾分《いくぶん》大人びた口調《くちょう》。ストレートに言えば御嬢様《おじょうさま》っぽくなった言葉で淡雪はセルティに感謝《かんしゃ》の言葉を述べ始める。

「ありがとうございます！　……本当にありがとうございます！　ハクジョウシだけじゃなく、お兄様《にいさま》まで……！　本当にありがとうございます、運び屋さん……！」

目に涙まで浮かべて、セルティを羨望《せんぼう》と敬愛《けいあい》の眼差《まなざ》しで見上げて手を握ってくる少女。

——ええと、あ、いや……その……。

成長したのは口調《くちょう》だけで、その性根《しょうね》は2年前と変わらぬ無邪気《むじゃき》な御嬢様《おじょうさま》のままだ。少なくともセルティにはそう感じられて、彼女の目を向けられた上で『いや、話が見えない』と無下《むげ》にする程に彼女の心は強くなかった。

そして、それに気付いた汚い大人《おとな》が、即座《そくざ》にそれを利用せんと口を挟む。

「ああ、大丈夫《だいじょうぶ》だよ淡雪《あわゆき》。だから君は安心して眠るといい。きっと数日以内に運び屋さんが全部解決してくれるさ」

「運び屋さん……！」

目を輝かせる少女を前に、セルティは何も言う事ができず——結局、何度も御礼《おれい》を言いながら寝室に去っていく少女を無言《むごん》で見送る事しかできなかった。

そして、少女の姿《すがた》が消えたタイミングで、夏瓦白夜丸《なつがわらびゃくやまる》がいけしゃあしゃあと言葉を紡《つむ》ぐ。

「ハハハ、これはもう、引き受けるしかない空気だと思いますが、如何《いかが》です？」

それを聞いたセルティは、相手が日本有数の資産家《しさんか》だという事を『意図《いと》的に』忘れ、影で造ったロープで白夜丸を天井《てんじょう》につるし上げる。

『あんたが言うな！』

♂♀

数分後

一通り話を聞き終え、セルティは大まかに頭の中で状況を整理する。

夏瓦グループ現当主《とうしゅ》、夏瓦白夜丸。

——しかし、何度聞いても凄《すご》い名前だな……。

セルティの目の前にいる男は、日本でも有数の資産家であると同時に、大手玩具《がんぐ》メーカーを経営して世界的に事業を展開している実業家だ。

見た目は森厳《しんげん》と同い年とは思えぬ程に若々しく、まさしく映画などに出てくる『上流階級の金持ち』といったイメージ通りの服装《ふくそう》で身を包んでいる。

元々アナログ分野で有名な玩具メーカーだが、最近ではアーケードゲーム業界や携帯《けいたい》電話用のソーシャルゲームにも手を出しており、多方面にビジネスの手を広げている事で有名な一大エンターテインメント企業《きぎょう》だ。

世界中で荒稼《あらかせ》ぎをしているため、収益に比例してそれなりに敵も多い。

その絡みで、国際的な犯罪者集団に狙《ねら》われた事もあり、セルティもかつて事件に巻き込まれる結果となったのだが——今回の仕事の件は、彼の家庭トラブルに関するものだった。

夏瓦白夜丸《なつがわらびやくやまる》には現在、三人の子供がいる。

本来は長男《ちょうなん》と淡雪《あわゆき》の二人だけだったのだが、とある事情で、養子《ようし》を迎える事となった。

すると、次男《じなん》という形で迎え入れられたその養子が、学校などでことあるごとに長男よりも優秀《ゆうしゅう》な結果を叩《たた》きだし、周囲から『もしかして、正式な跡継《あとつ》ぎとしてグループを継がせる為《ため》に、どこかから優秀な人材を連れてきたのではないか』と噂《うわさ》される程の男だったらしい。

それが面白くないのが長男だ。

彼はこのままでは跡継ぎの座を乗っ取られると考えたのか、露骨《ろこつ》にその次男をいびろうとしたらしいのだが——あっさりと返り討《う》ちに遭《あ》い、ますます捻《ひね》くれてしまったのだそうだ。

現在の環境《かんきょう》への不満が溜《た》まりに溜まった結果、次第にグレ始め、ついには家を飛び出してしまったのだという。

『つまり、家出した息子《むすこ》さん……淡雪ちゃんのお兄《にい》さんを探して連れてくればいいんですね？』

「まあ、そういう事になりますな。妻《つま》も心労で倒れて寝込んでしまっておりますし、淡雪も気《き》丈《じょう》に振る舞ってはいますが、内心は不安でいっぱいでしょう。ですから、一度腹を割って話し合う為に、なんとか連れ戻して頂《いただ》きたいのです」

『だったら最初からそう言えばいいのに、どうして攫《さら》ってきて欲しいだなんて……』

「いや、それが……」

白夜丸は少し言葉を濁《にご》してから、小声になって答えた。

「息子はどうやら、自分の意志《いし》でどこかの不良《ふりょう》グループに所属《しょぞく》しているようでして。多少の説《せっ》得《とく》などでは自分の意志で家に戻ってはこないでしょう」

『それで、私にその不良グループを敵に回して嫌《いや》がる息子さんを無理矢理《むりやり》拉致《らち》してこいと』

「ハハハ、話が早い人は好きですよ」

『……警察には？』

至極《しごく》当然の質問をしたセルティから、白夜丸がそっと目を逸《そ》らす。

「いえ、その……まだ何も伝えてません」

「……まあ、いいじゃないですか、ハハハ」

『何か、理由が？』

『何か、理由が？』

同じ画面を相手の頰《ほお》に押しつけつつ、セルティは無言《むごん》でプレッシャーを与え続けた。

その迫力に負けたのか、相変わらず目を逸らしながらもポツリポツリと答え始める。

「い、いや、実は……息子が家出する際、家から手提《てさ》げ金庫だの、骨董品《こっとうひん》だのを色々と持ち出してしまっておりまして……」

「その一部に、割と大事《だいじ》なデータが入ったマイクロSDカードを隠《かく》してありまして……」

『それで？』

『ますます警察に探して貰《もら》った方がいいじゃないですか』

正論を紡《つむ》ぐセルティに、白夜丸《びゃくやまる》は高速で目を泳がせながら硬い笑《え》みを浮かべた。

「警察にチェックされると色々と不味《まず》いというか……グループ存続の危機《きき》というか……最悪私は塀《へい》の中に長い旅行にいくハメになるというか……」

その答えを聞いて、セルティは相手の襟首《えりくび》を摑《つか》んでブンブンと前後に振りながら、影で持ち上げたスマートフォンの画面を白夜丸に突きつける。

『お前、あんな無邪気《むじゃき》で可愛《かわい》い娘《むすめ》さんがいるのに何をやってるんだ!?』

「ふふふ……清濁《せいだく》併《あわ》せ呑《の》むのが一流の経営者というものですよ。娘の為《ため》ならこの命すら惜しくないと思う一方で、自分の欲望にも忠実でありたい……。そう、私は自分の欲望と家族愛を同時に持ち合わせているのです！」

『自分で言うな！　それと、そういうのは清濁併せ呑むとは言わない！　思いっきり誤用だ！』

そして、白夜丸をドンとソファに突き飛ばした後、大きく溜息《ためいき》を吐くように肩を上下させた。

『やっぱりこの話は無かった事に……』

「待って下さい運び屋さん、いえ、セルティ・ストゥルルソン嬢《じょう》。私が逮捕《たいほ》されるのはともかく、娘が学校で犯罪者の娘だ何だと虐《いじ》められたりしてもいいんですか！」

『犯罪者本人が言うな！　いや、私が言える台詞《せりふ》でもないんだが！』

自分の道交法《どうこうほう》違反の数々などを思い返し、セルティは心中《しんちゅう》で苦虫《にがむし》を噛《か》み潰《つぶ》し続ける。

ある程度心が落ち着いた所で、呆《あき》れたように会話の続きを打ち込んだ。

『まったく、脱税《だつぜい》だか粉飾《ふんしょく》決算だか知らないが、疵痕《きずあと》が広がらないうちにとっとと自己申告して火が淡雪《あわゆき》ちゃんまで広がらないようにした方がいいぞ。……流石《さすが》にライバル会社の重役を暗殺《あんさつ》してたとかそのレベルの話だったら、この場でふん縛《じば》って警察に突き出すが……』

「お待ち下さい！　殺し屋はもちろん、粉飾決算も脱税もやっておりません！」

『え？』

「私の会社は玩具《がんぐ》メーカー……子供達や大きなお友達の皆さんに夢を売る仕事です！　それなのに、そんな子供達の夢を裏切るような真似《まね》ができるわけないでしょう！」

真《ま》っ直《す》ぐな目をして語る白夜丸に気圧《けお》され、セルティは真剣に相手の言葉を聞く事にした。

『じゃあ、そのSDカードには何が……？』

「……主に高校生ぐらいの男の子の夢である、モザイクという束縛《そくばく》から解き放たれた海外のセクシーな人達の画像《がぞう》が数万枚ほど……」

『もう黙《だま》れ！』

そのまま影で縛り上げようとするセルティに対し、白夜丸は焦《あせ》りながら叫ぶ。

「待ってください、最後にこれだけは言わせて頂《いただ》きたい！　今、貴女《あなた》は、私の事をどうしようもない馬鹿《ばか》な金持ちだと思っているのでしょう？」

『金の有無《うむ》はあまり関係なく馬鹿だと思っているが……』

「実は私は愚者《ぐしゃ》を演じているんですよ。私一人が道化《どうけ》となる事で、長男《ちょうなん》が家出して荒《すさ》んでしまった家族を和《なご》ませている……どうです？　そう考えると私に同情したくなってきたでしょう？　思わず仕事を引き受けたくなりませんか？」

『そういう事を自分で言う奴《やつ》が信用できるか！』

ハッキリと否定したセルティに、白夜丸《びゃくやまる》はショックを受けたように震えながら言った。

「そんな、森厳《しんげん》の奴は『セルティ君はドジっ娘《こ》だから簡単に手玉《てだま》に取れる』と……うわぁッ⁉」

問答無用《もんどうむよう》で白夜丸を縛《しば》り上げ、セルティは叫び声のような大文字をスマートフォンに打ち込んだ。

『あのガスマスクの言う事を鵜《う》呑みにするような奴には流石《さすが》に手玉に取られないからな⁉』

「待って下さい、解《わか》りました、じゃあこうしましょう。引き受けてくださるなら、我が夏瓦《なつがわら》ブランドで首無《くびな》しライダーの玩具《おもちゃ》を製作しようじゃないですか。もちろんマージンもお渡ししますし、世間《せけん》での首無しライダーに対するイメージがアップする事間違い無しですよ」

その提案《ていあん》には興味《きょうみ》を持ったのか、セルティは縛り上げる影の動きをピタリと止め、どこかそわそわした調子で問い掛ける。

『私の玩具って……例えばどんな？』

セルティの反応に対して『あれ？　これは食いつくんだ？』と意外《いがい》そうな顔をした後、白夜丸は目をギラリと光らせて自らの素案《そあん》を口にした。

「……首無しライダーを詰め込んだ樽《たる》にナイフを刺していき、ハズレを引くと貴女《あなた》のヘルメットがぽんと跳び上がる『首無し危機一髪《ききいっぱつ》』とか……」

『訴訟沙汰《そしょうざた》になるぞ!?』

♂♀

深夜　新羅《しんら》のマンション

『……というわけで、本当に話を聞くだけで疲れた……。その後も「エロスは老若男女《ろうにゃくなんにょ》共通、人類の夢なのでセーフ」とか訳《わけ》の分からない事を言い出したから、適当に縛り上げて、あとはあの屋敷《やしき》の執事《しつじ》さん達に必要最低限の情報を聞いてきた感じだよ』

「ああ……ごめんよセルティ、『類は友を呼ぶ』とは言うけれど、父《とう》さんが交友関係までアレだったなんて……」

『考えてみれば、私に賞金を懸《か》けたどこぞの芸能事務所の社長だの、お前の親父《おやじ》だの、矢霧製薬《やぎりせいやく》の社長だのも含めて、私の周りにはろくな中年《ちゅうねん》の男がいない。一番常識《じょうしき》的なのが粟楠会《あわくすかい》の四木《しき》さんや赤林《あかばやし》さん達って普通に考えておかしいだろ⁉　おかしいよな⁉』

そして、やや落ち込みながら文字の続きを打ち込んだ。

『……やっぱりあれか？　私が世間《せけん》からズレてるから、自然と周りに変な奴《やつ》が集まるのか？』

「じゃあ、一番の変人は僕だね」

『あ……すまない、そんなつもりじゃ』

「なんで謝るのさ。君を愛する事が変わり者の証明《しょうめい》なら、それは寧《むし》ろ名誉《めいよ》な事だよ。いいかい、いつも言ってるけど、君がどれだけ世の中とズレたって、僕だけは君についていく。だから、セルティはいつでも、セルティが正しいと思った事をやればいいだけさ」

まったく照れた様子《ようす》もなく、真《ま》っ直《す》ぐな瞳《ひとみ》でセルティを見つめながらの言葉。

そして、そのまっすぐな瞳のまま抱きついてこようとしたので、セルティは身を捻《ひね》ってその突撃《とつげき》を躱《かわ》した。

『悪いな、その言葉は凄《すご》く嬉《うれ》しいが、今はそんな気分じゃない。どうやって金持ちのボンボン君を探すか考えないといけないからね』

スカを喰らってソファに頭から突っ込んだ新羅《しんら》は、鼻をさすりながら口を開く。

「あ、結局仕事は受けたんだ？」

『本当に、淡雪《あわゆき》ちゃんがいなければ放っておいた所だよ』

「セルティってなんだかんだ言って子供に優しいよね。ああ、僕が子供の頃《ころ》、もっと甘えてれば良かった」

『今でも十分子供だよ、お前は』

どこか楽しげな調子で文字を打ったセルティは、そこで気を引き締《し》め直して、今後の動きについての指針を立てた。

『とりあえず、赤林さんに連絡《れんらく》をとってみる。それから、その長男《ちようなん》がいそうなグループを絞《しぼ》り込んで直接探りをいれてみようと思う』

セルティは、まだ気付いていなかった。

この時点で既《すで》に、同時並行《へいこう》する複数の『事件』に巻き込まれていたという事に。

第二章

かつて新宿《しんじゅく》の地に、『罪歌《さいか》』と呼ばれる妖刀《ようとう》の伝説《でんせつ》があった。

人を愛するという性質を持った妖刀で、戦後まもない頃《ころ》、闇市《やみいち》で米兵《べいへい》が見つけた事が近代の世に姿《すがた》を現したきっかけだと言われている。

知性を持った竹槍《たけやり》との壮絶な死闘《しとう》を経て封じられたという奇妙《きみょう》な伝説を残し、再び闇の中に消えていた存在だが——『首無《くびな》しライダー』をはじめとした、そうした『埒外《らちがい》の事情』に詳しい者達の間では、その妖刀が実在している事は常識《じょうしき》として受け取られている。

妖刀『罪歌』。

女性の人格を持ち、人間の身体《からだ》に寄生して生きる、首無しライダーの『影』と同じような現代の科学どころか物理《ぶつり》法則《ほうそく》すら無視した存在。

『彼女』は自分を使用した者に大量の愛の言葉という呪《のろ》いを流し込み、『人間を愛し、子を増やせ』という指示《しじ》を与える。

その言葉に洗脳《せんのう》され、意識《いしき》を妖刀に乗っ取られた者達は、人間と愛の語らいをしようとする。

これだけを聞けば無害《むがい》極まりない妖刀《ようとう》にも思えるのだが、問題は、『罪歌《さいか》』という刃《やいば》にとっての愛情表現が、身体との触れ合いという事だった。

自らの刀身《とうしん》を人間の肉に染《し》みこませる事、その血を浴びる事こそが究極《きゅうきょく》の愛情表現であり、性行為にも等しい行為であるというのが罪歌の認識《にんしき》であり——その行為は、切った相手にも『愛の言葉』という呪《のろ》いを伝染《でんせん》させ、刀《かたな》本体の持ち主を『母』として崇《あが》め、意のままに操《あやつ》られる存在となる。

その切られた者達は『子』と呼ばれ、更《さら》にその『子』がハサミや包丁《ほうちょう》など適当な刃《は》を手にし、それを媒介《ばいかい》として再び愛を他人に囁《ささや》く事ができるようになる。『子』に切られた者は『孫《まご》』として繁《はん》殖《しょく》し、その連鎖《れんさ》によって『母』が望むだけ呪い《愛》を世界に広く拡散させる事ができるのだ。

しかし、時折《ときおり》『子』や『孫』の中には、強い意志力《いしりょく》で『母』の支配から逃《のが》れる者もいる。

あるいは『罪歌』の本体そのものを手にしても、類《たぐ》い希《まれ》なる意志の強さ、特殊《とくしゅ》な精神構造《こうぞう》、もしくは人間ではないものが握った場合など、様々な理由で呪いを受け付けない者達がいる。

人間の意志を持ったままそのような罪歌の力を持った者は、現代社会の中では脅威《きょうい》となりえるのだが——今の所、池袋《いけぶくろ》にいる『罪歌』の所有者がそうした野望や悪意を持つ兆候《ちょうこう》は見受けられなかった。

園原杏里《そのはらあんり》の場合は、罪歌と共存《きょうそん》する事で、自らの人格を保った一際《ひときわ》特殊な例だ。

人間に寄生《きせい》し、愛という名の罪《つみ》を世界に歌いあげる妖刀『罪歌』。

少女はそんな妖刀の愛を羨《うらや》み、受け入れ――そして、彼女が逆に『罪歌』に寄生する事で、奇妙《きみょう》なバランスを取りながら世を生き続けているのである。

もっとも、そうした『罪歌』と共に過ごすが故《ゆえ》に、余計《よけい》なトラブルに巻き込まれる事も多々あるのだが。

果たして今回の厄介事《やっかいごと》を引き寄せたのが罪歌なのか、あるいは別の何かなのか――杏里にはまだ、推測《すいそく》をつける事すらできずにいた。

♂♀

杏里が事態《じたい》に気付いたのは、朝早くに起きて食事を済ませた後、店の倉庫《そうこ》から空《あ》いた棚《たな》に品物を補充《ほじゅう》しようとした時だった。

倉庫は店舗《てんぽ》兼家《けんか》屋《おく》である家の裏に建てられているのだが、その入口の南京錠《なんきんじょう》が壊《こわ》されており、何かを物色《ぶっしょく》したような形で棚や箱などが荒らされていたのである。引き出しという引き出しが開けられ、その中身が床などに散乱している。

目立って壊れた物や割れた物などはない事に安堵《あんど》したが、これが地震《じしん》などの荒れ方ではないと気付いた杏里《あんり》は、暫《しばら》く迷った挙《あ》げ句《く》、警察に通報する事にした。

迷った、というのは、別に彼女にやましい事があったからというわけではなかった。

身体《からだ》の中に眠る罪歌《さいか》の一件はあるにせよ、警察がそれに絡んでくるとは杏里も考えていない。

彼女が迷ったのは、一般人からすればいささか浮世《うきよ》離《ばな》れした理由からだった。

金庫や権利書などは家屋《かおく》の方に置いてある為《ため》、ここには基本的に商品しかない。ぱっと見た感じ、大きな物などが破損《はそん》したり盗《ぬす》まれたりはしていなかった為、世に疎《うと》い彼女は『この程度で警察に通報したら、お巡《まわ》りさん達にとって迷惑《めいわく》じゃないだろうか』などと考えてしまったのだ。風聞《ふうぶん》の事も考えなかったわけではないが、黙《だま》っていて泥棒《どろぼう》が近所にある別の家を襲《おそ》うかもしれない事を考えると、放置《ほうち》するわけにもいかなかった。

そうした考えの末、彼女は警察に通報した。

家の前にパトカーが止まるのは、両親が死んだ時以来だ。

聴取《ちょうしゅ》も色々受けたが、とある問題がある事に杏里は気付く。


何が盗まれたのか、彼女自身にも良く解《わか》っていないという事だ。

元々この倉庫内にあったのは、両親の死後、処分しきれずに残っていた価値《かち》不明のものばかりだ。杏里はそこから少しずつ値付けをして店に出し、時には新しく仕入れたものを入口付近に置いていたりはしたものの、全ての目録《もくろく》を作成しきれてはいない。

そんな状態で倉庫の奥の方まで荒らされてしまっていた上に、大物などは無事《ぶじ》だった為にハッキリとした被害額《ひがいがく》が解らない状態だ。

「うーん……そうですね。何か盗まれたものがハッキリしたら御連絡《ごれんらく》下さい。恐らく犯人は、盗みに入ったのはいいものの、何に価値があるのか解らず適当な小物を持ち去ったんじゃないかとは思いますが……あるいは、何も持ち去らずに逃げた可能性もありますね。下手《へた》に窃盗罪《せっとうざい》が加わるよりは、何も盗むものがなければ不法侵入《ふほうしんにゅう》段階で済ませる小狡《こずる》い連中《れんちゅう》もいますし」

現場からは杏里の物とは違う新しい足跡《あしあと》が複数採取されたらしく、『他に誰《だれ》かこの倉庫を使う人は？』と聞かれたが、倉庫の中にまで入るのは杏里ぐらいで、開店準備の際には高校時代の同級生——竜ヶ峰帝人《りゅうがみねみかど》や紀田正臣《きだまさおみ》——あるいは門田《かどた》や狩沢《かりさわ》といった知り合いも中で作業をしたが、現在まで新しい足跡として残っている事はないだろう。

南京錠《なんきんじょう》から杏里のものとは違う指紋《しもん》も採取されたらしいが、これは後にデータベースと照合《しょうごう》して捜査に使うとの事だ。

形式上の捜査を終え、警察は早々に引き上げていく。

凶悪《きょうあく》犯罪というわけでもなく、具体的な被害が明確ではないため、捜査の優先順位はそれほど高くはないのだろう。

それでも杏里は、わざわざ十人近くもの大人数で現場検証《けんしょう》に来てくれた警察に感謝《かんしゃ》しつつ、店の前で彼らが去って行くのを丁寧《ていねい》な御辞儀《おじぎ》で見送った。

すると、その後ろから声が掛けられる。

「ちょ、何があったんすか？　園原先輩《そのはらせんぱい》」

振り返ると、そこには緑色《みどりいろ》の髪《かみ》が目立つ少年の姿《すがた》が。

ここ数ヶ月ですっかり常連《じょうれん》になった、来良《らいら》学園の新入生の一人、琴南久音《ことなみくおん》だ。

「はい、泥棒《どろぼう》に入られてしまったみたいで……」

どこか他人事《ひとごと》のように、杏里《あんり》は淡々《たんたん》と答える。

「ええっ⁉　大丈夫《だいじょうぶ》なんすか⁉」

「それが、何が盗《ぬす》まれたのか良く解《わか》らなくて……。あ……ごめんなさい。店を開けるのはもう少しかかると思います」

「ああ！　いやいや、気にしないで下さいよう！　俺《おれ》はほら、池袋《いけぶくろ》の情報掲示板《けいじばん》で『近所の古《ふる》道具屋《どうぐや》の前にパトカーが停《と》まってる』って書き込み見つけて、もしやと思って野次馬《やじうま》に来ただけっすから！」

と、気遣《きづか》いも何もないストレートな理由をぶっちゃけた後、久音は更《さら》に続けた。

「でも、なんだって空《あ》き巣《す》なんて……古道具屋だから、なんか大判小判《おおばんこばん》とか江戸《えど》時代の陶器《とうき》とか、テレビの鑑定《かんてい》番組に出るレベルのお宝でもあると思われたんすかね？」

「……」

「いや、お宝がないって言ってるわけじゃないっすよ⁉　すいません」

「あ、いえ……」

杏里が沈黙《ちんもく》したのは、特に久音の物言いに不機嫌《ふきげん》になったというわけではない。

心当たりがあったからだ。

警察にも犯人の心当たりについて聞かれたが、彼女は一つ、泥棒に入られたと解った時点から気になっている事がある。

しかし、それを警察に伝えるわけにもいかなかった。

『罪歌《さいか》』絡みの事だからに他ならない。

まさに昨日《きのう》の夕刻、『罪歌』を欲する奇妙《きみよう》な男がいたのだから。


――「……『罪歌』を売って欲しい。金は……とりあえず五百万までは出す用意がある」

半日前のやり取りが、杏里の頭の中に蘇《よみがえ》る。

――「なんなら、俺を斬《き》って『子』にするだけでも構わない」

――「罪歌……なんの事でしょう」

惚《とぼ》けようとした杏里に対し、顔に包帯《ほうたい》を巻いた男が苦笑《くしよう》した。

――「惚ける必要はないさ。俺がここまで情報を持ってる時点で、ただの冷やかしじゃないって事ぐらいは解《わか》るだろう？」

——「どこで罪歌《さいか》の事を……」

——「知り合いが『子』で、尚《なお》かつ『母』の支配を逃《のが》れていた。それ以上は別にいいだろう？」

——「……！」

——「……まあ、その顔を見るに、金で売る気は無さそうだな。諦《あきら》めるとするか」

そのまま立ち去ろうとする青年に、杏里《あんり》は思わず声をかける。

——「待って下さい。だったら、その知り合いに斬《き》ってもらっても同じじゃ……」

——「消えちまったよ。半分正気じゃなかったからな。実際、二人ほど見たが、どっちも大《だい》分《ぶ》イカれてたしな」

男はそのまま店の扉《とびら》に手をかけ、最後に杏里を振り返りながら言った。

——「……正直、あんな凄《すご》い力を自在《じざい》に使えるのに、普通に暮らしてるアンタは凄いと思う。皮肉《ひにく》じゃなく、割と本気で尊敬《そんけい》してるよ」

謎《なぞ》を残したまま去って行った青年の事を思い出し、今回の事と何か関係あるのだろうかと訝《いぶか》しんだ。

しかし、割とあっさりと諦めて帰っていった事を考えると、果たして犯罪行為に手を染めてまで手に入れようとするだろうかという疑問は残る。

――私を罪歌の事で脅迫《きようはく》する事もできた筈《はず》なのに……。

――そうすれば、私は罪歌で彼を斬る事になるかもしれない……でも、彼は自分を『子』にするのでも構わないと……。

そもそも、罪歌の事を良く知っているならば、倉庫《そうこ》を荒らしてもそこに刀身《とうしん》がない事が承《しよう》知《ち》の上の筈だ。

――でも、罪歌が『腑分《ふわ》け』で何本かに増えてる事も知っているとしたら……。

考えれば考えるほど泥沼《どろぬま》に嵌《は》まっていくようで、杏里はとりあえず罪歌とは切り離して考える事にする。

とり急ぎ現状を誰《だれ》かに伝えねばと思い、ひとまずは店の後見人《こうけんにん》になってくれている人物と、帝人《みかど》をはじめとした知り合いに相談してみる事にした。

最初に後見人である男に電話をかけたのと――泥棒の話を知った久音《くおん》が『スネイクハンズ』の面子《メンツ》にメールを送信したのは、ほぼ同時の事だった。

店舗から少し離れた公園のフェンスの傍《そば》。

警察が去って野次馬《やじうま》も消えた『園原堂《そのはらどう》』の様子《ようす》を窺《うかが》う影が二つ。

「……まさか、ここまで目的地が一緒《いつしよ》だとは思わなかったよ。ビックリだね」

『……私もです。……あの、赤林《あかばやし》さんは、私と杏里ちゃんが知り合いだという事は……』

「ん、なんとなく知ってたよ。岸谷《きしたに》先生の所に杏里《あんり》ちゃんっぽい子が出入りしてたなんて話もこの一、二年の間で何回か聞いたしねえ。それにほら、竜ケ峰帝人《りゅうがみねみかど》君の事もあるし」

『すいません……』

セルティもまた、ダラーズ事件で自らの『首』と融合した際に行った情報収集《しゅうしゅう》により、赤《あか》林《ばやし》と杏里の関係はそれとなく知っていた。

だが、杏里は赤林がヤクザ者だという事は知らなかったようなので、彼女の前で赤林の話はしたことがない。

「まあ、隠《かく》すのも後ろめたいんだけどさ、あの子は俺《おれ》がまだカニの卸《おろし》売り業者だと思ってるんだよねえ。あの店がもう少し軌道《きどう》に乗ったら、ちゃんと話してもっと距離《きょり》を置くさ。ヤクザ者が後ろにいるなんて知られたら、痛くもない腹を探られる事になるかもしれないからねえ」

苦笑《くしょう》しながらそんな事を言う赤林に、セルティも心中《しんちゅう》で頷《うなず》きながら答えた。

『大丈夫《だいじょうぶ》ですよ、私からは言いませんから』

「助かるよ、運び屋さん」

そんな会話を続けていると、店の前で動きが起こる。

セルティの見慣れたバンが停《と》まり、中から見知った顔が二つ出てきたからだ。

——あれは……八尋《やひろ》君⁉　それと……ええと……門田《かどた》君達の運転手の、ルリファンの人？

——ああ、そうか。さっきのメール、八尋君達にも回してたのか。

慌《あわ》てた様子《ようす》で車から降りた彼らの前で、園原堂《そのはらどう》の扉《とびら》が開く。

しかし、中から現れたのは杏里ではなく、久音《くおん》の姿《すがた》だった。

どうも警察が去った後、野次馬根性《やじうまこんじょう》を発揮《はっき》してずっと店の中に居座っていたようだ。

――まったく、相変わらずグイグイ行く子だなあ。

セルティは久音の性質を知っている為《ため》、泥棒《どろぼう》を何か記事のネタなどにしようとしているのだろうと想像《そうぞう》する。

杏里に迷惑《めいわく》がかかる前に、きちんと止めておくべきだろうと考えていると、横にいた赤林が声から感情を消して呟《つぶや》いた。

「おいちゃん、ちょっとあの髪《かみ》の毛《け》が緑色《みどりいろ》の奴《やつ》が気になってるんだけどね」

『……!?　いやいや、大丈夫ですよ！　杏里ちゃんは帝人君がいますから！　それにあの緑の髪の子、ああ見えて極悪人《ごくあくにん》とかそういうのじゃないので。多分』

「いや、まあ、帝人君も心配っちゃ心配なんだけどね？　最近はすっかり裏側から手を引いたってていうから幾分《いくぶん》安心してるけどさぁ。まあ、そういう話じゃなくてねぇ……」

赤林はそう言いながら自分の携帯《けいたい》を弄《いじ》り始め、一つの動画《どうが》を画面上に呼び出した。

「これ、多分、あの子だよねぇ？」

そこには、セルティも何度かネットで見かけた光景《こうけい》が映し出されている。

遠目《とおめ》でぼやけてはいるが、緑の髪の少年を助けようとして、別の少年が平和島静雄《へいわじましずお》に喧嘩《けんか》を売っている光景《こうけい》が。

——……。

「今の反応を見るに、どうもあの緑《みどり》の髪《かみ》の子と知り合いみたいだからさ……」

——あれ、今、私、何か墓穴《ぼけつ》を掘った⁉

心中《しんちゅう》で冷《ひ》や汗《あせ》を流すセルティ。その肩にポンと手を置いて、赤林《あかばやし》はニヘラと笑いながら鋭い眼光と共に口を開いた。

「一から説明して貰《もら》えると、おいちゃん嬉《うれ》しいんだけどねぇ、運び屋さん？」

♂♀

同時刻《じこく》　池袋《いけぶくろ》　鬼子母神堂《きしぼじんどう》前
「ねえねえ四十万《しじま》さん四十万さん！　この鬼子母神堂って神社《じんじゃ》？　お寺？　どっち？」

長身に見合わぬ無邪気《むじゃき》な声が、鬼子母神の石畳《いしだたみ》の上に響《ひび》き渡る。

「神様ってことは神社？　でも、なんか俺《おれ》の知ってる普通の神社と雰囲気《ふんいき》違うよね？」

身長こそ高いものの、顔立ちにはまだ幼さが残る褐色肌《かっしょくはだ》の少年。彼が問いかけているのは、少し前を歩く顔に包帯《ほうたい》を巻いた男だ。

メガネを掛けた包帯男は、冷めた目を前に向けたまま、背後の少年の疑問に律儀《りちぎ》に答える。

「……鬼子母神は仏教《ぶっきょう》を守護《しゅご》する神様だからな。ここは寺だ」

「でも、そこに鳥居《とりい》がたくさんあるよ？　鳥居があるのが神社で、ないのがお寺だって父《とう》さんに聞いた事がある！」

「……そこの鳥居はお稲荷様《いなりさま》を奉《まつ》ってる武芳《たけよし》稲荷神社のものだ。元々は稲荷の森と呼ばれていた土地に後から鬼子母神を奉る寺が建ったそうだ」

「へー、そうなんだ？」

感心したように頷《うなず》いた後、クスクスと笑い出す褐色肌の少年。

「……何がおかしい？」

「四十万さんみたいな極悪人《ごくあくにん》が『お稲荷様』って、神様を様づけしてるの、なんか面白いよ？」

「……そんな風《ふう》に言ってると罰《バチ》が当たるぞ」

四十万と呼ばれた男は指摘《してき》された事が恥《は》ずかしかったのか、冷めた目の下で少し紅潮《こうちょう》した頬《ほお》を引きつらせた。

そんな四十万の表情など知らず、後ろを歩く少年は無邪気な笑《え》みを浮かべながら、公共の場でするような内容ではない言葉を口にする。

「この近所に麻薬《まやく》を広めようとした四十万さんの方が罰当たりだと思うけど？」

　すると四十万《しじま》は、メガネの奥の目をスゥ、と細めながらそれに答えた。

「罰《ばち》なら、もう当たったさ」

　冷め切っていた目をやや自嘲《じちょう》的に歪《ゆが》めながら、彼は独《ひと》り言《ごと》のように呟《つぶや》く。

「まあ、俺《おれ》がやってきた事を考えれば、こうして生きて歩いてる時点で、まだ当たりきっちゃいないいんだろうけどな」


　四十万博人《ひろと》。

　彼は不動産業などで強大な力を持つ大企業《だいきぎょう》、四十万グループの経営者一族《いちぞく》として生まれた男である。

　それなりに真面目《まじめ》な生活を送りながらも、心の底では周囲を見下ろす癖《くせ》があり、退屈《たいくつ》だと思いながら学生時代を過ごしていた。その最中《さなか》、彼の財力と人脈《じんみゃく》に目をつけた『雲井《くもい》』という男から、『合法ドラッグの互助会《ごじょかい》を作らないか』と誘われた時までは。

　雲井という男は不思議《ふしぎ》な存在だった。

　本人からはさして圧力やカリスマ性のようなものは感じられないのだが、不思議と彼の指示《しじ》は的確《てきかく》で、互助会の幹部《かんぶ》として活動していた四十万達を驚かせた。

　合法ドラッグの販売《はんばい》ルートを次々と生み出していく様《さま》は、まるで一人だけ別の視点から盤上《ばんじょう》を支配している一流のゲームプレイヤーであるかのように思えたのである。

その雲井がどこかに姿《すがた》をくらました後も、四十万はその影を追い続けた。

やがて合法ドラッグから非合法ドラッグに販売物を変え、最後には粟楠会《あわくすかい》を敵に回す事になってもーーそれでも彼は、止まる事なくより深い闇《やみ》へと足を踏み入れ続けたのである。

「俺は、雲井さんに憧《あこが》れると同時に嫉妬《しっと》してたよ。俺は雲井さんの上に立ちたかった」

鬼子母神《きしぼじん》の境内《けいだい》から出た後、周囲を気にする事もなく、四十万は淡々《たんたん》と自分の過去を語り続けた。

「だからこそ、雲井さんの名前を利用して、必要とあれば雲井さんを消すつもりで組織《そしき》を大きくし続けたんだけどな。粟楠会の赤林《あかばやし》と、折原臨也《おりはらいざや》って奴《やつ》のせいで全部がおじゃんだ。甘く見てたつもりはなかったんだが、あの折原って奴は雲井さん以上に厄介《やっかい》な奴だった」

「オリハライザヤ。聞いた事ないなあ」

「ここ2年ほど池袋《いけぶくろ》じゃ姿を見かけないからな。俺が最後に見た時は、腹にナイフが刺さって死にかけてたけどな。……まあ、生きてても死んでても、もうどうでもいいさ」

「意外《いがい》だね。四十万さんって根暗《ねくら》そうだから、ずっと恨《うら》んでると思ってた」

ケラケラと笑いながら言う褐色肌《かっしょくはだ》の少年の言葉に、四十万は少し苦笑《くしょう》しながら答える。

「恨んでるさ。だが折原臨也じゃない。俺が恨んでるのは、世間《せけん》そのものだ。……いや、池袋の街と言った方がいいかな」

「なんで？」

「……俺《おれ》を、見なかったからだ」

「？」

笑顔のまま首を傾《かし》げる褐色肌《かっしょくはだ》の少年に、四十万《しじま》は淡々《たんたん》と言葉を続けた。

「ヘヴンスレイヴを潰《つぶ》された後、俺は折原臨也《おりはらいざや》や澱切陣内《よどぎりじんない》、那須島《なすじま》とかいう連中《れんちゅう》にただ利用されるだけだった。この町そのものに俺はただ、狂言回《きょうげんまわ》しの道具として使い潰されたような気がしていたさ。だからヤケになって、ダラーズとかいう連中のボスを道連れにしてやろうと思ったりもしたさ」

「ダラーズは聞いた事あるよ。でも、そんな派手《はで》な最後になったって話は聞かないけど」

「……ああ、俺は勘違《かんちが》いしてたんだ。ダラーズだの折原臨也だの澱切だの……首無《くびな》しライダーだの、町を動かしてた連中にとって、俺は狂言回しですらなかった。見向きする価値《かち》すら無いゴミだったんだって事を思い知らされたよ」

当時の事を思い出し、ギリ、と包帯《ほうたい》に隠《かく》された口の奥で歯を軋《きし》ませる四十万。

ダラーズと切《き》り裂《さ》き魔《ま》の事件に巻き込まれた際、彼は確かに事件の中心に近い場所に居た。

だが、その結果、彼は悪意を跳ね返され報《むく》いを受けたのか？

答えは、否《いな》。

彼はただ、状況の中に放置《ほうち》され、何もできずに終わった。

罰《ばつ》を受けることもなく、彼を一度は影に捕《と》らえた都市伝説《でんせつ》も、自分に罪歌《さいか》という異形《いぎょう》の力を見せつけていた那須島という男も、すぐ傍《そば》で平和島静雄《へいわじましずお》という怪物《かいぶつ》と殺しあっていた折原臨也も、街にあふれていた怪異《かいい》や暴走族《ぼうそうぞく》、カラーギャングや粟楠会《あわくすかい》や警察すらも、自分に対して何もしようとしなかった。

普通ならば幸運だったと思えるようなその現実を前にした瞬間《しゅんかん》——四十万は、既《すで》に壊《こわ》れていたと思った自分のプライドが、まだ半壊《はんかい》すらしていなかった事に気付く。

自分は、『その他大勢《おおぜい》』に過ぎない。

この池袋《いけぶくろ》という街を巻き込んだ現実と幻想《げんそう》が混濁《こんだく》する大きな『流れ』に、自分を取るに足らない存在だと断じられたかのような錯覚《さっかく》に囚《とら》われたのだ。

小悪党《こあくとう》は絶望した。

自分が今まで見下《みくだ》してきた者達と一絡《ひとから》げ扱いされた事に対してではない。

他の誰《だれ》よりも、己《おのれ》自身が『自分は何者でもない』と確信してしまった事が、四十万から全ての希望を奪《うば》い去ったのである。

自分は、誰かを道連れにできる格《かく》すら持ち合わせていなかったのだと。

四十万博人《ひろと》という男は、負け犬にすらなれなかったのだと。

「俺は、復讐《ふくしゅう》したいだけだ。壮大な野望も将来への堅実なプランもない。少しずつ街のバランスを偏《かたよ》らせて、いつかゴロリと街がひっくり返れば御《おん》の字《じ》だ。その前に俺の首がゴロリと落ちる確率《かくりつ》の方が高いだろうけどな」

やや自嘲《じちょう》気味《ぎみ》な自分語りをした後、四十万《しじま》は背後を歩く褐色肌《かっしょくはだ》の少年に問いかける。

「お前はいいのか？　ジャミ。俺《おれ》やミミズについてきても、ろくなことにはならないぞ」

すると、ジャミと呼ばれた少年はケロリとした表情で答えた。

「別にいいよー？　四十万さんがちっちゃい人間だってのは最初からわかってるし」

そして、やや目を細めながら言葉を続ける。

「大物の人って逆に暴《あば》れないしさ。俺は、四十万さんの集まり好きだよ？　何も考えないでも適当に暴れさせてくれるしねー」

「ああ、喧嘩《けんか》相手ならいくらでも見繕《みつくろ》ってやるさ。その積み重ねがいつか街をひっくり返すと信じてな」

「でもさ、今日《きょう》のターゲットって女の人なんでしょ？　俺、女の人を襲《おそ》ったり殴《なぐ》ったりするような趣味《しゅみ》ないよ？　ねえ、やめようよー。いくら四十万さんが小物だからって、そういうのは趣味悪いと思うよー？」

「……何か勘違《かんちが》いしてないか？」

四十万は眉《まゆ》を顰《ひそ》めながら、そこで初めてジャミという名の少年の方を振り返った。

すると、ジャミはいつの間にか道路ではなく、道路沿いの塀《へい》の上を歩いている。

「何してるんだ？」

「バランスの訓練《くんれん》！　楽しいよ？　なんならここで何か踊って見せようか？」

「あまり目立つ真似《まね》はするな」

「顔面に包帯《ほうたい》巻いてミイラ男みたいになってる四十万さんがそれを言うのー？」

愚痴《ぐち》を零《こぼ》しつつも、ジャミはヒョイと地面に降りた。

「俺より四十万さんの方がずっと目立ってると思うけどなあ」

「俺はいいんだよ」

ジャミがまともに道路を歩き始めたのを確認《かくにん》した後、四十万は再び前を向いて話の続きを口にする。

「とにかく、警戒《けいかい》すべき女の顔を見せに行くとは言ったが、別に戦えというわけじゃない。

……いや、手っ取り早くお前に認識《にんしき》させるには、やはり彼女が敵意を持ってくれるのが一番早いんだがな……」

「認識って、何を？」

首をひねるジャミに、四十万が答えた。

「この池袋《いけぶくろ》には、人知《じんち》を超えた物がどこにでも転がってるって事をだよ」

そう言って、不敵に笑いながら道の角《かど》を曲がろうとした四十万だったが——

「……」

彼は角を曲がりかけた身体《からだ》をそのまま一八〇度回転させ、ジャミの肩に手を置きながらスタスタと来た道を戻り始める。

「え？　何？　どうしたの四十万《しじま》さん？」

キョトンとするジャミに、四十万が元来た道を戻りながら小声で言った。

「今は不味《まず》いようだ。嫌《いや》な組み合わせが見えた」

「？」

ジャミは静かに道の角《かど》まで行くと、その先にある光景《こうけい》をそっと覗《のぞ》き見る。

すると、そこには、更《さら》に一つ先の角で、何やら身を隠《かく》すようにしながら会話のようなやりとりをしている二つの人影《ひとかげ》があった。

一人は、杖《つえ》を突いた色眼鏡《いろめがね》の男。

もう一人は、映像《えいぞう》などで見た事がある『首無《くびな》しライダー』そのものだった。

「わお」

ジャミは思わず口笛《くちぶえ》を吹き、小躍《こおど》りしながら四十万の所まで駆《か》けていく。

「ねえねえ！　あれ、首無しライダーでしょう⁉　俺《おれ》、前に生《なま》で見た事あるから解《わか》るよ！　あれ、本当に人間じゃないのかな！」

「ああ、アレは人間じゃない。あんなのが堂々《どうどう》と昼間から町を歩いてる時点でどうかしてる」

淡々《たんたん》と言う四十万だが、次の言葉は、軽い歯噛《はが》みをした後に紡《つむ》がれた。

「問題はその首無しライダーと一緒《いっしょ》にいた奴《やつ》だ」

「あの杖突いたオジサン？」

「……粟楠会《あわくすかい》の赤林《あかばやし》。昔、俺がいた『ヘヴンスレイヴ』を引っかき回してくれた厄介《やっかい》な奴だ」

「ああ、ヤクザ屋さんかあ！　大丈夫《だいじょうぶ》だよ、俺、拳銃《けんじゅう》とか怖《こわ》くないし」

自信過剰《じしんかじょう》としか受け取られないような言葉を口にするジャミだが、四十万はその点については否定せず、別の場所について訂正《ていせい》をする。

「……赤林は銃は使わない。あいつの怖い所は、そういう所とは少し違う」

そして、チラチラと背後を気にしながら、四十万はやや足早になりながら続けた。

「今日《きょう》は引こう。元々麻薬《まやく》嫌《ぎら》いの赤林に喧嘩《けんか》を売ったのがケチのつきはじめだったんだ。奴が俺の顔を知ってるとしたら、顔を合わせた瞬間《しゅんかん》に叩《たた》き殺されてもおかしくない」

「俺はヤクザ屋さん相手にしても大丈夫だよ？」

「ああ、お前は強いから大丈夫だろうよ。だが俺はお前と違って弱いんだ。お前が首無しライダーを相手にしてる間に俺が襲《おそ》われたら、今の俺には勝てる要素がない。逆になっても同じだ。首無しライダーは俺の事などどうでもいいだろうが、見逃《みのが》す理由もないだろうしな。……というかお前、今すぐに暴《あば》れたいのか？」

「うん！」

溜息《ためいき》を吐きながら言う四十万に、ジャミは無邪気《むじゃき》な笑顔で頷《うなず》いた。

「……だったら、順番を少し変えるか」

冷え切った目を地面に落としながら、四十万《しじま》は面倒臭《めんどくさ》そうにその名前を口にする。

「じゃあ、先に……お前が会いたがってた平和島静雄《へいわじましずお》って奴《やつ》を見に行くか？」

♂♀

——ん？

セルティは妙《みょう》な違和感《いわかん》を覚えて振り返るが、その先の路上《ろじょう》には誰《だれ》の姿《すがた》もなかった。

「どうかしたかい、運び屋さん」

『あ、いえ。すいません、気のせいでした』

——なんだろう、今、なんだか妙な気配《けはい》を感じたな。

気にはなったが、赤林《あかばやし》を無視する程ではなかったので、とりあえず流す事にする。

「それで、まーた、今時の高校生がヤンチャしてるのに付き合ってるわけだ」

『いや、帝人《みかど》君の時みたいに変なチームを作ったりしてるわけじゃ……。そりゃ、確かに高校生の何でも屋なんて危ないとは思いますけど、私が関わっていてもいなくても危ない橋を渡りそうだから、いざとなったら身内から止められる方がいいかもしれませんし……』

「まあ、気持ちは解《わか》るけどねえ。運び屋さんが無理矢理《むりやり》高校生を痛めつけて止めたりするタイプじゃない事も知ってるしさ。まあ、俺《おれ》としちゃ、あんまり杏里《あんり》ちゃんを厄介事《やっかいごと》に近づけたくはないからさ。そこだけ気を付けてくれてりゃいいよ」

『はい、できる限りの事はします』

——あ、今私、凄《すご》い厄介な頼まれ事を引き受けてしまった気がするぞ？

——でもまあ、それを言ったら赤林さんの存在が一番厄介事を招きそうだけど……。

「そう嫌《いや》な顔しないでくれよ。はみ出し者の俺が一番厄介事だってのも解っちゃいるさ。できる範囲でいいんだからさ」

——エスパー⁉

——何だ⁉　粟楠会《あわくすかい》の人達はどうして私の存在しない顔色を窺《うかが》えるんだ⁉

『いえ、私も杏里ちゃんの事は友達だと思っています。友達を厄介事には巻き込みたくないですから』

「……そうかい、じゃあ、今後はあんまり危ない仕事は頼めないねえ。爆弾《ばくだん》とか誰《だれ》かの内臓《ないぞう》を運ぶとか」

『今まで運んだものの中にそんなものが⁉』

「ないよ。冗談《じょうだん》だって、冗談」

ヘラリと笑う赤林。

ですよね、と安堵《あんど》しかけたセルティの前で、赤林が園原堂《そのはらどう》の方に目を向けながらあっさりとした調子で言葉の続きを呟《つぶや》いた。

「そういうのは、流石《さすが》に身内で運ぶしねえ」

——……。

冗談《じょうだん》だと思ってその場は流し、セルティも無言《むごん》で園原堂《そのはらどう》の様子《ようす》を窺《うかが》う事にする。

「しかし、おいちゃんもあまり高校生の前には顔を出さない方がいいだろうからねえ。彼らが店から出て行ったら行くよ」

『ええ、じゃあ、私は時間を改めます。一緒《いっしょ》に行くのも変ですし』


そうして赤林《あかばやし》と別れたセルティは、そのままシューターの所に戻り、ゆっくりと道路を走らせながら周囲の気配《けはい》を探り続けた。

——うーん、もうさっきの変な気配は無いなあ。

改めて、先刻《せんこく》感じた妙《みょう》な存在について思い返す。

——妖精《ようせい》の類《たぐい》じゃないけど、まともな人間でもないような……。

——鯨木《くじらぎ》と似てる感じだったが、あいつとは少し違う気が……。

かつて自分の恋敵《こいがたき》だった、人間と異形《いぎょう》の血を引いていると思《おぼ》しき女の事を思い出しながら周囲を探るセルティ。

そんな中、近づいて来る気配に気付いて意識《いしき》を向けた。

──そうそう、鯨木の気配はこんな感じだったな。

──……。

──……って、え？

セルティが意識を向けたその先。

歩道の上に、眼鏡《めがね》をかけたクールな雰囲気《ふんいき》の女性の姿《すがた》があった。

かつて池袋《いけぶくろ》の騒動《そうどう》に関わり、セルティから新羅《しんら》を奪《うば》おうとした女──鯨木かさねの姿が。

『く、鯨木……？』

もしもセルティの手元に首があったら口をパクパクと開いていた事だろう。見た者にそう思わせる程に全身を動揺《どうよう》させるセルティに、鯨木は無表情のまま整然とした調子で頭を下げた。

「……お久しぶりです、セルティさん」

そして、顔を上げた後もまったくの無表情のまま、鯨木は淡々《たんたん》とした調子でセルティの心を掻《か》き乱す社交辞令《しやこうじれい》を口にした。

「壮健《そうけん》なようでなによりです。岸谷《きしたに》新羅さんはお元気ですか？」

♂♀

園原堂店舗内《そのはらどうてんぽ》

「それじゃあ、何が盗《ぬす》まれたのかは解《わか》らないんですか？」

辰神姫香《たつがみひめか》の言葉に、杏里《あんり》は困ったように頷《うなず》いた。

「そうなんです……。私が店を開いてから仕入れて目録《もくろく》にしてあるものなら解るんですけど……父が店主だった頃《ころ》から倉庫《そうこ》にあったものまでは……」

「やっぱり、なんか凄《すご》いお宝とかあったんじゃないんすかね、店長さんも知らない先代の残した骨董品《こっとうひん》とか、宝の地図みたいなのが……」

「琴南君《ことなみ》、空気読んで」

「あいでででで、ちょ、ま、ピアスの穴が広がっちゃうって⁉」

姫香に耳をひっぱられて後ろに下がった久音《くおん》の代わりに、八尋《やひろ》が杏里に対して口を開く。

「でも、園原先輩《せんぱい》が無事《ぶじ》で本当に良かったです」

僅《わず》かに安堵《あんど》した表情をする八尋を見て、杏里が柔らかく微笑《ほほえ》んだ。

「ありがとうございます、ごめんなさい、常連《じょうれん》さんの君達に変な心配をかけちゃって……」

そう言いながら、杏里は改めて後輩《こうはい》の三人を見る。

姫香も八尋も久音も、三人とも『中々心を顔に表さない』という点では共通していたが、杏里には最近それぞれの違いを理解しつつあった。

八尋は、単に感情を表す事に慣れていないだけらしい。困った時は困った顔をするし、嬉《うれ》しい時は笑いもするが、そのどれもが不慣れでぎこちない様子《ようす》だった。

姫香の場合は、物凄《ものすご》く精神力が強いタイプだろう。多少の事では動じない代わりに、笑ったり呆《あき》れたりするといった事も滅多《めった》に無い。

久音の場合は表情豊かだが、それは本心を隠《かく》す為《ため》にオーバーに顔を変化させている印象《いんしょう》だ。

——琴南君は紀田《きだ》君に、辰神さんは沙樹《さき》ちゃんに近いのかも。

自分に近しい友人の事を思い出しながら、ふと、『無表情』で思い出す。

——鯨木《くじらぎ》さんも無表情だけど……。あの人は、そのどれとも違う気がする。

——どうしてあんなに無表情なんだろう。言葉だけを聞くと、楽しそうにしてるのが解る事はあるけれど……。

♂♀

池袋《いけぶくろ》　路上《ろじょう》

『何が「新羅《しんら》さんは元気ですか」だ！　私が教えると思うのか！』

「いえ、私は貴女《あなた》にとって敵でしょうから、答えは期待しておりません。ですが、私が岸谷《きしたに》新羅さんが元気かどうか尋《たず》ねたのは純粋《じゅんすい》に気になったからであり、貴女を挑発《ちょうはつ》する意図《いと》は存在しないと断言できます」

『いやいやいや！　それ以前に、お前、よくも私の前に顔を出せたな⁉　正直もう二度と池《いけ》袋《ぶくろ》の街には寄りつかないものだと思ってたぞ⁉』

シューターから降りたセルティは、鯨木《くじらぎ》の胸ぐらをつかみそうな勢いで近寄り、ズイとスマートフォンの画面を見せつけた。

しかし、当の相手は怯《おび》えた様子《ようす》もなく、飄々《ひょうひょう》とその怒りを受け流しながら答える。

「いえ、確かに池袋に来訪する機会《きかい》は減少しましたが、園原堂《そのはらどう》との取引や、『眼鏡《めがね》男子・ザ・ダブルショットガン』の衣装合《いしょうあ》わせなどの際には訪れています」

『眼鏡……なに？』

混乱するセルティに対し、鯨木はつらつらとその固有名詞《めいし》の意味を並べ立てた。

「……『眼鏡男子・ザ・ダブルショットガン』。エターナル・ド・シャルモンテ嬢《じょう》が主催《しゅさい》する、自分という殻《から》から脱却《だっきゃく》し新たなペルソナ《人格》をその身に降臨《こうりん》させる崇高《すうこう》なミサ集団です」

『何を言ってるんだお前は⁉　私の事を勝手《かって》に売りさばこうとしてたと思ったら、今度はとうとうクスリにまで手をだしたのか⁉　……って、待て。エタナールなんだって？』

「エターナル・ド・シャルモンテ嬢です」

テレビゲームに登場する貴族《きぞく》のような名前を聞き、セルティは心中《しんちゅう》で眉《まゆ》を顰《ひそ》める。

『聞いた事あるぞ……。どこだっけか……確か動画《どうが》サイト絡みで……』

暫《しば》し考えた結果、彼女の頭の中に、黒ずくめの友人の姿《すがた》が思い浮かんだ。

『狩沢《かりさわ》のハンドルネームじゃないか⁉』

「はい。狩沢絵理《えり》華《か》嬢のコスプレネームでもあります。ちなみに私のコスプレネームは『スクール娘猫』です。スクールはカタカナ、娘《むすめ》に猫《ねこ》と書いて『ニャンニャン』と読みますのでどうぞお間違え無きよう。猫娘ではなく娘猫です」

そんな事を言いながら、イベント用のコスプレサークルの名刺《めいし》を差し出してくる鯨木。

セルティは名刺を一応受け取りながらも、身体《からだ》を戦慄《わなな》かせながら文字を打つ。

『凄《すご》くどうでもいい！　あああ、ツッコミ所が多すぎて頭が追いつかない！　大体スクールって歳《とし》じゃないだろお前！　そりゃ、歳を取ってからまた学校に通う人もいるけど！』

「誤解《ごかい》なさらないで下さい。名付け親の狩沢絵理華嬢の話では、私のスクールは学校ではなく、素直クールの略《りゃく》だそうです。本来は漢字の素《す》にクールで素クールと書くそうです」

『心の底からどうでもいい！』

叫ぶように打ち込んだ後、怒りに任せて文字を並べて鯨木に見せつけた。

『あぁくそ！　なんか夕べからずっとツッコミっぱなしというか、本当に私の周りのいい歳《とし》した大人《おとな》で一番まともなのが粟楠会《あわくすかい》の人達ってどういう事だ！』

「ところで、岸谷新羅《きしたにしんら》さんはお元気ですか？」

『人の話を聞けぇーっ！』


そのまま一分ほど、影で縛《しば》ろうとするセルティと、人間離れした体術《たいじゅつ》や見た事もない謎《なぞ》の道具などを駆使《くし》して躱《かわ》し続ける鯨木《くじらぎ》の争いが続いたのだが——

やがて周囲に人が集まり始めたのを察して、セルティが肩で息をしながら提案《ていあん》した。

『……とりあえず、場所を変えないか？』

「了承《りょうしょう》です。今日《きょう》は私は、貴女《あなた》と争いに来たわけではありません。それに、私も粟楠会から追われる身……。先ほどから姿《すがた》を見かけてはいましたが、赤林海月《あかばやしみづき》氏がいる前に顔を出すわけにはいきませんでした」

珍妙《ちんみょう》な道具の数々をどこかにしまい込みながらそう答える鯨木を見て、セルティは呆《あき》れたようにスマートフォンの画面を向けた。

『……追われてる自覚はあったんだな』

♂♀

園原堂《そのはらどう》

　高校生達が店の一部で何やら相談しているのを見て、付き添いで来た渡草《とぐさ》が、そっと杏里《あんり》の方に近づいて口を開く。

「あのよお、嬢《じょう》ちゃん。あいつらはアレの事は知らないんだろ？　ほら、刀《かたな》の事」

　小声で言う渡草に、杏里は小さく頷《うなず》いた。

「ええ、知らない……と思います。帝人《みかど》君も話していないと思いますし……」

「ああ、そうか。いや、あいつら狩沢《かりさわ》や遊馬崎《ゆまさき》とも知り合いだからよ、そっちからバレたらごめんな。狩沢達もその辺の空気は読めるから言わないとは思うけどよ」

「私も、渡草さんが八尋《やひろ》君の知り合いだと知って驚きました」

「……あ、俺《おれ》の名前、覚えててくれたんだ」

　てっきり『運転手の人』と覚えられていると思っていた渡草は、久方ぶりに人の温かみを感じた気がして逆に動揺《どうよう》していた。

「？」

「ああ、いや、なんでもない。まあ、他の二人は良く知らないが、あの八尋《やひろ》って奴《やつ》はセルティとも知り合いだし、俺《おれ》の弟分《おとうとぶん》みたいなもんだから、まあ、良くしてやってくれ」

「そうみたいですね」

「なんだ、知ってたのか」

肩を竦《すく》める渡草《とぐさ》に、杏里《あんり》は黙《だま》って微笑《ほほえ》む。

帝人《みかど》に八尋の事をそれとなく聞いていて、セルティと知り合いの可能性が大きいと聞いていただけだが、渡草や狩沢《かりさわ》とも知り合いだった事を知り、杏里は改めて世間《せけん》の狭さに驚いていた。

そんな彼女の内心を知ってか知らずか、渡草が言った。

「まあ、何かあったら、門田《かどた》の旦那《だんな》も狩沢も遊馬崎《ゆまさき》も駆《か》けつけるだろうからよ。俺らにできる事があったら、なんでも言ってくれや」

「……！　ありがとうございます……」

杏里は多くの人に心配をかけてしまっている事を申《もう》し訳《わけ》なく思う一方で、こうして気に掛けてくれる温かみのある人達と同じ街に生きている事が、どこか嬉《うれ》しくもあった。

罪歌《さいか》の呪《のろ》いは不幸しか生み出さないと思い込んでいた時期があったが、トラブルを呼び込むと同時に、セルティを初めとした、とても優しい人達とも巡り合わせてくれた。杏里はその事に感謝《かんしゃ》しつつ、自分もそうした人々や『罪歌』にも恩返《おんがえ》しをしなければと考える。

頭の中で、相変わらず『愛の言葉』を叫び続ける罪歌の声を聞きながら。

するとそれまで何かを話していた高校生達がこちらに近づいて来て言った。

「園原先輩《そのはらせんぱい》、俺らに、何か手伝える事ないっすかね？」

「え？」

久音《くおん》の言葉に、驚いて目を丸くする杏里。

「いや、後輩《こうはい》だって事で今まで色々と安くして貰《もら》ったりしてるじゃないっすか。実は俺らも、バイト感覚で便利屋《べんりや》みたいな事やってるんすよ。だから、そのお返しに、なんでも手伝わせて下さいよ。特別にタダって感じでいいんで、なんなら夜、店の前を警備してもいいっすよ？」

「久音、なんか恩を売るみたいな言い方で失礼《しつれい》だと思うよそれ……」

慌《あわ》てて止めようとする八尋だが、そのまま、久音の言葉を引き継《つ》いで言った。

「ええと、すいません。俺もその、この町に泥棒《どろぼう》がいるとか怖《こわ》いんで、何か犯人を捕《つか》まえるのに協力できればなって思って……」

「あ……そんな、大丈夫《だいじょうぶ》ですよ。もう警察にも任せてありますから……」

現役《げんえき》の学生達をこんな事には巻き込めないとばかりに断る杏里だが、緑髪《りょくはつ》ピアスの少年は、何か面白い獲物《えもの》を見つけたというような目で、笑《え》みを必死に抑え込みながら続ける。

「でも、何も盗《と》られてないかもしれないって逆に怖くないっすか？　何か狙《ねら》いがあるんだとしたら、また来るかもしれないっすよ？　アイダダダダダダ！　耳！　穴！」

「なんで不安がらせるようなこと言うの……」

八尋《やひろ》と姫香《ひめか》の二人に左右の耳をひっぱられる久音《くおん》。

そんな彼らを横目に、渡草《とぐさ》が溜息《ためいき》を吐きながら杏里《あんり》に耳打ちした。

「あー……その、なんだ。八尋って奴《やつ》、セルティと同じタイプっつーか、割とグイグイ行くタイプだから、下手《へた》に『何もするな』って言っても勝手《かって》に自警団《じけいだん》みたいな真似《まね》するかもしれないからよ、適当になんか軽い事させてそれで気が済むようにさせればいいと思うぜ？」

「でも……うーん」

とはいえ、泥棒捜《どろぼうさが》しなどに巻き込むわけにもいかない。

杏里は少し考えた後、申《もう》し訳《わけ》無さそうに、便利屋《べんりや》『スネイクハンズ』に対して一つの『仕事』を依頼する事にした。

「それじゃあ……荒らされた倉庫《そうこ》の方を片付けるの、手伝って貰《もら》っていいですか？」

♂♀

店の前の路地《ろじ》

暫《しばら》く様子《ようす》を窺《うかが》っていた赤林《あかばやし》が、一人首を傾《かし》げる。

「あれぇ？　学生さん達、なかなか出てこないねぇ……」

すると、携帯《けいたい》電話に着信《ちゃくしん》があった。

画面を見ると、子飼いの暴走族《ぼうそうぞく》である『邪《ジャ》ン蛇《ジャ》カ邪《ジャ》ン』のメンバーからだった。

「はいはい、おいちゃんだよぉ。……ああ、うん。……。……はいはい」

暫く相槌《あいづち》などを打った後、適当に次の指示《しじ》を出して電話を切る。

そして、空を仰ぎながら杖《つえ》で自分の肩をポンポンと叩《たた》き、溜息を吐き出した。

「なるほどねぇ……『ヘヴンスレイヴ』の連中《れんちゅう》、海外のお客さん達と手を組んだのかい」

ニヘラと笑ったかと思うと、次の瞬間《しゅんかん》、赤林はスウと目を細めて呟《つぶや》く。

「そろそろ、お爺《じい》ちゃんやお父《とう》さん達じゃ庇《かば》いきれなくなるぜ、四十万博人《しじまひろと》君よお」

♂♀

池袋某所《いけぶくろぼうしょ》

赤林がそんな事を呟いた頃《ころ》——
「あれが平和島静雄《へいわじましずお》だ」

四十万博人《しじまひろと》は、いかなる権力をもってしても防ぎきれぬような、暴力《ぼうりょく》の化身《けしん》の傍《そば》にいた。

「金髪《きんぱつ》のサングラスの方だぞ」

とあるビルから出て来た二人組の男を顎《あご》で差す四十万に、ジャミが口笛《くちぶえ》を吹く。

「へー。ほんとにバーテンなんだね！　なんで？」

「さあな。好きなんじゃないか。バーテン服が」

「んじゃ、ちょっと喧嘩《けんか》売ってくる」

「あ、おい、もうちょっと観察《かんさつ》してからでも……」

止めるのも聞かずに走り出したジャミを見送り、四十万は舌打《したう》ちをした。

「やれやれ、とにかく、これで暫《しば》くあいつは使えなくなるな。……死なきゃいいが」

溜息《ためいき》を吐く一方で、四十万は僅《わず》かな興味《きょうみ》を抱く。

例の『スネイクハンズ』の怪人《かいじん》が静雄《しずお》に対して善戦したというならば、ジャミは一体どれほど静雄相手に闘《たたか》えるのだろうか？

計算では解《わか》らぬ事だと肩を竦《すく》め、四十万は初めてジャミに出会った時の事を思い返した。

♂♀

数ヶ月前

都内某所《ぼうしょ》　地下カジノ

「……結局、お前は使えないのか？　『罪歌《さいか》』の力」

「無理《むり》ね。私自身に、その……なんていうの？　操《あやつ》られてたっていう記憶《きおく》がないんだから。苛《いら》立《だ》たしいけれど、私を斬《き》ったその贄川《にえかわ》って女を捜すしかないんじゃない？」

「なに、『罪歌』の本体が町にあるらしい。いずれ探りを入れるさ」

そんな会話をしていたのは、四十万と、かつて彼の敵だった組織《そしき》『アンフィスバエナ』のリーダーである女——ミミズだ。

かつて『罪歌』に支配され、他者に操られていたミミズだったが、その支配から解放された際には既《すで》に全てを失っていた。そのまま路頭《ろとう》に迷っていた所を四十万に見つかり、半分保護《ほご》される形で手を組んで現在に至る。

過去ほど大きな規模《きぼ》ではないが、ミミズは嘗《かつ》てのノウハウを用い、池袋《いけぶくろ》とは別の場所で非合法な地下カジノを開催《かいさい》していた。

以前のようなICチップを利用したものではないが、ネットで集めた新しい客層を摑《つか》み、それなりに儲《もう》けが出ている状況だった。

四十万は、そろそろこの近辺の暴力団《ぼうりょくだん》に嗅《か》ぎつけられる頃《ころ》だろうと判断《はんだん》し、店を一度畳《たた》むようミミズに指示《しじ》を出しに来たのだが――

罪歌《さいか》に関する雑談をしている間に、カジノルームから何かが割れる音が聞こえてきた。

「責任者ぁ出しなさいって話ですよ、あんたらもこんな真似《まね》してんだ。意味は解《わか》るよな？」

どうやら一足遅かったようで、地元の暴力団員《ぼうりょくだんいん》が数名押し込んできたらしい。強面《こわもて》の男達を五名ほど従え、インテリ風を吹かせた男が静かにカードディーラーを脅《おど》しつけている。

「あらあら、もう二、三回は場が開けると踏んでたんだけど、思ったより情報通ね」

マジックミラー越しにカジノルームの様子《ようす》を見て、ミミズは困ったように溜息《ためいき》を吐いた。

「なんとかできるのか？」

「あの人数で、連中《れんちゅう》が銃器《じゅうき》を持ち込んでないならね。外にも待機《たいき》してるならちょっと不味《まず》いかもしれないけど」

「そうか……。まあ、ここの責任者のお前に任せるさ。……ん？」

肩を竦《すく》めるミミズが、部下《ぶか》に外の様子を確認《かくにん》させようとしている中――四十万《しじま》は、カジノルームの隅《すみ》の異常に気が付いた。

奥の暗がりにあるルーレットで大勝ちしていた男が、突然奇妙《とつぜんきみょう》な動きを見せたのだ。

他の客が怯《おび》えながら遠巻きに様子を窺《うかが》っている中、その男はスタスタと強面の男達の方へと近づき――いつの間にか手にしていた客用のワインボトルで、思い切り強面の一人の後頭部《こうとうぶ》を殴《なぐ》りつけたのだ。

ゴブ、と鈍い音が響《ひび》き、悲鳴を上げる間もなく強面の男が昏倒《こんとう》する。

四十万はその行動に目を見張った。

ただの命知らずではないという事はひと目で分かる。

何故《なぜ》なら彼は、店内を見回していた半数の強面達の死角を巧みについて移動し、相手がこちらを認識《にんしき》する前にワインボトルを叩《たた》きつけたからだ。

音に気付いて振り返った他の強面達を、こめかみ、顎《あご》、鼻柱《はなばしら》など次々とワインボトルで潰《つぶ》してそれぞれ一撃《いちげき》で意識《いしき》を奪《うば》い去っていく。

「⁉　何だてめ……」

異常を察知《さっち》したインテリ風の男が、相手の顔を確認するよりも早く――襲撃者《しゅうげきしゃ》によってその眉間《みけん》を勢い良く殴り抜かれた。

「……がっ……」

上半身をガクガクと震わせながら、泡《あわ》を吹いて倒れるインテリ風の男。

唖然《あぜん》とするディーラーや周囲の客達を前に、男は何事もなかったかのように歩を進めると、傍《そば》にいたミミズの部下の女性に声をかけた。

「ねえねえ、オレンジジュースある？」

今しがた六人の男達を固い瓶《びん》で殴《なぐ》り倒した男が、幼い子供のような無邪気《むじゃき》な笑《え》みを浮かべながら、その瓶を女性に差し出した。

「俺《おれ》、未成年だから、お酒飲んじゃダメなんだって！」

♂♀

「平和島静雄《へいわじましずお》より強い可能性……？」

暴力《ぼうりょく》を生業《なりわい》とする者達を六人、僅《わず》か数秒で昏倒《こんとう》させた。

ジャミを初めて見た時の武勇《ぶゆう》を思い返しながら、四十万《しじま》はその確率《かくりつ》について考えた。

だが、あっさりと答えを出し、俯《うつむ》きながら苦笑《くしょう》する。

「それはないな」

そして、再び顔を上げて『平和島静雄に喧嘩《けんか》を売る』という新たな武勇伝を獲得《かくとく》しようとしたジャミの末路《まつろ》を確認《かくにん》しようとしたのだが――

次の瞬間《しゅんかん》、ジャミの姿《すがた》が消えた。

「……？」

四十万の視界《しかい》の中では、静雄がこちらを振り返っているのが見える。

どうもこちらを見つめているような気がして、何が起こったのかと警戒《けいかい》していると、己《おのれ》の肩が何者かに掴《つか》まれた。

「……っ！」

頭の中に赤林《あかばやし》をはじめとした粟楠会《あわくすかい》の姿が過《よ》ぎり、慎重《しんちょう》、それでいて速《すみ》やかに背後を振り返ったのだが——

「あああああ、ああああ」

そこに居たのは、顔を青くしてカタカタ震えているジャミの姿だった。

「……？」

意味が解《わか》らない。

何故《なぜ》自分の後ろにいる？

消えたと思ったのは、一瞬《いっしゅん》でここまで殴り飛ばされたからだろうか？　平和島静雄に喧嘩を売ったのならば、十分にありえる話だ。

だが、それにしては顔に傷も無ければ服も汚れた様子《ようす》はない。

そんな事を考えながら首を傾《かし》げていると、ジャミは青い顔で震えたまま、それでも無邪気な笑みを浮かべて四十万の服の裾《すそ》を引いた。

「ややや、ヤバイヤバイ、あいつはヤバイねヤバイよ四十万さん」

「……もう殴られたのか？」

見た目に傷が無いだけで、やはり一瞬《いっしゅん》でトラウマを植え付けられる程の一撃《いちげき》を喰らったのだろうか。そう思って尋《たず》ねたのだが、ジャミはブンブンと首を左右に振り、笑いながら言った。

「違う違う違う、殴《なぐ》られたらそこで終わりだよ四十万《しじま》さん。うわあ、ヤバイなあ、なんだろう『アレ』。化《ば》け物《もの》か人間かとかそういうレベルじゃないっていうか、あれ、多分下手《へた》な化け物ぐらいなら一方的にボコスカ殴れちゃう、そういう範疇《はんちゅう》の『何か』だよ四十万さん」

この上なく無邪気《むじゃき》で楽しそうな笑顔を浮かべているのに、大量の冷《ひ》や汗《あせ》を流している。

——粗悪品《そあくひん》のドラッグきめた奴《やつ》がこんな感じになってたな。

四十万はなんとなくそんな事を考え、そもそもどうしてさっきまで静雄《しずお》の前にいたジャミが自分の後ろにいるのだろうという疑問はもはやどうでもよくなってしまっていた。


「……なんすか、あれ」

「さあ……格闘《かくとう》ジムとかそういうのの勧誘《かんゆう》じゃないか？」

一方、平和島《へいわじま》静雄と田中《たなか》トムの二人も、今しがたの光景《こうけい》を見て首を傾《かし》げていた。

突然『ねえ、平和島静雄さん！』と声をかけられ、何事かと振り返ったのだが——静雄と目を合わせた瞬間《しゅんかん》、その褐色肌《かっしょくはだ》の男が一瞬固まり、次の瞬間、バネ仕掛けの人形のように跳び上がったのである。

そのままビルの壁に足をつけたかと思うと、凸凹《でこぼこ》に足を巧みに絡ませ、まるで重力を無視したかのように壁を走ってそこからさらに跳躍《ちょうやく》したではないか。

わずか一瞬の出来事であり、真剣に見ていなければ姿《すがた》が消えたかと錯覚《さっかく》していた事だろう。

男は10メートル以上離れたかと思うと、そこに立っていた顔に包帯《ほうたい》をした男の後ろに隠《かく》れてこちらの様子《ようす》を窺《うかが》っていた。

「……サーカスの勧誘かな？　力持ちが鎖《くさり》を引きちぎるショーとかあるからな」

「あー、俺《おれ》、そういう人前《ひとまえ》に出る仕事はちょっと……」

「まあ、良く解《わか》んねえけど……何か緊急《きんきゅう》の用事があるのかもしれねえし、声かけてみるか」

「うす」

トムに促《うなが》されて、静雄はその二人組に向かって足を一歩踏み出した。

「来たっ！　来るよ来た来た来るよ四十万さん！　俺はともかく四十万さんは死んじゃうよ、四十万さんが死んだらまた退屈《たいくつ》になるっていうか俺あのミミズのお姉《ねえ》さん苦手《にがて》だから困るよ、逃げよう！」

まるで一部のホラー映画マニアのように、楽しそうに怯《おび》えながらそんな事を言うジャミ。

「おい、落ち着け、とにかく俺を巻き込……」

四十万が文句《もんく》を言いかけた所で、彼は自分の身体《からだ》がフワリと浮くのを感じていた。

「じゃ、逃げるよ！　逃げよう四十万さん！　落としたらゴメンねー！」

「なっ、ちょ、おい」

ヒョイと抱え上げられた四十万《しじま》が抗議《こうぎ》する声も聞かず――

ジャミは人を一人抱え上げたまま、アスリートのような速度で町の中を駆《か》け出した。

残された静雄《しずお》とトムは、顔を見合わせながら互いに首を傾《かし》げる。

「……なんだったんすかね？　あれ……」

「さあなあ……」

♂♀

路地裏《ろじうら》
「はぁ、はぁ……はぁは……ハハハハ！　ハハハハハハ！　やー、怖《こわ》くて楽しかったね四十万さん！　凄《すご》いね！　俺《おれ》、ジェットコースターとかお化《ば》け屋敷《やしき》でもあんなにスリル味わった事ないよっ！」
「いいから降ろせ」
肩に担《かつ》ぎ上げられていた四十万が、冷めた目で言う。

「ああ、ごめんごめん四十万《しじま》さん。でも軽いねー四十万さん。やっぱりさっき静雄《しずお》さんに殴《なぐ》られたりしてたら、一発で死んじゃってたよ。怖《こわ》いねー！」

「……何があった？　なんで突然《とつぜん》逃げたんだ？」

「いや、俺《おれ》さ、声をかけていきなり殴り掛かってみようと思ってたんだよね。でもさ、あの静雄って人が振り返った時に目が合ってさ？　そしたら、あれが見えたの、あれ」

「あれ？」

「ほら、あの、夏に自分の部屋とかに付ける回転灯籠《どうろう》の別名……なんだっけ」

興奮《こうふん》しながら身振り手振りを交えて話すジャミに、四十万は溜息《ためいき》を吐きながら答えた。

「走馬燈《そうまとう》か？」

「そう！　それ！」

「……っていうか、お前、自分の部屋に回転灯籠なんか飾るのか？　変わった趣味《しゅみ》だな」

「綺麗《きれい》だよ？　回転灯籠。……って、そうじゃなくってさ、いや、もうさ、目があっただけで解《わか》っちゃったんだ。『あれれ、俺、これ、死んじゃう！』って！　全身の毛穴が逆立《さかだ》って、気が付いたら壁走ってたよ！」

――要するに、『目が合っただけでビビった』ってことか？

――なんでそれをこいつは、こんな楽しそうに語るんだ？

首を傾《かし》げる四十万に、ジャミは目を耀《かがや》かせながらクルクル回る。

「この町ってすっごく楽しいね四十万さん！　俺、来て良かったよ！」

「だが、お前、あの『スネイクハンズ』とやりあった時は楽しそうだったのに、静雄からは逃げるんだな」

「質が違うよ！　スネイクハンズは本当に蛇《へび》みたいな危なさで倒しがいがあるって感じだけど、あの静雄って人、あれは爆弾《ばくだん》とかそういう恐さだから。戦うとかそういう話じゃないよ」

そしてジャミは、先日僅《わず》かに手合わせをした『スネイクハンズ』という怪人《かいじん》の事を思い出し、自分の手の平を見ながら言った。

「あいつは、あの変なのは、凄《すご》く楽しそうに俺に殺意を向けてくれたよ？」

奇妙《きみょう》でいて尚《なお》かつ物騒《ぶっそう》な言葉を口にしながら、ジャミはそこでもう一度笑った。

「だから、殴り合うならあっちの方がいいかなって」

♂♀

園原堂《そのはらどう》　倉庫《そうこ》

「……」

自分の手の平を見つめながら黙《だま》り込んでいる八尋《やひろ》を見て、姫香《ひめか》が声をかける。

「どうしたの？」

「ああ、ちょっと指を切っちゃって」

八尋は片付けの最中《さいちゅう》に棚《たな》のささくれに引っかけてしまい、指先から少し血を滲《にじ》ませていた。

「大丈夫《だいじょうぶ》？　絆創膏《ばんそうこう》あるけど、使う？」

「ああ、大丈夫だよ、この程度ならすぐに止まるから」

気にした様子《ようす》もなく言う八尋。

そう言いながら別の指で疵痕《きずあと》を数秒押さえると、傷が消えたわけではないが、出血自体はすぐに治まった。

「ほらね」

「……驚いた。傷の治りが早いんだね」

「昔から良く怪我《けが》してたから……」

「あんまり理由になってないと思うけど」

姫香は更《さら》に突っ込もうとしたが、八尋の手の甲側《こうがわ》にある無数の疵痕を見て、あまり触れない方が良いのかもしれないとそれ以上は何も言わなかった。

八尋の手の傷が他人を殴《なぐ》った時に付いた傷だという事は既《すで》に聞いてはいるが、それでも、決して良い思い出ではない事に違いはないだろう。

彼女はそう判断《はんだん》して、更に片付けを進めようと思ったのだが――

「あ、もうそろそろ大丈夫ですよ」

と、倉庫《そうこ》の入口あたりから杏里《あんり》がそう声をかけてきた。

その声を聞き、高校生達が一度倉庫の外まで出る。

荒らされたといっても滅茶苦茶《めちゃくちゃ》に壊《こわ》されたというわけでも無かった為《ため》、30分程の作業で大まかに落ちていた物などを棚に戻す作業は終了した。

元から整然とジャンルごとに収納されていたわけでもなかったため、倉庫内の通路が普通に歩けるようになっただけで十分だという事らしい。

「本当にありがとうございました。なんだか元より綺麗《きれい》になった気がします」

ペコリと頭を下げる来良《らいら》学園のＯＢ。あまり大した事をした気がしていないので、八尋はその感謝《かんしゃ》が逆に申《もう》し訳《わけ》なくも感じる。

そんな八尋の横で、久音《くおん》が杏里に尋《たず》ねた。

「で、どうすか？　片付きはしましたけど、やっぱり何が取られたか解《わか》らない感じっすか？」

「ええ……箱にしまいっぱなしのものも多かったですから……今日《きょう》初めて見る品物もあるぐらいです。だから何を取られたのかまでは……」

「そうっすか、なんかお役に立てなくてすいません」

「いいえ、そんな事ないですよ。凄《すご》く助かりました」

すると杏里《あんり》は、倉庫《そうこ》の中を覗《のぞ》いて、柔らかい笑顔を向けながら高校生達に言った。

「もし良かったら、アルバイト代ってわけじゃないですけど、何か倉庫の中の物を差し上げますから、一つずつ持っていって下さい」

「ええっ⁉　そりゃなんか悪いっすよ！」

口ではそう言ってるが、露骨《ろこつ》に『え、ラッキー！』という顔をしている久音《くおん》。

そんな彼を横目に見た後、八尋《やひろ》と姫香《ひめか》は戸惑《とまど》うように視線を交わした。

「いや、僕達はそんなつもりじゃ……」

辞退《じたい》しかけた八尋に、いつの間にか倉庫の前に来ていた渡草《とぐさ》が言う。

「貰《もら》っとけ貰っとけ。高校生が遠慮《えんりよ》なんかすんな」

「三郎《さぶろう》さん。今までどこに？」

「ああ、長くなりそうだったから、車を近場の駐車場《ちゆうしやじよう》まで移動させてきた。とにかくだ、ボランティアだとか言わないで素直に報酬《ほうしゆう》は貰っとけよ。それで杏里ちゃんの『高校生の貴重《きちよう》な時間を奪《うば》った上にタダ働きさせてしまった』って罪悪感《ざいあくかん》も消えるんだから、お互い損は無いだろ」

「でも……どれが高価な物か解《わか》らないし……」

尚《なお》も迷う八尋に、杏里が言った。

「あ……それなら心配しないで下さい。私が仕入れたものは安いものばかりですし……倉庫に元からあったものも、値段《ねだん》の付けようがなくて困っていたものばかりですから。どうしても駄《だ》の』を探す一方、久音は『とにかく転売すれば金になりそうなもの、もしくはブログのアクセス稼《かせ》ぎができそうな珍品《ちんぴん》』を狙《ねら》って探し続ける。

八尋が『ただで貰っても園原先輩《そのはらせんぱい》が困らないようなもの』を、姫香が『とにかく実用的なも

そのまま三人は倉庫内の棚《たな》などを眺《なが》めて、何を選ぼうか思案《しあん》した。

再び姫香と顔を見合わせ、互いに頷《うなず》く八尋。

「そうですか……それなら……」

目《め》な物ならこの場で言いますし」

そして数分後——彼らはそれぞれの品物を選び、杏里に見せた。

久音は何やら古びた雰囲気《ふんいき》のある箱根細工《はこねざいく》を。

姫香は小さな桐《きり》の箱に入った万年筆《まんねんひつ》を。

八尋は本物なのかレプリカなのか解らない、巨大《きょだい》なサメの歯の化石《かせき》を選んだ。

「こんなのもあったんですね……。やっぱり一度目録《もくろく》を作らないと……」

そんな事を言いつつも、杏里はその全てを快く三人に渡す。

「本当にいいんですか？　これ、なんだか高そうですけど……」

申《もう》し訳《わけ》なさそうにする姫香に、杏里が言った。

「いいんです。元々店に出す予定がまだ無かった物ですし、誰《だれ》かに使われたり飾られたりした

方が、その子達も喜ぶと思いますから。大事《だいじ》にしてあげてください」

骨董品《こっとうひん》の数々を『子』と呼びながら、杏里《あんり》は聖母《せいぼ》のように温かい微笑《ほほえ》みを向ける。

「園原先輩《そのはらせんぱい》……」

「ありがとうございます！　大事にします！」

高校生達は感激《かんげき》し、口々に感謝《かんしゃ》の言葉を口にした。

「……」

ただ一人、箱根細工《はこねざいく》の中身を確認《かくにん》したら売り飛ばす気満々だった久音《くおん》だけ目が泳いでいたのだが——八尋《やひろ》と姫香《ひめか》はそんな久音の内面を見抜きつつも、敢《あ》えて何も言わぬ事にする。

ここで彼を責めた所で、彼が生き方を変えるわけではないと理解していたからだ。

♂♀

池袋某所《いけぶくろぼうしょ》　公園

『で、どうしてお前があそこに居たんだ？』

「警察の内通者から、私が取引している園原堂《どう》にて事件が発生したと連絡《れんらく》を受けたので、様子《ようす》を見に顔を出したまでです。そうしたら、半年ぶりぐらいに貴女《あなた》を池袋で見かけたというだけですよ」

赤林《あかばやし》と遭遇《そうぐう》せぬよう、少し離れた場所の公園のベンチに並んで座り、セルティと鯨木《くじらぎ》が改めて意志《いし》の疎通《そつう》を試みる。

『正直、私はお前が何を考えているのか解《わか》らない。警察にも追われてるんだろう？』

「ええ、連続殺人事件の参考人という事になっています。主犯は澱切陣内《よどぎりじんない》、私はその逃亡《とうぼう》を幇《ほう》助《じょ》しているという事になっているようですが」

『お前がやったのか？』

「いいえ？　ですが、どちらでも良い事です。私がそう仕向けただけですから。理由まで話す義務はありません」

それを聞いたセルティは、少し考えた後に文字を綴《つづ》った。

『そうか……それなら良かった』

「何がでしょう」

問い掛ける鯨木に、セルティが淡々《たんたん》と答える。

『新羅《しんら》を好きになってくれたり、狩沢《かりさわ》や杏里ちゃんとそれなりに仲良くしてる奴《やつ》が、連続殺人をやらかす程の極悪人《ごくあくにん》じゃなくて良かったって事だ』

「どうでしょう。私は悪人ですし、寧《むし》ろ、真犯人も何か事情があった善人かもしれませんよ」

『ああ……それもそうだな。法律は破ってるが、それは私も人の事は言えないし……。真犯人の正体も解《わか》らない内に、推測《すいそく》で言ってしまった。すまない』

「何故《なぜ》謝るのでしょう？」

鯨木《くじらぎ》が不思議《ふしぎ》そうに言うと、セルティはストレートに自分の考えを口にした。

『庇《かば》うって事は、真犯人は、お前の知り合いなんだろう？　事情も知らずに極悪人《ごくあくにん》と言ったのは悪かったよ』

「……驚きました。貴女《あなた》は私の想像《そうぞう》以上にお人好しなのですね」

『そうでもないぞ。新羅《しんら》を攫《さら》ったりした事については、割と本気で怒ってるんだからな』

ずい、と身を鯨木に寄せながら文字を見せるセルティに、鯨木はやはり無感情を貫《つらぬ》く。

「……それについては、謝罪《しゃざい》はしませんし、後悔《こうかい》もしていません。代わりに、誹《そし》られ、罰《ばつ》を受ける事も否定はしません。どうぞ存分に罵《ののし》って下さい」

『……いや、今更《いまさら》だよ。ただ、さっきの質問には答えておこう』

「質問？」

『新羅は凄《すご》く元気だ。今まで以上にね。私なんかと一緒《いっしょ》にいるだけで楽しいなんて言って、毎日笑ってくれているよ』

最初に言われた『新羅は元気か』という事についての答えを、これでもかという程に皮肉《ひにく》を込めて返すセルティ。

「……訂正《ていせい》します。貴女はほんの少しだけ意地悪《いじわる》ですね」

『少しじゃないだろう、ざまあみろ、って言ってるんだぞ？　もっと悔《くや》しがったらどうだ』

鯨木が薄く笑ったような気がして、不満げに文字を打つセルティ。

『ええい、これじゃ私が彼氏《かれし》自慢《じまん》する恋愛《れんあい》映画の嫌《いや》な女じゃないか！　……まあいいさ。新羅は元気だよ。お前が罪歌《さいか》を貸したから今の元気な新羅があるんだろうな。だからもう怒るのも馬鹿《ばか》らしいからヤメだヤメ。……ただ、言っておくけど、お前が捕《つか》まるのは勝手《かって》だが、狩沢《かりさわ》や杏里《あんり》ちゃんには迷惑《めいわく》を掛けるなよ』

「それは大丈夫《だいじょうぶ》です。先程《さきほど》も言いましたが、警察内部にも報道関係にも手駒《てごま》はいますから」

『手駒って……お前の罪歌はいま新羅が預かってるのに、どうやって』

ヘルメットを傾《かし》げるセルティに、鯨木はベンチの傍《そば》にいる猫《ねこ》にチラチラと視線を送りながら答えた。

「罪歌が無くても、人を意のままに操《あやつ》る程度の術《じゅつ》はいくらでも持ち合わせていますので」

『やっぱり極悪人な気がしてきた……。まだ罪歌みたいなのが山ほどあるのか……』

そこでセルティは一つ思い出し、確認《かくにん》するように尋《たず》ねる。

『そういえば新羅がこの前の通《とお》り魔《ま》騒動《そうどう》の時に、魔性《ましょう》の妖槌《ようづち》【蛮軟陣《ばんなんじん》】がどうとか言ってたが、まさかそういうのも扱ってるんじゃないだろうな』

「ええ、よく御存知《ごぞんじ》でしたね。さすが岸谷《きしたに》新羅さんです」

『……？　どういう事だ？』

「ですから、その妖槌《ようづち》も以前持ち合わせていました。現在は、園原堂《そのはらどう》の倉庫《そうこ》の中に置いてありますが」

サラリと爆弾《ばくだん》発言をした鯨木《くじらぎ》に、セルティが叫ぶように大文字を打つ。

『おい⁉ なんで杏里《あんり》ちゃんの所に⁉』

「以前、罪歌《さいか》絡みでご迷惑《めいわく》をおかけしたので、そのお詫《わ》びにです。普段の有償《ゆうしょう》の取引とは別に、私の扱っている物品のいくつかを倉庫に無断に置いておきました」

『なんで無断⁉』

「そのまま無償で渡そうとすると、彼女は断るタイプでしょう？　元から倉庫に置いてあったかのように偽装《ぎそう》してあるので問題ありません」

あっさりと言う鯨木に、セルティは再度ヘルメット越しに存在しない頭を抱えた。

『問題しかない！　迷惑をかけるなと言った傍《そば》からこれだ！　「人に取り憑《つ》いて欲望を加速《かそく》させる妖槌」って聞いてるぞ！　なんでそんな危ないものを……』

抗議《こうぎ》しようとしたセルティに、鯨木はやや首を傾《かし》げながら目を細める。

「それは誤った情報です。正確には【蛮軟陣《ばんなんじん》】は罪歌のように意志《いし》のある妖槌ではありません。江戸《えど》時代後期の職人が、西洋の芸術家にして鍛冶《かじ》職人《しょくにん》でもあるカルナルド・シュトラスブルクが造った作業槌《つち》を参考に作成した、ただの小槌《こづち》です」

『へ？』

「ただ、カルナルド・シュトラスブルクのオリジナルからしてそうだったのですが……。握りの絶妙《ぜつみょう》さや、その際の凹凸《おうとつ》から生まれる刺激《しげき》、槌の模様《もよう》の視覚作用などで、使う者の気を少し大きくする催眠《さいみん》的な効果があります。それを見た人達が『妖槌に取り憑かれた』と噂《うわさ》を流しただけでしょう。神経《しんけい》が鈍い人が持っても何の変化もありません」

一通り説明した後、鯨木は足元《あしもと》に来た猫《ねこ》を無表情であやしながら言葉を付け加えた。

「まあ、普段から神経質で、尚《なお》かつ卑屈《ひくつ》で矮小《わいしょう》な人間が持てば、効果も倍増、通常時とのギャップも大きいので、『取り憑かれた』と思われても仕方がないかもしれませんが……」

♂♀

埼玉《さいたま》県某所《ぼうしょ》　貸事務所

夏瓦雪彦《なつがわらゆきひこ》は、およそ才能という物に恵まれていなかった。

世の中才能が全てではないし、探せば何か自分に向いたものがあったのかもしれないが、少なくとも彼にとっての『それ』はまだ見つかっていない。

大富豪《だいふごう》の息子《むすこ》という環境《かんきょう》に育った彼は、誠実に努力を続ければ、環境が味方《みかた》となり勉学も運動も人並み以上の結果を出せたのかもしれないが、彼はその環境に幼い頃《ころ》からあぐらを掻《か》き、なんの努力をせずとも自分は成功者になれるのだと勘違《かんちが》いをしてしまっていた。

ところが、両親が養子《ようし》を迎えた辺りから歯車が狂い始める。

自分と同じ環境《かんきょう》に身を置きながら、上昇志向《しこう》が強い義弟《ぎてい》はあらゆる面で自分よりも優秀《ゆうしゅう》な結果を出していった。

義弟を疎《うと》み、いびろうともしたが、喧嘩《けんか》の才能すら自分よりも上だったようで、何から何まで徹底的《てってい》に負け犬となった長男《ちょうなん》は、真面目《まじめ》に努力して見返すという事を諦《あきら》め、やさぐれる方向に身を振ってしまったのである。

不良《ふりょう》の溜《た》まり場に顔を出すようになり、そこでそれなりに顔を売ったと思っていたが――自分が夏瓦《なつがわら》グループの御曹司《おんぞうし》だから金目当てに近づいて来ているだけだと気付いた時には、もはや抜け出せない程の深みに嵌《は》まってしまっていた。

そして現在、彼は家出した矢先にそのグループとトラブルを起こし、方々を逃げ回っていたのだが――

「こいつぁ驚いた。夏瓦のぼっちゃんが手前《てめえ》から戻って来やがったぞ」

そんな声が、古びたビルの一室に響《ひび》き渡る。

声を放ったのは、まだ20代前半と思《おぼ》しき若い男だ。

身にまとう雰囲気《ふんいき》から、素人目《しろうとめ》に見てもろくな人間ではないという事は分かる。

一方で、声を掛けられたのは、目は荒《すさ》んでいるものの、どこかのおぼっちゃんという空気が抜け切れていない、どちらかというとカツアゲされる被害者《ひがいしゃ》側のような青年だった。

「いやあ、正直、もう逃げ回るのに疲れてさ」

「手間《てま》かけさせやがって。それで？　例のブツはどこだ？　確認《かくにん》次第『あの人達』に連絡取《れんらくと》るからよ、とっとと出せや」

「……今はある場所に預けてある。あとで取ってくるよ」

「あぁ？　んだよ使えねぇ坊ちゃんだな！　最初から持ってこいよ！　それともよぉ、この期《ご》に及んで何か取引でもするつもりか？」

凄《すご》みを利かせる男に対し、どこかブルジョア風《ふう》の青年――夏瓦雪彦《ゆきひこ》は、ニコニコと笑いながら相手に一歩近づいた。

「いや、そうじゃないっすよ。ただ、その前にやらなきゃいけない事があって」

「やらなきゃいけない事だあ？」

「ああ、大事《だいじ》な事なんだが、ちょっと他の奴《やつ》には聞かれたくないから、耳を貸してください」

「？」

訝《いぶか》しみながら顔を寄せる男。

そんな彼に対し、夏瓦雪彦は、腰に差していた奇妙《きみよう》な紋様《もんよう》の小槌《こづち》を手にとり、そのまま勢い良く男のこめかみに向けて振り抜いた。

「ぼッ」

奇妙《きみょう》な声を肺《はい》から漏《も》らし、痙攣《けいれん》しながら床に転がる男。

そんな彼を見て、一瞬呆《いっしゅんほう》けた顔をしていた周囲の男達が怒声《どせい》を上げた。

「て、てめえ！　何しやがる！」

「とち狂ったかコラぁ！」

だが、そんな怒声をさらに抑え込むような大声で、小槌《こづち》を握った雪彦《ゆきひこ》が力強く叫んだ。

「手前《てめぇ》らぁ！　こいつがお前らにいくら金を出したぁ！」

小槌の先でビシリと倒れた男を指し示し、更《さら》に声を張り上げる。

「はした金でいいようにこき使われて満足かぁ⁉　違うだろうがぁ！」

ざわめく男達に、雪彦が自分の名を叫んだ。

「俺《おれ》は夏瓦《なつがわら》雪彦だ！　天下の夏瓦グループの御曹司《おんぞうし》だぞぉ！　金ならこいつの何倍も持ってるし、お前らにも何倍も美味《おい》しい目ぇ見せてやらぁ！」

そして、懐《ふところ》から出した札束《さつたば》を周囲にばらまき始める。

数百万という額になろう金を室内に散らせながら、雪彦は周囲の反応を窺《うかが》った。

チンピラ達は一瞬戸惑《いっしゅんとまど》っていたが、まだ痙攣しているそれまでのリーダー格だった男の姿《すがた》を見て、そのまま札束を拾い始める。

この瞬間《しゅんかん》、彼らの立場は逆転した。

何も知らず、金を搾《しぼ》り取られるだけだった青年が——金で周囲の心を搾り取る立場へと躍《おど》り出たのである。

サナギから蝶《ちょう》になるかのような変貌《へんぼう》を遂《と》げた青年は、小槌を握り締《し》めながらもう一度叫んだ。

周囲ではなく、自分自身に己《おのれ》がどういう存在なのかを言い聞かせるかのように。

「今日《きょう》から、俺《おれ》が『ヘヴンスレイヴ』のボスだ！　文句《もんく》があるなら、金で買ってやらぁ！」

幕間　ブラック個人業②

夜　埼玉県某所《さいたまけんぼうしょ》

——やれやれ、今日《きょう》は色々あったけど、ちゃんと自分の仕事もしないとな。

結局あの後、杏里《あんり》に直接会う事はできなかった。

高校生達が帰った後に赤林《あかばやし》が行くという話だったので、自分がその場に鉢合《はちあ》わせたら不味《まず》いと思い、日を改める事にしたのである。

取り敢《あ》えず『話は聞いたけど何かできる事があったら言って欲しい』とメールで伝え、それとなく鯨木《くじらぎ》の言っていた妖槌《ようづち》についても『そう言えば新羅《しんら》の親父《おやじ》から聞いたんだが、昔そのお店で変わった小槌《こづち》を扱っていたらしいけど、まだあったりする？』と探りを入れておいた。

流石《さすが》に鯨木がこっそり倉庫《そうこ》に置いていったと言うと余計《よけい》な混乱を招くと思い、そんな形で森厳《しんげん》の名前を利用する事にしたのである。

——まったく、何で私が鯨木に気を使ってるんだか……。

自嘲《じちょう》気味《ぎみ》に肩を竦《すく》めながら、セルティはシューターを道の脇《わき》に停《と》め、若者達がたむろしている酒場へと足を踏み入れた。

「いらっしゃ……え……？」

入り口近くにいた店員が、セルティの姿《すがた》を見て目を丸くする。

『すまない、ちょっと人探しに来ただけだ。すぐに帰るが……』

セルティは何処《どこ》かから影製の財布《さいふ》を出すと、中から数枚の千円札《さつ》を出して店員に握らせた。

『客じゃないと入れないというなら、これでカウンターの人達に何か適当に奢《おご》る方向で頼む』

「え、いや、あの……」

混乱する店員の横をすり抜け、店の奥に入っていくセルティ。

赤林《あかばやし》からつい先刻《せんこく》来たメールにあった通り、どうやらこの店が夏瓦家《なつがわらけ》がある土地のチンピラ達の溜《た》まり場という事で間違いないようだ。

漆黒《しっこく》であるが故《ゆえ》に逆に目立ち過ぎる容姿《ようし》のセルティを見て、店内の若者達が一斉《いっせい》に静まりかえる。

一瞬《いっしゅん》の間を置いて、動揺《どうよう》と嘲笑《ちょうしょう》が入り混じった生温《なまぬる》い騒《ざわ》めきが巻き起こった。

そして、調子に乗った若者数名がセルティを取り囲む。

「おいおい、なんかちんどん屋が入ってきちゃったよぉ？」

「何その格好《かっこ》？　ギャグ？　あんま面白くないから殴《なぐ》っていいっすかぁ？」

「おろろろぉ？　ぽろろろぉ？」

――おろろぽろろろって何だ。

――こういう不《ふ》良連中《りょうれんちゅう》って、なんか独自の言い回しする奴《やつ》が多いよな……。

セルティは呆《あき》れつつ、最初に声を放った者に対象《たいしょう》を絞《しぼ》って返答した。

『ちんどん屋さんに対して失礼《しつれい》だろ。私は人を探しに来ただけだ』

そして、懐《ふところ》から写真を出そうとした瞬間《しゅんかん》、相手が苛立《いらだ》ち混じりで挑発《ちょうはつ》してくる。

「んなこと聞いてないんスケどぉ？　っつーかぁ、マジさぁ、人と話す時は目を見て話すんが世界の常識《じょうしき》でしょぉ？」

言いながら、勢いよくセルティのヘルメットを揺らし始めた。

次の瞬間、ヘルメットがポロリと首から零《こぼ》れ落ち、そのまま床に落下《らっか》する。

「……」「……」「……？」

先刻を遥かに超える重さの沈黙《ちんもく》が場を支配し、店内の時間が完全に停止する。

そんな中、セルティだけがマイペースで動き続け、床に落ちたヘルメットを拾い上げた。

当然ながら、首から上が無い状態のままで。

彼女が再びヘルメットを首の上に乗せたのを合図《あいず》として、店内の空気が再び動き始める。

押し止められていた感情の波が、一気に押し寄せる形で。

「くっ……首無《くびな》し、首無しライダー……」

「コスプレじゃねえ！　本物だぁ！」

「知ってるぞ！　こいつ確か、テレビ局に連れてきゃすげえ金くれるはずだ」

——いつの話だ。

呆《あき》れつつも、特に否定はしなかった。

「やっちまええぇ！」

そして、特に何かされたわけでもないのに、問答無用《もんどうむよう》で襲《おそ》いかかってくるチンピラ達。

——やれやれ。

この手のゴタゴタは昔から慣れているが、この類《たぐい》の者達から手早く話を聞く方法は一つ。

相手を恐れさせ、早々に心を折ることだ。


10分後。

セルティは影を蜘蛛《くも》の巣のように張り巡らせて、襲いかかってきたチンピラ達をすべて絡め取ってしまっていた。それでいて普通の客や店員には一切手を出さず、店長らしき男に『何も壊《こわ》れていないので大丈夫《だいじょうぶ》です。この黒いのは私が店を出て少ししたら解除します』とだけ伝えて店を出た。

──ああ、こんな事ばかりしてたら一般人の感性とズレが大きくなる一方な気がする……。

──完全にブラックだ。ブラック個人業だ。

──闇医者《やみいしゃ》の新羅《しんら》の事とかをどうこう言う資格、本当に無いな……。

世間《せけん》とのズレを無くす為《ため》に再開した仕事の筈《はず》なのにこれでは本末転倒《ほんまつてんとう》だと思いつつも、受けた依頼は最後まで全うしようと気合《きあ》いを入れ直すセルティ。

──しかし、思ったより情報が集まったな。

大まかに得ることができた情報は次の通り。

夏瓦雪彦《なつがわらゆきひこ》は、すでにこの酒場には出入りしていないという事。

もう一つは、姿《すがた》を消す少し前に、クスリの売人《ばいにん》のような者達が彼と接触《せっしょく》を図っていた事。

そして、彼が姿を消した後に、不良《ふりょう》とは雰囲気《ふんいき》の違う者達が彼を探していたという事だった。

──夏瓦の家が雇《やと》った探偵《たんてい》とかかな？

最後の一つについてはそう判断《はんだん》し、二つ目の情報を更《さら》に追及《ついきゅう》したところ──どうもそのクスリの売人達が配っていたのが、『ヘヴンスレイヴ』と呼ばれていた危険ドラッグらしい。

そのクスリがどういう効果を引き起こすかは、以前の『首無しライダー教事件』で良く知っている。

──まったく、ここで赤林《あかばやし》さんの話と繋《つな》がるとは。

——四十万《しじま》博人《ひろと》か……。

——方々を敵に回して、いったい何を企《たくら》んでるんだ？

第三章

当店では取り扱っておりません

夜　都内某所《とないぼうしょ》

セルティ・ストゥルルソンが運び屋としての業務に精を出している頃《ころ》、彼女がその名を思い浮かべていた青年は、池袋近郊《いけぶくろきんこう》のとある路地《ろじ》を歩いていた。

その横に、日が暮れた瞬間《しゅんかん》から目を爛々《らんらん》と輝かせ始めた少年を伴いながら。


「四十万《しじま》さんってさ、今は何を企《たくら》んでるの？」

期待の目を向けてくるジャミに対し、四十万は冷めた目で答えた。

「特に何も」

「嘘《うそ》だぁ」

「嘘じゃあない。そもそも、俺《おれ》から何か大きな事を企みはしない。俺がやるのは、街のどこかで燃え始めてる火に、油を注《そそ》ぐか、風を送り込んでやる事だけだ」

目に暗い炎《ほのお》を宿しながら言う四十万《しじま》に、ジャミは尚《なお》も首を傾《かし》げる。

「油を注《そそ》ぐのと風を送るの、どう違うのさ」

「騒動《そうどう》の勢いを強める事と、騒動の範囲を広げる事の差だ。一箇所《いっかしょ》だけ跡形《あとかた》も無く灰《はい》にさせるか、街中《まちじゅう》をボヤ騒《さわ》ぎにさせるか、の違いと言っていい」

「街中を跡形も無く灰にしちゃうのは？」

「やれない事はないと思うが、やる意味がない。俺《おれ》の望んでる復讐《ふくしゅう》とは少し違うからな」

そして、四十万は珍《めずら》しく薄い笑《え》みを顔面に貼《は》り付けながら、一つだけ付け加えた。

「まあ、油と風のどちらかをプレゼントした結果として、最終的に街が灰になるならそれはそれで構わないんだがな」


そのまま数分歩いた後、四十万がクイ、と顎《あご》で街のとある場所を指し示した。

「ついたぞ。あそこだ」

彼の視線の先にあったのは、どこか古びた空気を感じさせる廃《はい》ビルだった。建築途中《とちゅう》で放棄《ほうき》されたのか、あるいは解体途中で作業が停止しているのか、ぱっと見では判別がつかない。

ただ、外観は所々が崩《くず》れており、ここが長く放置《ほうち》された場所だという事だけは理解できる、いかにも廃ビルらしい廃ビルだった。

「何ここ？」

「前に、俺が『ヘヴンスレイヴ』って組織《そしき》を率《ひき》いていた時にしくじった場所さ。ここでさっきの赤林《あかばやし》って奴《やつ》を始末《しまつ》しようとして、まんまと罠《わな》に嵌《は》められた。送り込んだ兵隊連中《へいたいれんちゅう》が、粟楠会《あわくすかい》とは別の組の連中と鉢合《はちあ》わせになって潰《つぶ》し合う結果になった」

「へー。苦《にが》い歴史だねー。その失敗の現場を見て、気を引き締《し》めようとかそういう話？」

「いや？　俺はそこまで精神論に重きを置いてないぞ？」

四十万はそう言うと、廃ビルの中層の窓から漏《も》れる、淡い灯《あか》りに目を向ける。

「ここを溜《た》まり場にしてる連中に用があるのさ。俺は喧嘩《けんか》弱いからな、もしもの時は一応死なない程度には護《まも》ってくれよ、ジャミ」

「保証《ほしょう》はできないよ？　俺、ボディーガードとかじゃないし。……ところで、ここを溜まり場にしてるのって、どんな奴ら？　強いの？　銃《じゅう》とか持ってる？」

「……いや、流石《さすが》に銃は持ってないだろう。高校生のガキも混じってる集団だからな」

それを聞いて、ジャミは少しガッカリしたように肩を落とした。

「なあんだ。じゃあ、喧嘩してもあんまり楽しくなさそう……」

「そもそも喧嘩しに来たわけじゃあないぞ？」

「結局、なんなの？　ここにいる連中って」

興味《きょうみ》は大分失ったものの、ジャミはそれでも一応話の続きを促《うなが》す。

四十万は廃ビルの入口へと向かって歩きながら、過去を懐《なつ》かしむように目を細めた。

「……ブルースクウェアっていう、俺達《おれたち》と同類のクズ共さ」

♂♀

廃《はい》ビル内

「ああ、畜生《ちくしょう》、やっぱり開かねえなあ」

「おい、さっきから何やってんだ？」

杏里《あんり》の店から貰《もら》って来た箱根細工《はこねざいく》を弄《いじ》り続ける久音《くおん》の元に、他の『ブルースクウェア』のメンバー達がぞろぞろと集まってくる。

「あ、どうも先輩《せんぱい》。いえね、知り合いから箱根細工貰ったんすけど、中々開かなくて……」

「ハコネザイク？」

眉《まゆ》を顰《ひそ》める金髪《きんぱつ》の男——ヨシキリに対し、隣《となり》にいた猫耳《ねこみみ》アクセサリーをつけた青年——ネコが答えた。

「お前知らないのかよ。あれだぜ。箱がなんか知恵の輪みたいなパズルになってて、ちゃんと解《と》かないと開かないっていうもんだよ」

「ふーん。なんでそんな面倒《めんど》くせえことしてんだ？　箱根となんの関係があんだ？」

すると、その様子《ようす》を聞いていた、彼らのリーダーである青年――黒沼青葉《くろぬまあおば》が話に加わる。

「正確には寄木細工《よせぎ》だけど、箱根の名物だからそう呼ばれてるんだよ。寄木細工の全部がそういうパズル方式ってわけじゃない。仕掛けがある奴《やつ》は『秘密箱《ひみつばこ》』とか『仕掛け箱』『からくり箱』なんてジャンルで呼ばれてて人気なんだよ。簡単に見られたら困る、でも金庫《きんこ》にしまう程じゃない……っていうようなものを入れるのに使う事が多いんじゃないかな？」

それを聞いた久音が、大きく息を吐き出した。

「そうなんすよねー。中でなんかカラカラ音がしてるから、何が入ってるのか気になるんすよ。で、箱を開ける前の写真と開けた後の写真、そして中から出て来たものを写真に撮《と》ってブログのネタにでもしようかなと思って」

「木なんだろ？　ぶっ壊《こわ》せばいいじゃねえか」

ますます解《わか》らないと言った顔をするヨシキリに、久音が苦笑《くしょう》しながら首を振る。

「ヨシキリ先輩って家の鍵無《かぎな》くしたら、ドアを壊して入るタイプっすよね……」

「？　普通そうだろ？」

「……」「……」

周囲の面々から憐《あわ》れみの目で見られている事に気付き、ヨシキリがこめかみをひくつかせながら箱根細工に手を伸ばした。

「ああもう面倒くせえ！　バカにしやがって！　俺が開けてやらぁ！」

「ちょ、やめて下さいよヨシキリ先輩《せんぱい》！　壊《こわ》したら取り返しつかないんすから！」

慌《あわ》てて箱を抱き寄せて逃げる久音《くおん》。

そんな彼に助け船を出すかのように、青葉《あおば》が言った。

「やめとけよ、ヨシキリ。その箱多分、一万円以上するぜ」

「……何？」

ヨシキリはピタリと手を止め、青葉の方を向く。

他の面子《メンツ》も『一万円』という単語《たんご》に反応してにわかに色めき立った。

「おいおい青葉！　その箱が一万ってマジかよ！」

「ああ、そういう細工《さいく》がある箱は、開けるまでの行程数《こうてい》……つまりはパズルの複雑さと、大きさや模様《もよう》によって値段《ねだん》が変わるんだけどな……さっきから久音が開けようとしてるのを見る限り、十や二十の行程じゃなさそうだ。柄《がら》も凄《すご》い凝《こ》ってるし、雰囲気《ふんいき》も年代物っぽいからな。最低で一万、下手《へた》すりゃ五万超えるかもなあ」

「五万⁉」

「俺《おれ》がネットで見た中じゃ、開けるのに三百回以上色々やんなきゃならない箱が六万とか七万超えてたような……。今の時代に作った箱でそれだから、もしも江戸《えど》時代に作られた年代物の骨董品《こっとうひん》なんて事になったら、いよいよ十万とか二十万とかそういう話になるぜ」

それを聞いた瞬間《しゅんかん》、ブルースクウェアのメンバー達の目が、ギラリと久音に向けられる。

正確には、久音の手の中に収まる仕掛け箱へと。

「ちょっ……この箱は俺が貰《もら》ったんすからね！　絶対に渡さないっすよ！」

「大丈夫《だいじょうぶ》だよ、ちょっと借りるだけだから。去年まで潰《つぶ》れてた近所の古道具屋《ふるどうぐや》がなんか最近新装《しんそう》開店しててさ、そこでちょっと売値《うりね》とか聞いてくるだけだから」

目をぎらつかせるネコに対し、久音が叫ぶ。

「それって園原堂《そのはらどう》でしょ⁉　俺に対する信頼度が著《いちじる》しく下がるし八尋《やひろ》や姫香《ひめか》ちゃんからもすげえ白い目で見られるの確定コースだから断固として拒否！」

「なにわけのわかんねえ事を言ってんだ。いいから貸せって」

周囲の面子が寄木《よせぎ》細工を奪《うば》おうと久音を取り囲んだその時――階段を上る足音が響《ひび》き渡り、二つの人影《ひとかげ》が現れた。

「ん？　誰《だれ》だ？」

ネコが目を向けると、そこには眼鏡《めがね》をかけて顔に包帯《ほうたい》を巻いた青年と、褐色肌《かっしょくはだ》の無邪気《むじゃき》そうな少年が立っている。

眼鏡の男は視線を巡らせ、青葉に目を止めると静かに頭を下げた。

「お久しぶりです。四十万《しじま》です」

「……ああ、久しぶりじゃないですか」

青葉は一瞬《いっしゅん》戸惑《とまど》った後、記憶《きおく》の中の名前と顔を一致《いっち》させ、両手をポンと打ち鳴らす。

以前『ダラーズ』絡みの事件の際、『ダラーズの内部粛清《しゅくせい》を手伝いたい』と接触《せっしょく》してきた青年であり、確かにそこそこ役に立った記憶《きおく》はあった。

だが、池袋《いけぶくろ》の空を闇《やみ》が覆《おお》ったとある一日を境《さかい》に姿《すがた》を消してしまっていたと記憶している。

「……今まで何を？　そちらの方は？」

「色々な所を敵に回したんで、雲隠《くもがく》れしてたんですよ。……彼は私の友人です」

「ジャミだよ、宜《よろ》しくね！」

褐色肌《かっしょくはだ》の少年はそう言うと、無邪気《むじゃき》な笑顔で青葉《あおば》に手を差し出した。

「ああ、どうも」

軽く手を握り返した後、青葉は肩を竦《すく》めながら四十万《しじま》に問う。

「それで？　今日《きょう》はなんの御用で？　言っておきますけど、ダラーズは解散状態ですし、前に御紹介《ごしょうかい》した竜ヶ峰先輩《りゅうがみねせんぱい》はもうすっかり足を洗ってまともな生活を送ってるから、会おうっていうならやめた方がいいですよ」

「……ああ、そういえば、帝人《みかど》さん、通《とお》り魔《ま》に刺《さ》されたって噂《うわさ》を聞きましたけど、大丈夫《だいじょうぶ》だったんですか？」

「今はもうすっかり。だから見舞いとかも必要ありませんよ」

「それは残念だ。一度、『何に』刺されたのか話を聞きたかったのに」

お互いに相手が何かを隠《かく》している事を理解しているのか、どこか牽制《けんせい》しながら会話を続ける青葉と四十万。

そんなやりとりを経て、四十万が溜息《ためいき》をついた後、本題に連なる挑発《ちょうはつ》を口にした。

「ダラーズは解散したのに、『ブルースクウェア』は無傷《むきず》で縄張《なわば》りを広げたってわけですか、黒沼《くろぬま》青葉くん。粟楠会《あわくすかい》のお兄《にい》さんがバックについてるのかな？」

名乗った覚えのないフルネームで呼んだ上に、兄の情報まで知っている。

こちらの情報は筒抜《つつぬ》けだという事を示してきた四十万に、青葉は目を細めながら意趣返《いしゅがえ》しの言葉を放った。

「だとしたら、危ないのは貴方《あなた》じゃないですか？　『ヘヴンスレイヴ』のリーダーである貴方がここにいるって、兄貴を通して粟楠会に連絡《れんらく》したらどうなっちゃうんでしょうね」

この2年の間にそれとなく集めていた情報を淡々《たんたん》と口にする青葉に対し、四十万は小さく首を振って訂正《ていせい》する。

「少し違うな。俺《おれ》はあくまでサブリーダーだ。リーダーは、雲井《くもい》さんだ」

「本当にそんな人、存在するんですか？　探してみても影も形も見当たらないんですけど」

「そうか、眼科《がんか》に通った方がいいな」

「へえ……それじゃあ、最近外国の方から入って来てる物騒《ぶっそう》な人達と取引してるのも、その雲井さんの指示《しじ》なんですか？　前にも関東《かんとう》でヘリまで持ち込んで銃撃戦《じゅうげきせん》をやらかした連中《れんちゅう》らしいですけど、戦争《せんそう》でも始める気ですか？」

その言葉を聞いた後、四十万は暫《しば》し沈黙《しじま》し、ほんの僅《わず》かに口《くち》の端《は》をつり上げた。

「怖《こわ》いなら、シェルターでも買って引きこもってればいいさ。俺《おれ》が今興味《きょうみ》あるのは銃《じゅう》でもヘリでもない。池袋《いけぶくろ》の街にある組織《そしき》同士の円滑《えんかつ》な連携《れんけい》さ」

「つまり、手駒《てごま》が欲しいって事ですか？」

「まさか。手駒が欲しいならその辺を歩いてるチンピラでも雇《やと》えばいいだろう？　何か困ってる事があれば協力する。そして見返りに金か何かを貰《もら》う。そんな関係を築きたいだけだ」

「どうだか……。まあ、俺達の邪魔《じゃま》をしないっていうなら、特に敵対する気はありませんよ。こないだの首無《くびな》しライダー教《きょう》事件だけじゃなく、最近じゃ都内と埼玉《さいたま》の方で派手《はで》にクスリをばらまいてるらしいじゃないですか。言っておきますけど、俺達は別にそれを止めませんけど、粟楠会《あわくすかい》に聞かれたら庇《かば》い立てする理由もありませんからね」

青葉《あおば》が苦笑《くしょう》交じりに言うと、四十万も苦笑を返しながら一枚のメモを差し出した。

「電話は粟楠会や警察に逆探知《たんち》されそうなんでな。何か話がある時は、そのアドレスのＨＰに行って、下にあるパスワード入れて下さい。連絡《れんらく》用の入力フォームが出てきますから」

「それはどうも。用心深い人は好きですよ。信用はしませんけど」

不敵に笑う青葉と、その笑《え》みを冷めた視線で受け流す四十万。

なんとも嫌《いや》な空気が流れかけた所で、彼らの横から歓声《かんせい》があがった。

「？」

二人が同時に目を向けると、そこでは先刻《せんこく》久音《おん》が持っていた寄木《よせぎ》細工《ざいく》のカラクリ箱が、綺麗《きれい》に開かれた状態でジャミの手の上に載っていた。

「うおおお、すげえ！　あっさり開けやがった！」

「早すぎて何やってんのか見えなかったぞ……」

「おい、どうしたんだ？」

青葉が尋《たず》ねると、久音がポカンと口を開きながら振り返る。

「あ……いや……『それなら俺、開けられるよ！』って言って……そしたら本当に凄《すご》いスピードで開けちゃって……」

「開けるまでの作業は全部で八十四回ね。はいコレ！」

そう言ってジャミが箱を久音に投げ渡したのだが、久音が慌《あわ》てて受け取ると箱の中から何かがこぼれ落ちた。

「おっと……なんだこれ？」

久音が拾い上げてみると、小さなプラケースに入れられた、数枚のＳＤカードだった。

「えぇー、小判《こばん》とか出てくるの期待したのに、随分俗《ずいぶんぞく》っぽいものが出て来たなあ……」

久音は少しガッカリしながらも、そのＳＤカードを手元のノートパソコンに入れながらジャミに頭を下げる。

「まあ、開けてくれてありがとな。しかしあんなにあっさり開けるとか、どんな分野にもやっぱり天才《てんさい》ってのはいるもんだな……」

そう言ってSDデータの中身をウィルスチェックした後に開く久音《くおん》だったが――

「すげえな、ファイル数が千単位《たんい》であるぞ……えっ？」

画面に現れたのは、理路整然《りろせいぜん》とならんだ無数の画像《がぞう》サムネイルだった。

特徴的《とくちょう》だったのは、そのファイルが、ほぼ肌色《はだいろ》一色だった事である。

「どうした？　何が……」

後ろから覗《のぞ》き込んだ青葉《あおば》が、一瞬《いっしゅん》フリーズした後、淡々《たんたん》と呟《つぶや》いた。

「うわあ……無修正《むしゅうせい》……？」

数千枚に及ぶ、セクシーな肌色と桃色《ももいろ》の飛び交う画像の数々を見て、ヨシキリをはじめとするブルースクウェアの面々がいつに無く真剣な表情で口を開き始めた。

「解《わか》った、これは俺《おれ》が預かろう」

「いや俺が」「俺だ！」「僕だよ！」

「待て待て、これ普通に持ち歩いてたら犯罪になるレベルの画像じゃないか？」

「自分で楽しむだけなら大丈夫《だいじょうぶ》だったような……」「どうかな」「おい青葉、どうなんだよ」

話を振られた青葉は、一人冷めた表情で答える。

「いいんじゃないの？　どうでも……」

「こ、こいつ余裕《よゆう》だぞ！」

「流石《さすが》あのエロ可愛《かわい》い双子《ふたご》と仲良いやつは違うぜ！」

「……殺す！」

「何でだよ⁉」

逃げ惑《まど》う青葉と追う面々。

そんな彼らの様子《ようす》を見て、四十万《しじま》は呆《あき》れたように首を振り、階段へと足を向けた。

「帰るぞ、ジャミ」

するとジャミは、やや不満げな表情を浮かべて問いかける。

「えー？　帰っちゃうの？　園原堂《そのはらどう》って所に行くんじゃないのー？」

「また今度にしよう。園原堂は逃げるわけじゃないんだ。いくらでもチャンスはあるさ」

喧騒《けんそう》の中、何気ない会話を交わしながら去っていく四十万とジャミ。

ブルースクウェアの大半はそんな彼らの事を気にも留めていなかったが、一人だけ、最後の二人の会話を聞いて目を鋭く尖《とが》らせた者がいた。

開かれたからくり箱を弄《いじ》りながら、緑《みどり》の髪《かみ》の少年が真剣な表情で独《ひと》りごちる。

「今、あいつら……園原堂ってハッキリ言ったよな……？」

♂♀

路上《ろじょう》

帰路《きろ》に着いた四十万《しじま》とジャミ。

途中《とちゅう》まで同じ道を歩く最中《さなか》、ジャミが無邪気《むじゃき》に笑いながら声を上げた。

「楽しそうだったねー、さっきの人達！」

両手を頭の後ろで組みながら楽しげに思い返すジャミに対し、四十万は相変わらずの冷めた様子《ようす》で包帯《ほうたい》の下の口を動かす。

「ふん。それなりに名の通ったブルースクウェアが、あんな仲良しこよし集団だったとはな」

「羨《うらや》ましいの？」

「何でそうなる……」

「だって四十万さん、友達いなさそうだし！」

あっけらかんと言い放つジャミに、四十万は「馬鹿馬鹿《ばかばか》しい」と吐き捨て歩き続ける。

「そんな事言ってー。四十万さんも本当はあのエッチな画像《がぞう》とか見たかったんじゃないのー？」

「……」

四十万はピタリと足を止め、ゆっくりとジャミの方を振り返った。

「？　四十万さん？」

「お前ら……よくまあ普通の顔してあんな、その……破廉恥《はれんち》な画像見られるな……」

そう言った四十万の顔が、道端《みちばた》の街灯《がいとう》に照らされる。

白い包帯の隙間《すきま》の顔が紅潮《こうちょう》しており、目が細かく泳いでいる四十万の顔を見たジャミが、目を丸くしながら言った。

「え……？　四十万さん、マジで？　だって、いつもミミズさんが半分裸《はだか》みたいなドレス着て後ろから絡みついたり肩に顎乗《あごの》せたりしてるじゃん！」

「あの女、俺《おれ》が嫌《いや》がるの知っててわざとやってるんだよ！　こっちは理性を保つのでいっぱいいっぱいだ！」

珍《めずら》しく感情をあらわにしてそう叫ぶと、四十万は咳払《せきばら》いをしてすぐに冷静さを取り戻しながら言葉を続けた。

「ともかく、ああいうのは結婚《けっこん》してからでいい」

「うーわー、キャラに似合《にあ》わないこと言うねえ四十万さん。なんか俺、昔誰《だれ》かに聞いた『彼女と付き合い始めてから50年で結婚して、70年目に新婚《しんこん》旅行に行ったギャング』の話を思い出したよー。まあ、今は二人ともお爺《じい》ちゃんお婆《ばあ》ちゃんだろうけどさ」

「そんなに気長に付き合ってくれる彼女がいたのか。それは少し羨むな」

そんな事を言いつつ、『話は終わりだ』とばかりに歩き出した四十万《しじま》に対し、ジャミが思い出したように口を開く。

「それにしても四十万さんさー、何も企《たくら》んでないとか言いながら、ちゃっかり色々やってるんじゃん。なに？　外国の組織《そしき》って。どんな人達？　強いの？」

ワクワクと心を震わせながら問うジャミに、四十万はあっさりと答えた。

「知らないな」

「え？」

「黒沼青葉《くろぬまあおば》はああ言っていたが、俺《おれ》はそんな組織の事は知らないし、そもそもクスリはともかく組織としては『ヘヴンスレイヴ』の名前はもう使ってないいんだ。それはお前も知ってるだろ。……断言していいが、俺は関わっちゃいない」

四十万は冷めた目のまま小さくため息を吐き、夜空を見上げながら舌打《したう》ちする。

♂♀

翌朝　園原堂前《そのはらどう》

「……まったく、面倒《めんどう》な事になりそうだ」

──まったく、面倒な事になった……。

──まさか、盗難《とうなん》の件にも四十万って奴《やつ》が関わっていたとは。

セルティは大きな溜息を吐き出すような仕草《しぐさ》で肩を上下させつつ、店の前に停《と》めていたシューターに跨《また》がった。

そんな彼女に、店から出て来た杏里《あんり》が声をかける。

「本当に、心配させてしまってすみませんでした」

ぺこりと頭を下げる杏里に、セルティは軽い調子で手を振った。

『杏里ちゃんが気にする事じゃないよ。それより、その四十万って奴には気を付けてね。また罪歌《さいか》を狙《ねら》って来るかもしれない』

「はい、ありがとうございます」

セルティが朝早くから杏里に会いに来たのは、四十万に関する話を聞くためだった。

夕べ、『ヘヴンスレイヴ』が夏瓦《なつがわら》家長男《ちようなん》と関わっているであろうという話を聞いたセルティは、赤林《あかばやし》の件も鑑《かんが》み、とりあえず四十万を探す事にしたのだが──そんなタイミングで、久《く》音《おん》からメールが回ってきた。

『今、ヘヴンスレイヴって悪名《あくめい》高い連中《れんちゆう》の幹部《かんぶ》の四十万って奴がブルースクウェアの所に来たんだけど、「園原堂に行く」とか「チャンスはいくらでもある」とか言ってて噴《ふ》いた』という、

SNSの呟《つぶや》きのようなノリのメール。

しかしながら、セルティにとっては重要な情報が矢文《やぶみ》で飛んできて胸に刺《さ》さったかのような衝撃《しょうげき》を受けた。

そして杏里《あんり》に話を聞いた所、確かにそれらしき男が『罪歌《さいか》』を求めてやって来ており、その晩に例の泥棒騒《どろぼうさわ》ぎがあったのだという。

——やっぱり罪歌を狙《ねら》って……？

久音《くおん》にもメールで確認《かくにん》したが、彼の話だと『顔に包帯《ほうたい》を巻いた眼鏡《めがね》の男』との事なので、恐らく同一人物に間違いないだろう。

——でも、なんだって倉庫《そうこ》を？　うちで新羅《しんら》が預かってる奴《やつ》みたいに、罪歌の別の本体が倉庫にあると思ったのかな……？

試しにその可能性を杏里に聞いてみたが、彼女は「あの、でも、あの人が犯人と決まったわけじゃないですから……」と困った表情を浮かべていた。

確かに犯人と決めつけるのは尚早《しょうそう》かもしれないと思ったが、この状況では逆に無関係だと考える方が不自然ではある。

——とはいえ、四十万《しじま》って奴に杏里ちゃんをどうこうできるとも思えないが……。

——いや、待てよ……喧嘩《けんか》はともかく、家に火をつけるとかも考えられる……。

——あるいは、身に覚えの無い借金《しゃっきん》を背負わせて、経済的に追い詰めるとか……。

ドラマなどで見た悪人の手法を思い返しながら、徐々《じょじょ》に警戒心《けいかいしん》を強めるセルティ。

——杏里ちゃんはせっかく平穏《へいおん》な毎日を手に入れたんだ……なんとか護《まも》ってあげたい……。

『とにかく、本当にその包帯男が泥棒かどうかはおいといて、私も別の件でその男の事を追ってるから、捕《つか》まえて何か解《わか》ったら連絡《れんらく》するよ』

「どうもすみません……あの、気を付けて下さいね」

心配そうにこちらを見てくる杏里に、セルティは心中《しんちゅう》で微笑《ほほえ》みながら答えた。

『ありがとう。気を付けるよ』

と、そこで一つ思い出し、杏里に尋《たず》ねる。

『ええと、ところで、昨日《きのう》の夜にメールした木槌《きづち》の事だけど……』

「あ、はい……昨日の倉庫の整理の時には、そういうのは見当たりませんでしたので……父の代で売れてしまったのかもしれません。すみません」

申《もう》し訳《わけ》なさそうに頭を下げる杏里に、セルティは慌《あわ》てて手を振った。

『ああ、いい、いいんだ。別に必要なものだったってわけじゃないから』

そのまま簡単に別れを告げて走り出したセルティは、運転を半分シューターに任せながら、今後の事について考える。

——うーん……。例の妖槌《ようづち》、倉庫に無いって事は……。もしかして、泥棒が盗《ぬす》んだ？

――四十万《しじま》が犯人だと考えると、罪歌《さいか》が無かった代わりに、似たような物を持っていった可能性はあるのか……。いやでも、鯨木《くじらぎ》の話だとそんな妖槌《ようづち》とかじゃないらしいし……。

――でも、私みたいに噂《うわさ》だけ聞いて妖槌だと信じてたのかもしれないからな……。

兎《と》にも角《かく》にも、四十万を捕《と》らえなければ話は先に進むまいと考えたセルティは、『ヘヴンスレイヴ』のメンバーを探すべく街に繰り出す事にした。

夏瓦家《なつがわらけ》の長男《ちょうなん》も、四十万などの元にいたら薬物中毒者《やくぶつちゅうどくしゃ》になってしまうかもしれない。薬漬《くすりづ》けになってしまった兄を見て悲しむ淡雪《あわゆき》の顔は見たくないなと思いつつ、セルティはシューターの足を少しだけ急がせる事にした。

そんな彼女自身が、遠くから監視《かんし》されている事には気付かぬまま。

♂♀

ビル　屋上《おくじょう》

『……確認《かくにん》しました。首無《くびな》しライダーです』

街を走るセルティを見下ろしながら、電話越しにどこかへ英語で報告する男が一人。

『ええ、映像《えいぞう》と変わりありません。以前我々のヘリを落としたアイツです。ナツガワラの屋敷《やしき》を出入りしていたというのは本当だったようです』

更《さら》にいくつか報告を付け加えた後、外国人らしき男は、電話越しに自分の推測《すいそく》を口にした。

『はい、やはり「アレ」はナツガワラ・コンツェルンの子飼いという事でしょう。2年前のあの件も、意図《いと》的に我々と敵対したものと考えられます』

『……ええ、それでなくとも、あの巫山戯《ふざけ》た手品師《てじなし》には、ヘリと構成員《こうせいいん》を失った事に対する礼《れい》をせねばなりませんからね』

♂♀

昼　来良《らいら》学園　屋上

「結局、どういう事？　その四十万っていう人が泥棒《どろぼう》なの？」

昼食のサンドイッチをモフモフとかじりながら首を傾《かし》げる八尋《やひろ》に、自作の弁当《べんとう》をコーラで流し込んでいた久音《くおん》も僅《わず》かに首を捻《ひね》る。

「さあなあ。目的は良く解《わか》らないけどよ、『チャンスはいくらでもある』なんて言ってたぐらいだからな……。他に考えられないだろうがよ」

するとと、購買《こうばい》のカレーパンを食べていた姫香《ひめか》が更《さら》に問う。

「でも、泥棒《どろぼう》だったら、そんな事を人前《ひとまえ》で言うとは思えないけど」

「そりゃまあ、俺《おれ》らブルースクウェアもチンピラみたいなもんだし。聞かれても問題ないと思ったんじゃないか？　それにあの時はざわついてたし……。俺もさ、『四十万《しじま》』って名前に聞き覚えが無かったらそんなに注意払って無かったよマジで」

四十万という名前は、彼らにとっても特別な意味があった。

八尋《やひろ》達が入学した頃《ころ》に起きた『首無《くびな》しライダー教《きょう》事件』において、背後で教団に人員や危険ドラッグを回していたのが、その四十万という男であるらしい。

特に、家族を巻き込まれた姫香にとっては重要な人名だ。

彼女は表《おもて》だって感情を露《あら》わにはしなかったが、久音《くおん》に対して一つだけ問い掛ける。

「その場で捕《つか》まえられなかったの？」

「黒沼先輩《くろぬませんぱい》がとりあえず不干渉《ふかんしょう》ムードなのに、俺一人が頑張《がんば》って『くそー！　姫香ちゃんのお姉《ねえ》さん達の仇《かたき》だー！』って暴《あば》れた所でなあ。相手が一人ならまだしも、なんか一人、変なの連れてたし……」

「私の姉さんも妹も、生きてるんだけど……」

小さく溜息《ためいき》を吐きながら言うと、姫香はそのまま言葉を続けた。

「まあ、それはそれとして、琴南《ことなみ》君は確かに泥棒の側《がわ》に見えるから、油断《ゆだん》したっていう可能性はあると思う」

「いや、俺から言っといてなんだけど少しは否定して欲しかったぜ……」

落ち込む久音を見て、八尋が言った。

「だったら髪《かみ》の毛とか黒髪《くろかみ》に戻せばいいのに」

「……おい、まるで俺が黒髪の頃を知ってるような物言いだな？」

「うん。あの、双子《ふたご》の折原《おりはら》先輩に見せて貰《もら》った。久音の中学の頃の写真」

「ショッキング！　黒沼先輩かと思ったらなんであの双子先輩にまで出回ってるの⁉　くそ、幾《いく》らだ⁉　黒沼先輩、俺の過去を幾らで売り渡した……！」

嘆《なげ》き悲しむ久音を横目に、八尋と姫香が会話を続ける。

「でも、その四十万って人、何が目的なんだろうね」

「……つーか、姫香ちゃんはどうなのよ？　お姉さんと妹に危ないクスリをばらまいた奴だろ？　もしも捕まえてとっちめたいっていうなら協力するぜ？　次に黒沼先輩の所に来たら後をつけて、隠《かく》れ家《が》を見つけたら八尋が突っ込んで暴れる。これだよこれ」

「あ、俺も計画のうちなんだ」

彼も姫香の助けになる事は吝《やぶさ》かではないのか、八尋は特に嫌《いや》そうな顔をしなかった。

だが、姫香の方は首を小さく横に振る。

「正直、姉《ねえ》さんと妹は自業自得《じごうじとく》だった節《ふし》もあるしね。……まあ、二人ともその『ヘヴンスレイヴ』っていうクスリの影響《えいきょう》が軽くて、すぐに社会復帰《ふっき》できたからっていうのもあるけど……。その四十万《しじま》って人が目の前に居たら平手打ちぐらいすると思う。でも、わざわざこっちから探して何かする気にもなれないかな」

「復讐《ふくしゅう》は何も生まないって？　かっこいい事言うねえー。おい八尋《やひろ》、どうやら今回俺《おれ》らの出番は無さそうだぞ？」

皮肉《ひにく》げに言う久音《くおん》に、八尋が言った。

「でも、俺は怖《こわ》いよ」

「怖い？　何が？」

「その四十万っていう人が何を考えてるのか解《わか》らないのが怖い。もしかしたら、東京《とうきょう》を火の海にしたり世界を滅ぼす事を考えてるんじゃないかと思うと、ある日突然《とつぜん》俺の頭の上に爆弾《ばくだん》が落ちてくるんじゃないかっていう気がして凄《すご》く不安になる」

真剣な表情で考えこむ八尋。そんな彼の肩をゆさゆさと揺らしながら久音が笑う。

「お前、そんだけ喧嘩《けんか》強いのに、なんでマジでそんなネガティブなんだよ。いや、事情は聞いたけどよ。にしたって、もっと安心していいと思うぜ？　ここじゃ別に、ダンプに撥《は》ねられたりしてないだろ？」

「それはそうだけど……だからこそ、同じ事の繰り返しはしたくないんだ。だから、怖そうな人がいるなら、どんな人か知っておきたいよ。近づかない方法や怒らせない方法が解るかもしれないから……」

　そこまで言った後、八尋は真剣な表情で思いつきを口にした。

「ああ、そうだね。できる事なら隠れ家《かくれが》とかも知っておいた方がいいかもしれない。間違ってそこに迷いこんだりしないように」

「迷い込むって、熊《くま》の巣穴《すあな》じゃねえんだからよ……。ったく、本当にアクティブな臆病者《チキン》だな、八尋は……」

　呆《あき》れる久音とは逆に、姫香《ひめか》は淡々《たんたん》とした調子で八尋を励ます。

「大丈夫《だいじょうぶ》だよ、八尋君。私にできる範囲で良ければ、その不安を一緒《いっしょ》に抱えてあげるから」

「うん、そうだね。ありがとう」

　無表情のまま言葉を交わす二人を見て、久音は顔を歪《ゆが》ませながら手をブンブンと振り上げた。

「だーっ！　なんなんだお前ら！　本当になんなんだ！　惚気話《のろけ》かどうかもわからねえよ！　今の台詞《せりふ》、いい事言ってるっぽいんだからもっとテンションアゲアゲで行けよ！　見てるこっちが不安になるわ！　もうお前ら付き合っちまえよ！」

　心の叫びを前に、八尋が再び首を傾《かし》げる。

「え？　付き合えるの？」

　姫香に対して素直に尋ねた八尋に、姫香は10秒ほど考えた後、口を開いた。

「ごめんなさい。男女の付き合いをするには、もうちょっとお互いを知ってからの方がいいと思うの」

「そうだよね。久音《くおん》はせっかちだなあ」

八尋《やひろ》の言葉を聞いた久音は、飲みかけのペットボトルコーラに蓋《ふた》をすると、無意味に激しく振りながら叫ぶ。

「だぁぁぁぁあ！　なんで俺《おれ》が空気読めない感じになってんの⁉」

「落ち着きなよ久音。ところで、結局あの箱って開けられたの？」

「あ？　ああ、あの園原堂《そのはらどう》から貰《もら》った箱ね。開いたよ」

「中に何が入ってたかブログで書くって言ってたのに、更新《こうしん》されてないみたいだけど？」

八尋と姫香《ひめか》に立て続けに問い掛けられ、久音はばつが悪そうに目を逸《そ》らした。

「……まあ、ちょっと色々あって……あんまブログには載《の》せられそうもない中身だったっていうか……。んなことより四十万《しじま》だ四十万！」

露骨《ろこつ》に誤魔化《ごまか》しつつ、久音は肩を竦《すく》めながら二人を安堵《あんど》させせんと言葉を紡《つむ》ぐ。

「黒沼先輩《くろぬませんぱい》は放っておけって言ってたけどよ……。セルティさんは四十万を別件で探してるみたいだし、今回の情報もちゃんと伝えてあるから、そのうちとっ捕《つか》まると思うぜ？」

♂♀

粟楠会《あわくすかい》　事務所

「それで？　結局その外国からのお客さん方ってのはなんなんだい？」

赤林《あかばやし》の問いに対し、彼と同じ粟楠会幹部《かんぶ》である風本《かざもと》が、爬虫類《はちゅうるい》のような目をぎらつかせながら答えた。

「まあ、うちの組と直接揉《ちょくせつも》めた事はないんですがね。ちょいと昔、埼玉《さいたま》の方で一悶着《ひともんちゃく》やらかした連中《れんちゅう》みたいですわ。……ほら、ニュースにもなったでしょう。神奈川《かながわ》の港街でヘリが不時《ふじ》着《ちゃく》して、そこから大量の銃器《じゅうき》が見つかっただの、その前後に銃撃戦《じゅうげきせん》があっただのって」

「ああ、あったねえ、そんなの。でも埼玉で一悶着で、なんだって神奈川が絡むんだい？」

「これがまた変な話でしてね。ほら、夏瓦《なつがわら》グループあるでしょう。埼玉の資産家《しさんか》の。あそこの重要な荷物を強奪《ごうだつ》したらしいんですが、それを海外に運ぼうと港に行った所で、何かとドンパチしてヘリまでやられたって話ですよ。まあ、大方《おおかた》仲間割れか何かでしょうが……うちの組とは直接絡まない件だったんで、そこまで詳しい情報はすぐには……」

「ふーん……銃撃戦にヘリねえ、割と大掛かりな連中なわけだ」

目を細める赤林《あかばやし》に、風本《かざもと》が口元から八重歯《やえば》を覗《のぞ》かせて薄く笑う。

「ま、夏瓦《なつがわら》グループは日本でこそ玩具《がんぐ》メーカーで有名だけど、海外じゃグループ内の電子プログラムとかで革新《かくしん》的な技術をいくつも作り上げてますからねえ。その技術を盗《ぬす》みたい連中《れんちゅう》が日本で夏瓦の総帥《そうすい》の弱みを握ろうとするのも解《わか》るってもんですよ」

♂♀

埼玉県《さいたま》某所《ぼうしょ》　貸事務所内

「池袋《いけぶくろ》にある『園原堂《そのはらどう》』って骨董屋《こっとうや》だ。あそこの倉庫《そうこ》に、ブツは全部紛《まぎ》れ込ませてある」

夏瓦雪彦《ゆきひこ》の言葉に、『ヘヴンスレイヴ』のメンバー達は互いに顔を見合わせる。

「紛れ込ませてあるって……そこの店主《てんしゅ》と知り合いで、預けてあるとかじゃないんすか？」

「あの時は色々とあったんだよ」

そう答えた雪彦は、舌打《したう》ちしながら一昨日《おととい》の夜の事を思い返した。

――クソ。俺《おれ》はあの時、なんだってこの程度の連中にビビってたんだ？

雪彦が家を出た際、彼はいくつかの品を家の中から持ち出していた。

理由は単純で、当面の金と長期的な資金、そして父親への嫌《いや》がらせが全て同時に解決する合理的な方向だと考えたからだ。

まずは、それらの品物を直接売る事で、数ヶ月分の生活費を得る。

そして、家族だからこそその存在を知っていた、物品の中に隠している物を利用して、長期的な利益《りえき》も取得する。

結果として、彼が得た利益は遠回しに夏瓦家への損害となる為《ため》、父親への当てつけとしても成立する。

そうした目論《もくろ》みを持って、彼は家から高価であり、かつ『特殊《とくしゅ》な』品々を持ち出したのだ。

雪彦は、父親を恨《うら》んでいた。

もっとも、それは完全な逆恨《さかうら》みだったのだが。

常日頃《つねひごろ》から、雪彦の両親は夏瓦グループの跡取《あとと》りなどと考えず、自由に生きればいいと言い続けていた。だが、幼い頃から周囲の子供達と自分を比べ、己《おのれ》が特別な存在だという優越感《ゆうえつかん》に浸《ひた》っていた雪彦からすれば、両親の言っている意味があまり良く解らなかった。

自由に生きて良いというのなら、黙《だま》っていても億万長者《おくまんちょうじゃ》になれる夏瓦家の跡取り以外の道など考えられない。少なくとも雪彦はそう考えるタイプの人間であり、幼い妹の淡雪《あわゆき》が『将来《しょうらい》は絵本作家になりたい』などと言いだした時は『バカな奴《やつ》だ。なぜ金を出せば買えるものを、一々自分で書こうとするんだ？』と鼻で笑う程だった。

金を稼《かせ》ぐ為《ため》ではなく、金を使う為に生まれてきた存在。それが自分だ。世の中に金を巡らせ、経済を円滑《えんかつ》に回す為の存在、現代の貴族《きぞく》なのだ。などと思っていた矢先に、突然《とつぜん》両親が養子《ようし》を連れて来たのである。

最初は体《てい》の良い使用人のような物だろうと考えていた。

義弟が学校で自分より遙かに良い成績《せいせき》を修めていると聞いた時も、生意気《なまいき》だとは思ったが、どうせ自分よりは下の立場なのだと気にしないようにしていた。

だが、次第に彼は気付いていった。

周囲の視線が、徐々《じょじょ》に自分を通り抜け、義弟に集まりつつある事に。

そこからの転落は早かった。

両親すらもはや自分を見ていないのだろうと、彼は理由も無く思い込み始める。

『自由に生きろ』というのは、『お前は必要無い』という意味だったに違いない。

一度そう思い込んだが最後、雪彦《ゆきひこ》は思考《しこう》の泥沼《どろぬま》から抜け出せなくなった。

ヤサグレ始めた自分を叱《しか》る両親の言葉も、『どうせ世間体《せけんてい》が大事《だいじ》なだけだろう』と思うようになり、彼は街のアウトロー達と連《つる》むようになり始める。

金を振りまく自分を周囲が止めどなく賞賛《しょうさん》する。

自分が子供の頃《ころ》から『こうあるべき』と思っていた状況に満足していた雪彦は、暫《しば》しその夢を堪能《たんのう》した。

だが、家出した後、次第にほころびが生じ始める。

己《おのれ》を持ち上げていた仲間達が、『で、どのぐらい金を持ち出せたんだ？』と、しきりに『残金』を気にし始めている事に気が付いたのだ。

その状況に気付き、苛立《いらだ》ちつつもなんとかしなければと思った雪彦は、とある男を頼って池《いけ》袋《ぶくろ》の街にやってきた。

折原臨也《おりはらいざや》。

アウトローの間で名の知られた情報屋を利用し、長期的に金を稼ぐつもりだったのだが――

雪彦は知らなかった。その情報屋は、２年前のとある事件を境《さかい》に、池袋の街から完全に姿《すがた》を消してしまっていたという事を。

そして、池袋の街を彷徨《さまよ》っていた時に、『ヘヴンスレイヴ』の仲間達が現れた。

――「よう、お前、言ってたよな。『持ち出したブツの中に、親父《おやじ》の会社を潰《つぶ》せる程のデータが入ってる』ってよ」

――「お前、酒場《さかば》とかでもそれ言いまくってたろ？」

――「高く買ってくれるっていう外国の連中《れんちゅう》が来てな。俺《おれ》らが間に入ってやるよ」

自分は貴族ではなく、『悪徳《あくとく》貴族に搾取《さくしゅ》される労働者』に過ぎなかった。家から金を持ち出すという単純だがリスクの多い労働をして、結局全てを奪《うば》われる存在だったのだ。そう気付いた時には既《すで》に遅く、彼は追われる子羊《こひつじ》となって池袋《いけぶくろ》の街中《まちじゅう》を逃げ惑《まど》う事となる。

そして、池袋に来た際に『とりあえず手っ取り早く持ち出した骨董品《こっとうひん》を売れる場所』として目をつけていた『園原堂《そのはらどう》』という店が近い事を思い出し、その倉庫《そうこ》に身を隠《かく》す事にしたのだ。

相手が望む品物を全て渡せば、その時点で自分に価値《かち》などなくなる。

得られた対価《たいか》は自分を飛び越して『ヘヴンスレイヴ』の総取りだ。

自分の置かれた状況を理解した彼は、相手が望む品物を一時的にでも隠す必要があった。

なんとかして『搾取対象《さくしゅたいしょう》』から『取引相手』にまで、自分の状態を引き上げる為《ため》に。

ただ物を置いただけでは、店主《てんしゅ》ならばすぐに増えたものが解《わか》るだろう。

簡易《かんい》的な鍵《かぎ》を壊《こわ》して侵入《しんにゅう》した事もあり、下手《へた》にバレたら警察に押収《おうしゅう》される可能性がある。

だからこそ彼は、泥棒《どろぼう》が入ったと見せかけて倉庫をある程度荒らし、適当な場所に自分が家から持ち出した品々を紛《まぎ》れ込ませたのである。

——そうだな……何か一つぐらい盗《ぬす》んどいた方がいいか……?

——何か、何か武器《ぶき》はないか? 外であいつらに鉢合《はちあ》わせたらまずい。

——骨董屋なんだから、日本刀《にほんとう》とかねえのかよ。

そして暫《しばら》く漁《あさ》った結果、彼は一つの小槌《こづち》を見つけた。

奇妙《きみょう》な模様《もよう》が描かれた、古びているものの頑丈《がんじょう》に作られた木製の槌。

――木槌《きづち》かよ……まあ、無いよりはマシか。

――こんなん振り回した所で、奴《やつ》らがビビッてくれるとは……。

心中《しんちゅう》で不満に思いつつ、その小槌を握った瞬間《しゅんかん》――そのあまりの心地《ここち》よさに、彼は一瞬《いっしゅん》心を奪《うば》われかけた。

夏瓦雪彦《なつがわらゆきひこ》というただ一人の男が使う為だけに作り出された。そう言われても納得《なっとく》する程のフィット感であり、まるで木槌の柄《え》と手が一体化したような錯覚《さっかく》に囚《とら》われる。

そして、マジマジと小槌を見つめていた彼は――やがて思い直す。

何故《なぜ》、自分はコソコソと逃げているのだろうと。

自分は夏瓦家の御曹司《おんぞうし》であり、あんなチンピラ共とは何もかも違う、世界の高みにいる存在だと。

彼は小槌を握り締《し》めたまま、ゆっくりと倉庫を後にした。

本来、自分が居るべき『地位』を取り戻す為に。

手始めに、自分を裏切り、別の組織《そしき》に売ろうとした者に制裁《せいさい》を加える為に。

その結果として、彼は小槌で『ヘヴンスレイヴ』のリーダーを殴《なぐ》り倒し、その座に自らを座らせる事に成功したのである。

「いいか。ブツは全部倉庫《そうこ》の中にある筈《はず》だ。持って来さえすりゃ、俺《おれ》が後は開ける」

新しく部下《ぶか》になった者達を見回しつつ、『園原堂《そのはらどう》』の倉庫を襲撃《しゅうげき》するように指示《しじ》を出す雪彦《ゆきひこ》。

ターゲットである店の事を思い出しながら、彼は自信に満ちあふれた声で呟《つぶや》いた。

「あそこの店主《てんしゅ》、昼間に一度見たけど結構《けっこう》いい女だったな……」

自分は特別な存在なのだから、当然何をしても許されるという確信を抱きながら——

彼は、己《おのれ》の破滅《はめつ》へと繋《つな》がる一言を口にする。

「もし見つかって騒《さわ》がれたりしたら、構わねえから攫《さら》っちまえ」

♂♀

夕方　渡草《とぐさ》のアパート

「おお……これが園原堂にあった巨大鮫《きょだいざめ》の歯っすか！」

「はい。サメ映画とか好きなんで……」

「ああ、いいっすね。サメ映画ネタをパロディで入れる漫画《まんが》やアニメも多いっすから、基礎知《きそち》識《しき》として大事《だいじ》っすよ？　それにしても、こんなものがあったなんて、俺も手伝えば良かったっすよ……」

渡草の車の前で、遊馬崎《ゆまさき》が目を輝かせながら八尋《やひろ》の持ってきたサメの歯の化石《かせき》を眺《なが》めている。

手の平ほどの大きさがある一枚刃《いちまいば》で、槍《やり》の穂先《ほさき》のような形状の先端《せんたん》が鋸《のこぎり》状に尖《とが》っており、一種の凶器《きょうき》と言っても差し支えない代物《しろもの》だ。

たまたま車で渡草の家まで来た遊馬崎と狩沢《かりさわ》が八尋を見つけて言葉を交わしたのだが、そこで昨日《きのう》の経緯《けいい》を聞き、話の中に出て来た『園原堂から貰《もら》った化石』に食いついたのである。

「まったく、男の子ってサメとか恐竜《きょうりゅう》の歯、好きだよねー」

「狩沢さんは興味《きょうみ》無いんすか？」

「サメ系《けい》男子は好きだよ？」

「サメ系男子……。逆にサメ系女子ってのも言葉の響《ひび》きだけ聞くとなんかギャップ萌《も》え凄《すご》そうな気がしてワクワクしてきたっすよ？」

いつも通りの会話を続けた後で、遊馬崎はサメの歯の化石をマジマジと見ながら言った。

「しかし杏里《あんり》ちゃんも気前がいいっすねえ。これ、結構お高いものっすよ？」

「え？」

「この大きさ、多分メガロドンの歯の化石だと思うんすけど、安くて数万。高ければ十万とか二十万とか、最高級クラスなら軽く五十万以上するっすよ？」

「ええッ」

目を丸くした八尋《やひろ》の横で、驚愕《きょうがく》した三郎《さぶろう》が声を上げた。

「なにぃッ⁉　そ、そんなすんのかこれ⁉　しまった……気軽に『もらっとけ』なんて言うんじゃなかったぜ……。杏里《あんり》ちゃんに悪い事したな……」

「やっぱり返した方が……」

オロオロする八尋の前で、狩沢《かりさわ》が化石《かせき》を眺《なが》めながら口を開く。

「いや、それ、そんな十万とかしないと思うよ？　合成品だもん」

「合成品？」

「うん。メガロドンの歯って完全な形で出てこない事も多いからさ、そういう時は、形の似てる左右の奴《やつ》を切ってくっつけちゃって、一つの完全な歯の形にするんだよ」

「へえー」

「流石《さすが》、自作の工芸品《こうげいひん》売ってるだけあって詳しいな……」

感心して頷《うなず》く男性陣《じん》の前で、狩沢が笑顔で続けた。

「うん、だから、この大きさだと三万円前後って所だと思うよ？」

「それでも高い……」

八尋がどうすべきか迷いながら化石を眺《なが》め、ふと気になって狩沢に問い掛ける。

「でも、どうやって見分けるんですか？　合成品と普通のって……」

「ほら、よく見ると、真《ま》ん中《なか》あたりで左右の色が変わってるでしょ？」

「あ、本当だ……。へー。でも、割としっかりくっついて……あッ」

グリグリと両手でつなぎ目の部分をいじり回していた八尋の手の中で、サメの化石が真《ま》っ二《ぷた》つに割れてしまった。

それを見て、八尋よりも先に顔を青くする周囲の面々。

「ああ！　大変っす！　ボンド！　ボンドっすよ！　それか御米粒《おこめつぶ》っすよ！　米一粒には七人の神様がいるというっす！　神様パワーでサメとサメの魔獣《まじゅう》二体合体《がったい》でシャークでトパスなネードっすよ！」

「待って、ハンダゴテとハンダなら車の中にあるからそれで……」

「門田《かどた》の旦那《だんな》を呼ぼうぜ！　左官屋《さかんや》だからなんとかしてくれるかもしれねえぞ！」

慌《あわ》てふためく遊馬崎《ゆまさき》達を前に、肝心《かんじん》の八尋は驚きはしつつも、別の事が気になっていた。

「あの、これ……」

八尋の視線の先。

巨大鮫《きよだいざめ》の歯の化石の割れた断面に、小さな隙間《すきま》が存在し——

そこから薄いマイクロＳＤカードが顔を覗《のぞ》かせていたのである。

♂♀

埼玉県《さいたま》某所《ぼうしょ》　貸事務所内

「貴方《あなた》、ここ数日で随分《ずいぶん》と悪名《あくめい》高くなってるわよ？」

ミミズの言葉に、四十万《しじま》が半目《はんめ》のまま顔を顰《しか》めた。

「ああ、聞いてるよ。ヘヴンスレイヴを名乗る連中《れんちゅう》が、どこか外国の連中と連《つる》んでるらしいな」

「あら、貴方が私にも隠《かく》してるお仲間を動かしてるんだと思ってたけど、違うの？」

艶《なま》めかしい吐息《といき》を吐き出しながら首を捻《ひね》るミミズに、四十万は苦笑《くしょう》を浮かべる。

「……『ヘヴンスレイヴ』はもう捨てた組織《そしき》だ。雲井《くもい》さんも俺《おれ》も居ない『ヘヴンスレイヴ』になんの価値《かち》がある。クスリの名前として残滓《ざんし》があるだけだ」

「そのクスリも、ここ最近随分派手《ずいぶんはで》にばらまいてるみたいじゃない。うちの地下カジノにまで、売人《ばいにん》を探して彷徨《うろつ》いてる中毒者《ちゅうどくしゃ》がいるんだから、ちょっと迷惑《めいわく》なんだけど」

「……何？」

その会話を部屋の隅《すみ》で踊りながら聞いていたジャミが、クルクルと回りながら言った。

「四十万さん。俺《おれ》、やっぱりクスリは良くないと思うよー？　こないだ読んだ漫画《まんが》にも麻薬《まやく》を売る奴《やつ》は最悪だって書いてあったし。今からでも間に合うよー？　売人《ばいにん》！　ダメ！　絶対！」

「俺《おれ》は最悪なんて大層《たいそう》なもんじゃない。最低なだけだ」

「うわあ、開き直りになってない開き直りを始めてますます格好《かっこ》悪いよ四十万《しじま》さん！」

無邪気《むじゃき》な声で真剣に怒られた四十万は、僅《わず》かに視線を逸《そ》らしながら言葉を続ける。

「……そもそも、もうクスリはばらまいてないぞ？」

「え？」

「……ドラッグの『ヘヴンスレイヴ』は自分の妄想《もうそう》を肥大《ひだい》させるドラッグだ。ああいうのはピンポイントで配るからいいんだよ。首無《くびな》しライダーを信仰《しんこう》する連中《れんちゅう》に少しくれてやったが、誰《だれ》かれ構わず売りさばくんじゃ、それこそ組織《そしき》としての『ヘヴンスレイヴ』と同じ末路《まつろ》を辿《たど》るだけだろう」

するとミミズが意外《いがい》そうな顔で言った。

「あら。池袋《いけぶくろ》に復讐《ふくしゅう》するなんて言ってたから、てっきり池袋の小中学校の給食《きゅうしょく》に麻薬《まやく》を混ぜるとか、そういう真似《まね》をするかと思ってたのに」

「俺を特撮《とくさつ》に出てくる秘密結社《ひみつけっしゃ》か何かと勘違《かんちが》いしてないか？」

不満げに目を細め、四十万はゆっくりと窓へと歩み出す。

そして、日が暮れた街の夜景《やけい》を見ながら言い散らす。

「俺が自分で引き起こすんじゃ意味がないんだ。俺はただ、街の自滅《じめつ》を手伝うだけでいい。いや、それこそがいいんだ。俺に見向きもしなかった街に対して『俺を見ろ』と言わんばかりに暴《あば》れるんじゃ、相手に膝《ひざ》を折ったようなものだろう？」

婉曲《えんきょく》な物言いをする四十万の背を見て、ジャミとミミズがボソボソと語り合う。

「四十万さんて、時々《ときどき》病んでるんだか自分に酔《よ》ってるんだか解《わか》んないよね」

「多分、両方よ」

二人の囁《ささや》きをハッキリと耳にしながらも、四十万は特に不機嫌《ふきげん》になった様子《ようす》もなく呟《つぶや》いた。

「まあ……間違いじゃないな」

「……酔いで誤魔化《ごまか》しでもしなきゃ、俺はとうの昔に病んで自滅《じめつ》してたろうよ」

♂♀

夜　総合商業ビル『神品会館《しんぴんかいかん》』４Ｆ
池袋の街中《まちなか》にある、台湾《たいわん》の物産店や台湾料理屋が入るビルの倉庫《そうこ》となっているフロア。
『屍龍《ドラゴンゾンビ》』の溜《た》まり場であるその倉庫を訪れたセルティは、彼らのリーダーである嬰麗貝《エイ・リーベイ》に『ヘヴンスレイヴ』の情報について尋《たず》ねていた。

「ああ……最近また名前を聞くようになったらしいねぇ。俺《おれ》が台湾《たいわん》で入院してる間に潰《つぶ》れてたらしいけど。っていうか首無《くびな》しライダーさん、なんでこの溜《た》まり場を知ってるのかなぁ？」

セルティの周りには、『屍龍《ドラゴンゾンビ》』のメンバーが十五人ほど遠巻きに囲んで様子《ようす》を窺《うかが》っている。

だが、長く池袋《いけぶくろ》に居てセルティの力を知っているのか、敵意というよりは『何事もなく終わって欲しい』という緊迫《きんぱく》の色が強い視線が送られていた。

『知り合いの子に聞いた』

「多分緑《みどり》の髪《かみ》の毛の子だと思うけど、彼に、あんまりペラペラ人のチームの溜まり場を喋《しゃべ》るなって伝えておいて欲しいもんだねぇ」

『まあ、同じチームならともかく、他人に口止めは無理《むり》じゃないか？　そもそも、私のマンションにまで押しかけたお前が言える事じゃないだろう』

至極真《しごくま》っ当《とう》な事を言うセルティに、麗貝《リーベイ》は大きく肩を落としながら笑う。

「言われてみりゃそうなんだけどさぁ……緑の髪の彼、不気味《ぶきみ》なぐらい色々知ってるよねぇ。まるで折原臨也《おりはらいざや》を思い出すよ」

『流石《さすが》にあいつと一緒《いっしょ》にするのはかわいそうだ』

久音《くおん》が『臨也越え』を目指《めざ》しているのを知ってか知らずか、セルティはそんな事を言いつつ話の本題を切り出した。

『その久音君も四十万《しじま》のアジトは知らないらしい。だが、都内を広くバイクで流してる麗貝達なら何か知ってるかもしれないと思ってな』

「そう言われてもねぇ」

『タダでとは言わない。それなりの情報料は払うから』

「いや、本当に掴《つか》み所が無いんだよねぇ、あいつら。何度かクスリを売ってる現場を見つけて、とっ捕《つか》まえて上の連中《れんちゅう》まで潰《つぶ》した事はあるんだけどさ……。ある程度以上にはサッパリ繋《つな》がらなくてねぇ、本部の溜まり場や、どこでクスリの原料を栽培《さいばい》しているのかも解《わか》らない状況さ」

セルティは麗貝の顔を見るが、嘘《うそ》をついたりしている様子はない。

──なるほど、下《した》っ端《ぱ》の売人《ばいにん》が捕《つか》まっても、中々四十万までは辿《たど》り着けないわけか。

──赤林《あかばやし》さんの言ってた通り、中々に厄介《やっかい》な奴《やつ》らしい。

──私が前に観察した時は、単に那須島《なすじま》の言いなりになってる下っ端かと思ったが……。

『そうか……なら仕方ない。何かわかったら教えてくれ』

諦《あきら》めて帰ろうとしたセルティの背に、麗貝が笑顔で手をヒラヒラとさせながら言った。

「首無しさんも気を付けなよぉ？　白バイの葛原《くずはら》の旦那《だんな》、謹慎解《きんしんと》けたらしいから」

白バイ、という単語《たんご》を聞いて、セルティはピタリと足を止める。

『……謹慎？　そういえば、ここ最近見てなかったな』

道理《どうり》で最近道を自由に走れると思ったなどと考えつつ、セルティが麗貝に尋《たず》ねる。

『あの化《ば》け物《もの》、何をやらかしたんだ？　誰《だれ》かの皮を剥《は》いでシートに加工したとか……？』

「えーと、どこからどう突っ込んだらいいのかねぇ?」

呆《あき》れつつも、麗貝《リーベイ》は楽しげな世間話《せけんばなし》のノリで問いに答えた。

「まあ、簡単な話さ。大物政治家の車が当て逃げをやらかしてねぇ。それを追いかけて取り締《と》《し》まろうとしたらしい」

『……いや、流石《さすが》にそれはあの白バイに非はないだろう? それで謹慎《きんしん》になるって、どれだけ今の社会が腐敗《ふはい》してるのかと逆に不安になるんだが……』

「やー、話は最後まで聞いて欲しいねぇ。それで、政治家が『俺《おれ》を誰《だれ》だと思ってる!』とか一《いっ》喝《かつ》したらしいんだけど、そしたら葛原《くずはら》の旦那《だんな》、その爺《じい》さんを窓から引《ひ》き摺《ず》り出して、地面すれすれにぶら下げながら道路を引き回してさ、『手前《てめえ》が誰《だれ》だろうと、事故りゃアスファルトの染《し》みだろうが』ってやっちゃったらしくってねぇ。やり過ぎだって事で謹慎になったよ」

政治家も当て逃げできちんと逮捕《たいほ》された上での処分だと聞き、セルティは胸をなで下ろした。

『良かった、社会は健全だった……』

安堵《あんど》するセルティを見て、麗貝が自嘲《じちょう》気味《ぎみ》に笑う。

「まあ、俺達走り屋にとっちゃまた地獄《じごく》の日々の始まりってわけだ」

『それはしょうがないだろう。スピード違反《いはん》とかするのが悪い』

「鏡《かがみ》持ってこようか?」

『いや、その……私も含めて悪いって事で……』

――やれやれ、やっぱり私は思いっきり世間と感覚がズレてる気がしてきたぞ……。

――いや、そんな事より、今は四十万《しじま》だ。

そのままビルから退散したセルティは、ここまでの情報を改めて考える。

まるで数十のグループの集合体であるかのように、広く浅く、そして様々《さまざま》な種類の犯罪に手を染めているらしい。

「摑《つか》み所の無い組織《そしき》か……まるでダラーズだな」

――そういえば、そもそもがダラーズを参考にして作ったらしいとか赤林《あかばやし》さんが言ってたな。

――私は、四十万という男を過《か》小評価《しょうひょうか》していたかもしれないな……。

シューターに跨《また》がり、自分のヘルメットを両手でピシャリと叩《たた》きながら気合《きあ》いを入れ直す。

――これからは、ダラーズを相手にするつもりで全力でやるとしよう。

♂♀

埼玉《さいたま》県某所《ぼうしょ》

暗い色のスーツを纏《まと》った男達が、薄暗い部屋の中、英語で言葉を交わしている。

彼らの顔ぶれは大半が海外の人間だと思われるが、何人か混じっている日本人らしき者達も揃《そろ》って英語を使用していた。

各人が手に持つタブレットPCに映し出されているのは、池袋《いけぶくろ》の街中《まちなか》で撮影《さつえい》されたと思《おぼ》しき首無《くびな》しライダーの姿《すがた》だった。

「どういうわけかは知らんが、あのナツガワラ子飼いの『マジシャンライダー《大道芸人》』が、池袋の街の方をうろついているらしい」

「元々数年前から池袋での目撃《もくげき》情報が多いらしいが……。アワクスカイという組織《そしき》との繋《つな》がりも指摘《してき》されているぞ？　イザヤ・オリハラという新宿《しんじゅく》のフィクサーの子飼いだという噂《うわさ》もあるが……。その男もカルト宗教《しゅうきょう》団体『サンプル』などと繋がりのある危険な男らしい」

「そのアワクスカイやイザヤ・オリハラが陰でナツガワラと繋がっている可能性もある。ナツガワラは強《したた》かな男だ。アメリカでもルノラータ・ファミリーやルッソ・ファミリーといった大小様々《さまざま》なマフィアと接触《せっしょく》し、ダミーの繋がりも多く持っている。どこの組織を本当にバックにつけているのか理解しているのは、ナツガワラグループの中でもほんの一握りだろう」

夏瓦《なつがわら》グループを強く警戒《けいかい》する言葉を聞き、別の面子《メンツ》が口を開いた。

「だからこそ、ナツガワラの長男《ちょうなん》が持ち出したという情報が興味《きょうみ》深いな」

「我々を誘うための罠《わな》ではないのか？」

「いや、調べた所、ユキヒコ・ナツガワラは親とは違い典型《てんけい》的なクズというのは確からしい。最近養子《ようし》を迎えたのは、優秀《ゆうしゅう》な跡継《あとつ》ぎ候補《こうほ》を見つけたからという噂もある。『ヘヴンスレイヴ』に入ったユキヒコを監視《かんし》しているが、愚者《ぐしゃ》を演じる賢者《けんじゃ》という可能性は低いと見ていいだろう」

そこまで言った男は、ある懸念《けねん》を持って首無しライダーについての持論を語る。

「この『マジシャンライダー』は、ユキヒコを探しているらしいが……。もしかしたら……これを機会《きかい》に長男を消すつもりなのかもしれんな」

「なるほど、子飼いのボディーガードではなく、子飼いの殺し屋という事か」

「どのみち、この『マジシャンライダー』に対しては最大限の警戒《けいかい》が必要だ。現時点で集められる武器《ぶき》と人員を全て集めろ」

「おいおい、全てって……この国で戦争《せんそう》でもするつもりか？」

目を丸くする仲間に、室内の中心人物らしき男が首を振った。

「奴《やつ》にはヘリを落とされている事を忘れるな。直接奴と相対《あいたい》した者はまだ刑務所《けいむしょ》の中だが……伝え聞く話だけでも、相手が普通ではないというのは嫌《いや》という程に理解できる。ネットに出回っている映像《えいぞう》も全てが捏造《ねつぞう》と考えるのは危険だろう」

「おいおい、お前は『エリア51で宇宙人《うちゅうじん》の研究が進んでる』とか『ネブラ製薬《せいやく》の地下で吸血鬼《きゅうけつき》や不死者《ふししゃ》の研究が行われている』という与太話《よたばなし》を信じる口か？　恐らくは幻覚《げんかく》性のガスか何かを使用しているだけだろう」

「集団に対してまったく同じ幻覚《げんかく》を見せる化学兵器《へいき》を自在《じざい》に操《あやつ》るなど、生半《なまなか》なエイリアンや吸《きゅう》血鬼《けつき》より危険な存在だと思うがね」

「う……むう……」

リーダー格《かく》の男の皮肉《ひにく》に、おどけていた者が言い返せずに押し黙《だま》る。

そして、リーダーは更《さら》にいくつもの映像《えいぞう》をタブレット上に映し出し、特撮《とくさつ》としか思えない不《ぶ》気味《きみ》な『影』の動きなどを見ながら、更なる可能性を口にした。

「ナツガワラグループは、海外ではナノテクノロジーやAI、バイオテクノロジーでも先端《せんたん》を行く企業体《きぎょうたい》だ。規模《きぼ》では『ネブラ』に及ばないが、技術の濃さと将来性《しょうらいせい》では目を見張るものがある。この『マジシャンライダー』も、それに関係しているのかもしれん」

「どういう事だ?」

「この『影』自体が、ナツガワラグループの最新テクノロジーという情報も入った」

ざわめく部屋の面子《メンツ》を前に、リーダー格の男は警戒《けいかい》する目つきで口を開く。

「相手は一人だと油断《ゆだん》をするな。ナツガワラの真のコネクション……あるいは、池袋《いけぶくろ》と埼玉《さいたま》の各組織《そしき》全てを敵にするつもりで徹底《てってい》的に磨《す》り潰《つぶ》せ」

幕間　ブラック個人業③

深夜　『園原堂《そのはらどう》』前

「どうだ？」

「いや……どうだろうな。人の気配《けはい》はないが……」

夏瓦雪彦《なつがわらゆきひこ》の指示で、園原堂の倉庫《そうこ》の様子《ようす》を窺《うかが》いに来た『ヘヴンスレイヴ』のメンバー達。

彼らは二、三人ずつに分かれて園原堂の前を通ったりしながら様子を窺っていたが、今一つ実行に移すタイミングを計れずにいた。

「店主《てんしゅ》をさらっちまえばいいとは言うけどよ、大丈夫《だいじょうぶ》なのか？」

「さあなぁ。うちのリーダーは金持ちだからよ。いくらでも揉《も》み消せるんだろうよ」

「それって、俺《おれ》らが捕《つか》まっても揉み消してくれんの？」

「だよなぁ……道端《みちばた》でガラ攫《さら》うんならともかく、泥棒《どろぼう》に押し入った上で攫うとかよー、絶対やべえって。一〇〇パー捕まるって」

そんな会話を紡《つむ》いでいた二人だが、ふと、違和感《いわかん》に気付く。

自分達をすこし離れた場所から照らしていた街灯《がいとう》が、いつの間にか消えていた。

だが、彼らは目を凝《こ》らし、街灯が消えたわけではないと知る事となる。

街灯の上に『何か』が立っており、その足元《あしもと》から黒い液体とも煙ともつかぬ謎《なぞ》の物質が溢《あふ》れ、街灯の電球《でんきゆう》部分を覆《おお》い隠《かく》していたのだ。

「へぁっ⁉」

「な、ななな、なんだありゃあ⁉」

チンピラたちが混乱している間に、その『何か』は街灯の上から跳躍《ちょうやく》し、影を足元からジェットパックのように地面に噴出《ふんしゅつ》させ、彼らの前に軟着陸《なんちやくりく》する。

あまりに非常識《ひじょうしき》な光景《こうけい》に、二人のチンピラは恐怖《きょうふ》よりも先に困惑《こんわく》が表れ、顎《あご》を落としながら顔を見合わせた。

『四十万《しじま》の手下《てした》だな』

「へ？　四十万……？　だ、誰《だれ》だよそれ……」

『惚《とぼ》けるな！』

背後から影を放出させる『何か』を見て、ようやく本能が恐怖を全身に伝えたらしい。

悲鳴にならぬ悲鳴を上げながら踵《きびす》を返し、チンピラ達は足を縺《もつ》れさせながら脱兎《だつと》の如《ごと》く逃げ出した。

——逃がすか！

謎の影ことセルティは、二人の不審者《ふしんしゃ》をいつものように縛《しば》り上げようと、相手の足に向けて『影』を伸ばす。

彼女は久音《くおん》のメールの情報などから四十万が犯人だとアタリをつけ、今夜あたりまた忍《しの》び込むかもしれないと陰に隠《かく》れて園原堂《そのはらどう》周囲を見張っていたのだ。

すると案《あん》の定《じょう》不審者が現れ、街灯の上から様子《ようす》を窺《うかが》っていると、『店主《てんしゅ》を攫《さら》う』『親が金持ち』『揉《も》み消せる』などという言葉を聞き、彼らがクロだと判断《はんだん》して接触《せっしょく》を試みたのである。

——杏里《あんり》ちゃんに迷惑《めいわく》はかけられないからな……。少し不安だが、新羅《しんら》に鯨木《くじらぎ》の『罪歌《さいか》』を使って貰《もら》って支配するか……。

新羅が聞いたら『嫌《や》だい嫌《や》だい！　セルティを斬《き》るのに使った罪歌をなんでむさ苦しい男なんかに使わないといけないのさ！』と床を転がって抗議《こうぎ》しそうな事を考えながら、セルティは二人をひとまず攫う事にした。

そして、伸ばした影があと数十センチで相手の身体《からだ》に届こうかというその時——

バスン、と、強い衝撃《しょうげき》がセルティの身体を走り抜ける。

——っ!?

一瞬《いっしゅん》遅れて、痛みが全身を駆《か》け巡った。

痛覚が人間と比べて遙かに鈍いらしい自分でも感じる強い痛み。

下手《へた》をすれば森厳《しんげん》やエミリアに解剖《かいぼう》される時以上の痛みだと思いつつ、彼女は危機感《ききかん》を覚え、その原因を特定しようと試みる。

衝撃《しょうげき》の中心は、自分の腰の辺りだった。

そこに影を伸ばすと、自分を覆《さら》う影のライダースーツに何かがめり込んでいる事が解《わか》る。

——まさか⁉

思い当たる事があり、ライダースーツごと肉に食い込んだ物体を探り——鋭い痛みと共に、伸ばされた影の触手《しょくしゅ》が『それ』を摘出《てきしゅつ》した。

——弾丸《だんがん》⁉

拉《ひしゃ》げた鉛《なまり》の弾《たま》を見つつ、セルティは自分の周りに『影』のシールドを展開し、三六〇度をカバーする。

そのまま弾丸が飛んできたと思《おぼ》しき方向を警戒《けいかい》するが、暫《しばら》く待ってもそれ以上は何も起こらなかった。

念《ねん》の為《ため》、セルティは身体《からだ》を覆《おお》う影のライダースーツを厚く強化してからシールドを解除する。

普段から弾丸を通さぬ程の強靱《きょうじん》さは持ち合わせているのだが、防弾《ぼうだん》チョッキと同じようなものなので、衝撃までゼロにするわけではない。影を何層《なんそう》にも組み合わせて衝撃をできる限りやらわげる仕様《しよう》にしながら、セルティは周囲の警戒を続ける事にした。

だが、やはりそれ以上は何も攻撃《こうげき》を受ける事はなく、拉げた銃弾《じゅうだん》だけが事件の証拠《しょうこ》としてセルティの手の中に残される。

——銃声《じゅうせい》とかはなかったな……減音器《サプレッサー》付きのライフルで遠くから狙撃《そげき》された感じか？

——しかし、自分で言うのもなんだが、私の『影』は本当に頑丈《がんじょう》だな……。

かつてアンチマテリアルライフルの一撃《いちげき》すら受け止めた事のある『影』の力に感謝《かんしゃ》しつつ、セルティは近場に停《と》めていたシューターの元に向かう。

すると、シューターが馬の形態《けいたい》となり、何かソワソワするように尾をパタつかせていた。

——ん？　どうした、シューター。

尾で必死に払おうとしている後ろ足の部分に目を向けたセルティは、そこに小さな機械《きかい》のようなものが取り付けられている事に気付く。

——これは……発信器!?

——くそ、シューターを停める所を誰《だれ》かに見られていたのか……？

——それとも、あの二人は囮《おとり》で、これが四十万《しじま》の目的だったのかもしれない。

発信器を潰《つぶ》してから周囲を見渡すが、当然ながら逃げたチンピラ達の姿《すがた》は見当たらなかった。

彼らから情報が伝わったのか、他に散見されていた不審者《ふしんしゃ》らしき影も全て園原堂《そのはらどう》の周りから消え去ってしまっている。

とりあえず今夜の危機《きき》は脱したようだが、根本的な解決ができなかった事にセルティは心《しん》中《ちゅう》で歯噛《はが》みした。

——油断《ゆだん》した。まさか本当に銃《じゅう》まで出てくるなんて……。

——これは一刻《いっこく》を争うぞ。杏里《あんり》ちゃんは基本的に私より強いけれど、流石《さすが》に狙撃《そげき》されたらどうしようも無いはずだ。

状況の悪さを理解するにつれ、チンピラ達を逃がしてしまった事が一層《いっそう》悔やまれる。

——ああ……最初に影で縛《しば》って転がしてから話を聞けば良かった。

——まったく、これじゃプロ失格だ。

そんな事を考えながらシューターに跨《また》がった瞬間《しゅんかん》、彼女はハッと気付いて心中《しんちゅう》で叫ぶ。

——いやいやいや！　何のプロだ⁉

私は警察でも傭兵《ようへい》でも殺し屋でもないぞ⁉

——チンピラを拘束《こうそく》して尋問《じんもん》するのはどう考えてもまともな運び屋の仕事じゃない！

『運び屋』という概念《がいねん》がとうとう自分の中でも狂いつつあると判断《はんだん》した彼女は、深く落ち込みながら新羅《しんら》にメールを送る。


【なあ新羅、運び屋って……なんだろうな？】

そう送ってから僅《わず》か数十秒で返信が届き、その速さに引きつつもセルティはありがたいと感じてメールを開いた。

すると、そこには想像《そうぞう》以上の長文で新羅なりの答えが書かれていた。

【もちろん僕という顧客《こきゃく》に愛を運んでくれるセルティだけに許された職業さ！　それ以外の意味を持つ運び屋なんて全部偽物《にせもの》……そう、セルティだけが僕のトゥルーラブ一〇〇％だよ！　愛を運ぶサンタクロースだよ！　早速《さっそく》仕事を依頼するね！　セルティっていう天使《てんし》を僕の元に運んで下さい運び屋さん！　季節《きせつ》外れだけどサンタの衣装《いしょう》を着てると凄《すご》く嬉《うれ》しいな！　凄く凄く嬉しいな！】

♂♀

同時刻《じこく》　シカゴ　『ネブラ』本社　研究棟《とう》

「……あら？」

世界に名だたる複合企業体《きぎょうたい》、ネブラ。

表向《おもてむ》きは『製薬《せいやく》研究棟の資材《しざい》置場』という形で存在している極秘《ごくひ》の研究施設《しせつ》の中で、日本人の女性研究者が訝《いぶか》しげな声を上げた。

「どうしたのかね、波江《なみえ》君。何か問題でも？」

ガスマスクを被《かぶ》った主任《しゅにん》に声を掛けられた研究員——矢霧《やぎり》波江は、研究対象《たいしょう》を睨《にら》みながら独《ひと》り言《ごと》のように答えた。

「今、この『首』が凄《すご》い苦笑《にがわら》いをしたような気がしたんだけど……気のせいよね」

第四章

御客様！　警察を呼びますよ？！

翌日　埼玉県某所《さいたまけんぼうしょ》　貸事務所内

「四十万《しじま》さんー。やっぱり女の人を攫《さら》うのは麻薬《まやく》と同じぐらい最低だよう。やめようよー」

日が大分《だいぶ》傾いた夕暮れ。アジトにやって来るなりジャミがそんな事を言い出し、四十万は溜《ため》息《いき》を吐きながら口を開いた。

「いきなり何の話だ」

「学校で今日《きょう》悪そうな子達が噂《うわさ》してるの聞いたよ？　『ヘヴンスレイヴ』が池袋《いけぶくろ》で人攫いしようとしてるって。古道具屋《ふるどうぐや》さんの女店主《てんしゅ》って、例の園原《そのはら》って人の事でしょ？」

「……だからもう『ヘヴンスレイヴ』という組織《そしき》は捨てたと言ったろう。……いや待て、何だその話は。詳しく聞かせろ」

すると、傍《そば》で話を聞いていたミミズが、艶《なま》めかしい笑《え》みを浮かべながら口を挟む。

「あら、私もその噂を今日お客さんから聞いたけど、てっきり、貴方《あなた》が『罪歌《さいか》』目当てに企《たく》んでるんだとばかり思ったわ。それか、その女の子の身体《からだ》目当てだとかね……？」

四十万《しじま》の背中に身体を密着《みっちゃく》させながら言うミミズに、四十万は抑揚《よくよう》の無い声で答えた。

「……違うと解《わか》っていながら楽しんでるんだろ、お前……。いいから、詳しい話を頼む」


数分後――話を聞き終えた四十万は、眼鏡《めがね》をかけ直しながら淡々《たんたん》と言葉を紡《つむ》ぐ。

「……なるほどな。誰《だれ》かが『ヘヴンスレイヴ』を名乗るだけなら放っておいてもいいと思っていたが、園原杏里《そのはらあんり》の身柄《みがら》を狙《ねら》っているとなると、他人事《ひとごと》では済まされないな」

「あら、どうして？」

「……妖刀《ようとう》『罪歌《さいか》』の話を知っている奴《やつ》は少ない。誰が『ヘヴンスレイヴ』を名乗らせているのかは知らないが、他に『罪歌』を狙っている組織《そしき》がいるなら、その理由を把握《はあく》しておきたい」

「サイカって何？　四十万さん」

「あとで教えてやる」

ジャミを適当にあしらいつつ、四十万は今後の身の振り方について思案《しあん》した。

どうも店主《てんしゅ》だけではなく『園原堂』の倉庫《そうこ》から何かを盗《ぬす》む事を企《たくら》んでいるらしいが、その目的までは解《わか》らない。

「どのみち、こうもあっさり周囲に漏《も》れてるような計画、すぐに瓦解《がかい》するだろう。放っておいてもいいとは思うが、焚《た》き付けた奴は気になるな。もしかしたら、そいつも『罪歌』と関わりを持っているのかもしれない」

そして、椅子《いす》を斜めに傾けた上で逆立《さかだ》ちをして器用《きよう》にバランスをとっているジャミに目を向け、相変わらずの冷たい目つきで言い放つ。

「……場合によっては、ジャミに潰《つぶ》して貰《もら》うことになるかもな」

♂♀

園原堂前

「いやあ、じゃあ、杏里ちゃんも元気でな」

そんな事を言いながら園原堂を出た赤林《あかばやし》。

彼は少し歩いた所で、道の先の角で黒い影が蠢《うごめ》いている事に気が付いた。

「やれやれ、あんまり園原堂の傍《そば》じゃ、一緒《いっしょ》に居るところを見られたくないんだけどねえ」

『報告は今朝《けさ》した通りです。……すいません、手がかりを逃がしてしまいました……』

「いやあ、謝るこたぁないよ。本来の運び屋さんの仕事じゃないんだ。夜明けまで杏里ちゃんの家の周りを見張っててくれたんだろう？　逆にこっちが悪かったよ」

『いえ、私は友人が心配だっただけですから』

「友人か……オジサンにはあまりいないもんだから、杏里《あんり》ちゃんが羨《うらや》ましいねぇ」

自嘲《じちょう》気味《きみ》に笑う赤林《あかばやし》を見て、セルティがヘルメットを横に倒す。

『四木《しき》さんや青崎《あおざき》さんはご友人では？』

その文字を見て、赤林は思わず噴《ふ》き出した。

「かはっ……かっ……ハハハ。いやぁ、運び屋さんてさ、変な所で天然だよねぇ」

『そ、そうですか？』

「……ああ、そうだねえ。露西亜寿司《ロシアずし》の連中《れんちゅう》は仕事抜きでも気の良い連中だから、あいつらは友達って言ってもいいかもなあ」

赤林はそこで一旦《いったん》話を切り、真剣な目つきになってセルティに頭を下げる。

「本当にありがとうよ、運び屋さん。あんたが要《い》らないと言っても礼《れい》を言わせてくれ。この義《ぎ》理《り》は、赤林海月《みづき》個人としていつか返させてもらう」

『赤林さん……』

礼など不要だと言える空気ではない有無《うむ》を言わせぬ迫力を感じ、セルティはその言葉を素直に受け入れる事にした。

赤林はすぐにいつものニヘラとした笑《え》みを顔に貼《は》り付け、杖《つえ》で地面を打ちながら口を開く。

「まあ、後は任せてくんな。流石《さすが》にただの泥棒《どろぼう》には身内の連中は使えないけどさ。『ヘヴンスレイヴ』が絡んでるとなりゃ話は別だ。おいちゃんも堂々《どうどう》と人を使えるってもんさね」

その言葉通り、セルティが周囲に意識《いしき》を向けると、所々にスーツを着た姿《すがた》の男達が歩いているのが散見される。

一見するとただの通行人だが、その物腰などから周辺を隙無《すきな》く観察し、警戒《けいかい》しているのが見て取れた。

──『邪《ジャ》ン蛇《ジャ》カ邪《ジャ》ン』の面子《メンツ》か、粟楠会《あわくすかい》の若い人達かな？

赤林の子飼いの面子だと判断《はんだん》したセルティは、とりあえずこの状況の中で杏里に無茶《むちゃ》をする事はあるまいと安堵《あんど》する。

相手がなりふり構わず杏里を殺す事が目的だというのならば、狙撃《そげき》には警戒するべきだろう。しかし、それならば杏里の家に火を付けた方が早い話なのでとりあえずそこは安堵する。

──どのみち、一刻《いっこく》も早く犯人の一味《いちみ》は捕《つか》まえないといけない。

──できる事なら、杏里ちゃんが状況に気付かないうちに。

同時に、自分の本来の仕事についても不安を覚える。

──自業自得《じごうじとく》とはいえ、そんな組織《そしき》にいる夏瓦雪彦《なつがわらゆきひこ》君の身も心配だ。

セルティは赤林と別れた後、シューターを走らせながら決意《けつい》する。

――淡雪《あわゆき》ちゃんが泣く事のないように、見つけ次第無理矢理《むりやり》確保しないと……。

♂♀

埼玉県《さいたま》某所《ぼうしょ》　貸事務所内

「あらあら」

集まってきた情報が映し出されるノートパソコンを見て、ミミズがクスクスと嗤《わら》い出す。

「これはまた、世界の狭さを感じさせる流れねぇ」

「酷《ひど》い偶然《ぐうぜん》だね、四十万《しじま》さん。えーと、あと、なんかゴメンね？」

「……」

いったいどういうわけなのか、謝罪《しゃざい》の言葉を告げるジャミ。そんな彼に沈黙《ちんもく》を返して、四十万はただひたすらにパソコンの画面を睨《にら》み続けた。

「しかしまあ、『ヘヴンスレイヴ』もこんなにややこしい事になってるなんてねぇ。見捨てたツケが、巡りに巡って一気に回ってきた感じかしら」

「やっぱり天罰《てんばつ》だよう四十万さーん。鬼子母神様《きしぼじん》の前で悪巧《わるだく》みなんてするから……」

「あの時は別にしてないだろ」

短く反論した後、四十万はゆっくりと立ち上がる。

「さて……じゃあそろそろ動くとするか」

落ち着き払った四十万を見て、ミミズが艶《あで》やかな笑《え》みを浮かべたまま問いかけた。

「動くって、どうする気なの？　パパかお爺《じい》ちゃんに『助けてくだちゃーい』って惨《みじ》めったらしく泣きつくのかしら？　やだ、それはそれで凄《すご》く見たいからそうしなさいよ、博人《ひろと》」

「誰《だれ》がするか」

やはり一言で切り捨てた後、四十万は目を軽く瞑《つむ》り、自分の為《な》すべき事を口にした。

「俺がやることは変わらない。ただ、油を注《そそ》ぐか、風を送り込むだけだ。……まあ、風は既《すで》に吹いてるから、油だけでいいな」

「かっこつけてるところ悪いけど、なんだか炭火焼《すみびや》きの屋台《やたい》みたいだよ？」

「いいじゃないか。炭火焼きが上手《うま》くできる職人は格好《かっこ》いいぞ？」

四十万はそのまま上着《うわぎ》を羽織《はお》り、部屋の扉《とびら》に手をかける。

「どこに行くの？」

ジャミの無邪気《むじゃき》な問い掛けに、四十万は相変わらず冷めた表情で言葉を返すだけだった。

「ちょっとばかり、化け物《ガソリン》に会いにな」

♂♀

夜　池袋《いけぶくろ》

日が完全に沈んだばかりで、まだ西の空にやや赤みが残る宵《よい》の口《くち》。

何かを求めるかのように街を走り回る『首無《くびな》しライダー』の影を見送りながら、雑踏《ざっとう》に紛《まぎ》れていた夏瓦《なつがわら》雪彦《ゆきひこ》が眉《まゆ》を顰《ひそ》めた。

「あれが首無しライダーか……」

そして、数年前の記憶《きおく》を揺り起こしながら考える。

「やっぱりあれ、昔うちの蛇《へび》を探して連れてきた奴《やつ》だよな……」

窓越しにチラリと見ただけだが、光すら吸い込む漆黒《しっこく》のバイクとライダースーツはハッキリと記憶の中に刻まれていた。

「もしかして親父《おやじ》の子飼いか？　俺《おれ》の持ち出したブツを探してるのかもしれねえな……」

推測《すいそく》を半分的中《てきちゅう》させた雪彦は、帽子《ぼうし》で顔の上半分を隠《かく》しながら道を進む。

夕べ、その『首無しライダー』が園原堂《そのはらどう》への押し込みを邪魔《じゃま》した事は聞いていた。

——親父の子飼いだとすれば、どうしてあの店に俺が関わってるとバレた？

──もしかして、ブツを店からとっくに回収《かいしゅう》してるんじゃねえだろうな……。

園原堂に足を向けつつ、彼は今後について不安に感じる。

だが、懐《ふところ》に忍《しの》ばせた小槌《こづち》の柄《え》を握るだけで、そうした憂《うれ》いは即座《そくざ》に霧散《むさん》した。

──ああ、そうだな……もしも駄目《だめ》だった時はまた家から盗《ぬす》み直せばいい。

──最悪、淡雪《あわゆき》を掻《か》っ攫《さら》って、身代金《みのしろきん》代わりに親父に要求するか……。

と、およそ人の道から外れた事を考えながら。


園原堂に辿《たど》り着いた雪彦は、帽子を目深《まぶか》に被《かぶ》りながら店主《てんしゅ》に近づく。

もしもあの黒バイクがこの店主とも繋《つな》がっているとしたら、既《すで》に自分の顔写真なども出回っていて、その場で夏瓦家に通報されるかもしれない。可能性はゼロではないと判断《はんだん》し、雪彦は周囲をそれとなく警戒《けいかい》した。

──店主がそんな素振《そぶ》りを見せたら、とりあえずこいつでぶん殴《なぐ》って気絶《きぜつ》させるか……。

懐の奥で小槌を握りながら、大胆《だいたん》な事を考える雪彦。

「いらっしゃいませ、何かお捜しですか？」

まっすぐ向かって行く雪彦に、店主がそんな言葉を掛けてきた。

「ああ。そうだな。珍《めずら》しい物を探しててね……。例えばだけど、サメの歯の化石《かせき》とかあるかな？」

まだ倉庫《そうこ》の中を全て確認《かくにん》していないかもしれないが、知っているならば何か反応を見せるだろう。仮に自分が犯人だと気付いたら、やはり小槌《こづち》で殴《なぐ》り倒すしかない。

そんな大胆《だいたん》を通り越して無謀《むぼう》としか言えない事を思案《しあん》しながら、雪彦《ゆきひこ》は小槌の柄《え》を強く握り締《し》めた。

すると、店主《てんしゅ》の女が申《もう》し訳《わけ》なさそうな顔をして雪彦に告げる。

「ああ……申し訳ありません。先日まではあったんですけれど、もう出てしまったんですよ」

「……あ？」

ヒクリ、と頬《ほお》が動きかけたが、それを心の奥に呑《の》み込み、別の事を尋《たず》ねた。

「そ、そうか……。じゃあ、あれだ。寄木細工《よせぎざいく》みたいなのってあるかい。妹がああいうの大好きでね」

「申し訳ありません、それも、先日まではあったんですが……」

「……そ、そうか、残念だな」

——おかしい。

——この女、俺《おれ》が誰《だれ》か解《わか》ってわざと言ってるのか？

——『あるかどうか解らない』と言って倉庫に探しにいくわけじゃなく、『もう無い』って言ってるって事は、実際にブツが店にあったのは知ってるって事だよな？

——くそ、いきなり倉庫に増えてた代物《しろもの》を売るか普通？　この女、何を考えてやがる！

倉庫内の物品にはそもそも目録《もくろく》などが無かったという事を知らない雪彦は、苛立《いらだ》ちながら、とある可能性に思いを巡らせる。

——くっ……まさか、やはり中身に気付いて、首無《くびな》しライダーを通して親父《おやじ》に返却《へんきゃく》した後か……？

だが、確証《かくしょう》がない内は親父達を探るのは不味《まず》いな……。

——やはり、ここはこの女を殴り倒して尋問《じんもん》してみるか？

店内に他の客がいない事を確認《かくにん》し、店主の女を襲撃《しゅうげき》して店の奥に連れ込むまでどのぐらいかかるだろうかと脳内《のうない》シミュレーションを始めたその瞬間《しゅんかん》——

店の扉《とびら》が開き、店内に新たな客が入って来た。

舌打《したう》ちを我慢《がまん》しながら、入って来た客に目を向ける雪彦。

刹那《せつな》、その目が驚愕《きょうがく》によって大きく見開かれた。

高校の制服《せいふく》を纏《まと》ったその来客の手に、自分が家から持ちだした、巨大鮫《メガロドン》の歯の化石《かせき》が握られていたのだから。

「あれ、どうしたんですか」

「ええと……これなんですけど、調べたら、なんだか中に変なデータカードみたいなのが入ってたんですけど、もしかして園原先輩《そのはらせんぱい》の家の大切なものだったんじゃないかなって……」

「……！」

二人の視線から外れた場所で、雪彦が目を白黒させた。

――くそ！　この小僧《こぞう》か！　しかもデータカードだと!?

――こいつ、メガロドンの化石《かせき》をいきなり割りやがったのか!?

焦《あせ》る雪彦《ゆきひこ》をよそに、杏里《あんり》と八尋《やひろ》は淡々《たんたん》とした調子で言葉を交わしていく。

「ええと……違うと思いますよ。父も母もそういうの苦手《にがて》で、うちにパソコンはありませんでしたし……。10年以上前、父の代に売られたものがそのまま残っていたのかもしれません」

「なるほど」

「データの中身は解《わか》りませんが、そのまま古道具屋《ふるどうぐや》に売ったという事は、八尋さんが持っていて問題ないと思いますよ？　ですから、どうかお気になさらないで下さい。もしもデータの中身が大事《だいじ》そうなものだったら、言って頂《いただ》ければ父の代の台帳《だいちょう》を調べてみますが」

「そうですね」

あっさりと頷く八尋を見て、雪彦は顎《あご》を落としかけた。

――おいおいおい！　「そうですね」じゃねえだろ！

――マイクロSDカードだぞ！　最近のもんだと思うだろ！　データの日付とか見りゃいつ頃《ごろ》売られたかとか推測《すいそく》できそうなもんだろうが！

――ああクソ！　どうする？　この場にそのSDカードは持ってきてるのか……？

――こっそり後を付けて、適当にボコってデータを頂くか……。

――まあ、箱根細工《はこねざいく》の方のデータも必要だが、あっちは一見ただのエロ画像にしか見えねえだろうから、問題はない筈《はず》だ。

静かに決意《けつい》すると、雪彦はそっと店内から姿《すがた》を消す。

――……とにかく、顔を覚えられるのは不味《まず》いな。

――まずは、この小僧のヤサを探すとしよう。


「でも、このサメの化石自体も高い物らしいですから、片付けぐらいで貰《もら》ったら申《もう》し訳《わけ》ないっていうか……」

「そんな。気にしないでください。……あっ、そうだ、サメの歯の化石なら、さっきそこに欲しがっているお客さんが……あれ？」

もしも八尋がいらないのであれば、そちらの客と交渉《こうしょう》して買い取って貰えば良いのではないかと提案《ていあん》しようとした杏里だが、既《すで》に先刻《せんこく》の客は姿を消しており、後には開かれた扉《とびら》から入り込む生ぬるい風だけが残されていた。


数分後。

店から出た八尋が道路に停《と》めてあったバンに乗り込むのを遠目《とおめ》に見て、雪彦は電話で『ヘヴンスレイヴ』の仲間達に連絡《れんらく》する。

「……ああ、そうだ。車体の片側だけに、なんかのアニメキャラを印刷《いんさつ》したバンだ。街で見つけ次第、そのヤサぁ探して押さえとけ」

♂♀

埼玉《さいたま》県某所《ぼうしょ》

「……データの一つの場所は解《わか》ったようだ。民間人《みんかんじん》が購入《こうにゅう》してデータを発見したらしい」

「どうする？　こちらで回収《かいしゅう》するか？」

スーツを纏《まと》った男達が、落ち着き払いながらも、どこか剣呑《けんのん》とした空気を滲《にじ》ませている。

「いや、『ヘヴンスレイヴ』に泥《どろ》を被《かぶ》って貰《もら》った方がいいだろう。昨日《きのう》と同じように監視《かんし》だけして、捕《つか》まりそうになったら狙撃《そげき》で援護《えんご》しろ。一般人《いっぱんじん》が相手の場合は射殺《しゃさつ》せずに威嚇《いかく》に留《とど》めておくよう現場に伝えておけ」

「そうだな。解った」

仲間が部下《ぶか》に指示《しじ》を出し終えるのを待った後、リーダー格《かく》の男は小さく溜息《ためいき》を吐き出した。

「……しかし、問題はやはりあの『マジシャンライダー《大道芸人》』だろう」

「観測《かんそく》結果として、やはりあの『影』はトリックや幻覚《げんかく》の類《たぐい》ではない事がハッキリした。夕べ『ヘヴンスレイヴ』を捕《と》らえようとしたアレを狙撃させたが、特にダメージもなく弾丸《だんがん》を『影』

で回収して去ったそうだ」

「やはり事前に入手していた情報通り、あれがナツガワラグループの機密そのものなのか？」

「どういう代物《しろもの》なんだ……？　液体金属《きんぞく》か何かを電流《でんりゅう》で恣意《しい》的に操《あやつ》っていると……？」

「それは我々のような現場の人間が推測《すいそく》しても意味はあるまい。銃の撃《う》ち方は知っていても、化学式を5つ以上言える者はこの中には殆《ほとん》どいないだろう？　科学雑誌《ざっし》『Newton』を愛読しているという科学愛好者が一人でもいるか？」

　肩を竦《すく》めながら言う中心人物らしき男の言葉に、スーツの男達は揃《そろ》って苦笑《くしょう》を浮かべた。

「まあ、あれが何なのかは研究屋の連中《れんちゅう》に任せるとしよう。だが、素人目《しろうとめ》にも解る。あれは、下《へ》手《た》をすれば確かに複数の分野に渡って業界そのものをひっくり返す価値《かち》がある代物だ」

　そして、タブレット上に浮かんだ首無《くびな》しライダーの画像《がぞう》をコツコツと指で叩《たた》きながら、男は感情の無い言葉を口にする。

「操縦者《そうじゅうしゃ》の生死は問わない。機会《きかい》を見つけて、あのバイクとライダースーツの形をした『シャドウゴースト』を回収するぞ」

♂♀

夕刻《ゆうこく》　池袋《いけぶくろ》

自分の影にそんな勝手《かって》な渾名《あだな》がつけられているとも知らず、セルティは地道に事件についての調査を続けていた。

『……というわけなんだが、何か「ヘヴンスレイヴ」の噂《うわさ》について知らないか？』

「ヘヴンスレイヴねえ、確かに最近、ろくな噂はきかねえなあ」

セルティが聞き込みをしているのは、公園で休憩中《きゅうけいちゅう》だった平和島静雄《へいわじましずお》——ではなく、その横にいた彼の上司《じょうし》、田中《たなか》トムである。

何げに彼は地元の暴走族《ぼうそうぞく》やチーマー、愚連隊《ぐれんたい》について造詣《ぞうけい》が深く、時には折原臨也《おりはらいざや》以上の知《ち》識《しき》を持ち合わせている存在だ。

セルティは今日《きょう》一日埼玉《さいたま》から池袋《いけぶくろ》にかけて『ヘヴンスレイヴ』の影を追って回っていたのだが、麗貝《リーベイ》が言っていたように、やはり小さなグループは見つかるものの、それを取り仕切っている本体のようなものには決して辿《たど》り着けない。

点数の増えないモグラ叩《たた》きをやっているような気分になってきたセルティは、たまたま公園にいたトムを見かけて話を聞いてみる事にした。

『どうしても上に辿り着かない。脅《おど》してもすかしても「こっちからは連絡《れんらく》が取れない、俺達《おれたち》も指示《しじ》が無くて困ってるんだ」って言う奴《やつ》ばかりなんだ……』

「……なるほどねえ。そりゃ、確かにダラーズと似てるわな」

『何か本体に心当たりはないか？』

困り果てた調子のセルティに、トムは少し考えてから口を開く。

「……そりゃあ、もしかしてよ……。『ヘヴンスレイヴ』は一つじゃねえんじゃねえか？」

『え？』

「お好み焼きだの何だのにも、元祖《がんそ》だの本家《ほんけ》だの色々あるけどよ……。元々あった『ヘヴンスレイヴ』って組織《そしき》は解散したんだろ？　解散して自由の身になった奴らの中には、麻薬《まやく》売買のノウハウをある程度持ってた奴らもいるだろうよ」

トムはゆっくりとベンチに座り、セルティを見上げながら個人的な推測《すいそく》を並べ立てた。

「で、その知識を持った残党《ざんとう》がそれぞれ東京《とうきょう》や埼玉の各地で人を集めて『俺が新しいヘヴンスレイヴのボスだ』なんて名乗りだしたら、そりゃ本体なんてもんに辿り着くのは無理《むり》だろうよ。存在しないんだからな、本体なんて」

『……でも、それはおかしい。確かに四十万《しじま》というリーダーの元で動いてるし、それに、連絡はないけれど、確かに「上の人間」はいるような素振《そぶ》りだったし……』

「だからよ、その、『ヘヴンスレイヴ』の劣化コピーが雨後《うご》の竹の子みてぇにポコポコ出て来たのが第一段階とするだろ？　だとしたら、その状況に気付いた、長い手と広い視野を持ってる奴がいたら……そいつらを上手《うま》いこと利用するんじゃねえかな。金か何か、そのチンピラどもを動かせる力を持ってる事が条件だけどよ」

『なるほど……それなら、それぞれの地方にある「ヘヴンスレイヴ」の中で、目的にあった連《れん》中《ちゅう》だけを動かせるわけか』

「そういうこった。トカゲの尻尾《しっぽ》切りも楽だしな。自分は陰に隠《かく》れたまま、また別の『ヘヴンスレイヴ』を動かせばいい」

――なるほど、確かにそういう可能性もあるか……。

――でも、それにしては、四十万《しじま》は随分《ずいぶん》と表《おもて》に出て来てるな……。

――いや、四十万自身も誰《だれ》かに操《あやつ》られている『ヘヴンスレイヴその⑤』とかのまとめ役に過ぎないって事か……？

セルティが悩んでいると感じたトムは、頬《ほお》を掻《か》きながら口を開く。

「まあ、実際の所は解《わか》らないけどな。少なくとも、俺《おれ》が話を聞く限りじゃ、『ヘヴンスレイヴ』は池袋《いけぶくろ》だけで三つ、成増《なります》や和光《わこう》の方にも一つずつ、やってる事がそれぞれ全然別の集まりがあるぜ。しかも、互いに抗争気味《こうそうぎみ》になってた所もあるらしい。俺は内部抗争だと思ってたが、もしかしたら互いに『俺達が本家《ほんけ》だ』って感じで潰《つぶ》し合ってたのかもな」

『本当に詳しいな⁉』

「だが、ここ最近でその抗争も鳴りを潜《ひそ》めたらしいぜ。どっちかが喧嘩《けんか》に勝って統合されたのか……それとも、さっき言ったみたいに、金払いのいいスポンサーが仲裁《ちゅうさい》に入ったとかかもな」

そんな二人のやり取りを横で見ていた静雄《しずお》が、腕を組みながらセルティに対して言った。

「でもよ、セルティが探してるのはとりあえず『夏瓦雪彦《なつがわらゆきひこ》』ってのと『四十万博人《ひろと》』って奴《やつ》なんだろ？　だったら細かい事なんざ考える必要ないんじゃねえか？　ヘヴンなんたらだの気にしねえで、その二人だけに絞《しぼ》って探せばいいだろ？」

『いや、でもなあ。その二人を探す為《ため》にヘヴンスレイヴを探ってたわけだから、色々と本末転倒《ほんまつてんとう》になるかもしれないし……。四十万は特徴《とくちょう》があるから、街ですれ違えばすぐに解るかもしれないけど』

「どんな奴なんだよ、その四十万って野郎《やろう》は」

『ああ、どうも、顔に包帯《ほうたい》を巻いて、眼鏡《めがね》をかけているらしい』

その文字列を見て、静雄とトムは互いに顔を見合わせた。

「それって、こないだのあいつか？」

「あのサーカスの勧誘《かんゆう》っぽいのと一緒《いっしょ》にいた奴っすよね」

『……!?　知ってるのか!?』

驚き尋《たず》ねるセルティに、二人はセルティに説明しようと顔を向けるのだが——

「あっ」「あぁ……？」

二人揃《そろ》って、セルティの背後を見ながら口を開けた。

『えっ？　どうした？』

ヘルメットを傾《かし》げるセルティだが、彼らはそんな彼女の後ろを指差し、言葉を漏《も》らす。

「……ていうか、アイツじゃねぇのか？」

『へ？』

静雄《しずお》の言葉にそう文字を打ち込みながら、セルティは背後を振り返った。

すると、彼女が意識《いしき》を向けた先——公園の入口あたりに、顔に包帯《ほうたい》を巻いた青年が立っているのが確認《かくにん》できた。

——は？

——え？　あれ？　嘘《うそ》ぉ!?

心中《しんちゅう》で混乱しつつ、セルティはアタフタとその青年と静雄達を見比べる。

そして、トムに向かってペコリと一礼《いちれい》して、慌《あわ》てて文字を打ち込んだ。

『す、すまない。また今度、改めて何か御礼《おれい》をさせてくれ！』

慌てて駆《か》け出すセルティの背を見送りながら、トムと静雄は三度《みたび》顔を見合わせた。

「今、俺《おれ》ら……、なんか礼を言われるような事したか？」

「さぁ……」

♂♀

セルティが公園の入口に辿《たど》り着く頃《ころ》には、顔に包帯《ほうたい》を巻いた男——四十万《しじま》は既《すで》に動き出しており、別の道の陰へと移動していた。

人通りの殆《ほとん》ど無い細い路地《ろじ》に入り込んだ所で追いつき、セルティがその男の肩に手を伸ばす。

すると、男はセルティの手が届く寸前《すんぜん》で振り返り、こちらのヘルメットの奥の闇《やみ》に向けて、異様《いよう》なまでに冷ややかな視線を向けてきた。

「初めまして……じゃないのかな。首無《くびな》しライダー。お前は一方的に俺《おれ》を知ってたし、俺もそれなりにお前の事は知ってるつもりだ」

『……四十万博人《ひろと》だな』

「そうだと言ったら？」

『このまま赤林《あかばやし》さんの所に突き出す。だが、その前に杏里《あんり》ちゃんを狙《ねら》った理由と、夏瓦雪彦《なつがわらゆきひこ》の居場所を教えて貰《もら》う』

包み隠《かく》さず断言するセルティに、四十万はクツクツと笑いながら言った。

「取引になってないな。俺が損しかしないじゃないか」

『……取引できる立場だと思ってるのか？』

夕べの失敗を踏まえて、セルティは今のうちにと影を伸ばし、四十万の手足に絡ませる。

これで突然《とつぜん》逃げ出しても引き留めるか縛《しば》り上げるかする事ができると安堵《あんど》したセルティは、改めて四十万に問いかけた。

『杏里ちゃんをどうするつもりだ。一体何が目的なんだ？』

「俺に答える必要があるか？　折原臨也《おりはらいざや》と付き合いがあったなら、当然知っているだろう？

情報には、対価《たいか》が必要だと」

『取引できる立場じゃないと言っただろう』

胸ぐらを摑《つか》み上げようとするセルティに、四十万は冷めた目つきのまま、力強く断言した。

「いいや、できる立場さ」

『……何？』

「俺がもし、このまま赤林に突き出されたり、お前に殺されたりしたら、お前の大事《だいじ》な人間が死ぬ事になるぞ？」

——……っ！

セルティの身体《からだ》中を、奇妙《きみょう》な冷気が吹き抜ける。

背骨をギチギチと鳴らす程の寒気《さむけ》を感じつつ、セルティはまず頭の中に白衣《はくい》の闇医者《やみいしゃ》の姿《すがた》を思い浮かべた。続いて、杏里や帝人《みかど》、静雄《しずお》やワゴン組の面々の顔が流れては消えて行く。

——こいつは……私をどこまで知ってる？

——ハッタリだ……と言い切《と》れるか？

完全に動きを止めたセルティに、四十万はニイ、と笑いながら口を開いた。

「安心しろよ、化け物《ばけもの》。お前の家族や親友の居場所なんざ知りはしない。園原《そのはら》杏里とそこまで仲がいいというのはつい今しがた知ったけどな」

それを聞いたセルティは、急速な安堵《あんど》感《かん》に包まれながらも、四十万の胸《しじま》ぐらを両手で勢い良く摑《つか》み上げる。

そして、そのまま『影』の触手《しょくしゅ》で文字を打って四十万にスマートフォンの画面を突きつけた。

『お前……やっぱりハッタリか！』

「いいや？　俺《おれ》に何かあれば、池袋《いけぶくろ》の街中《まちなか》で適当に数人が撃《う》たれて死ぬだけだ」

――っ⁉

再び硬直《こうちょく》するセルティに、四十万は淡々《たんたん》と――あくまでも淡々と言葉を紡《つむ》ぐ。

「お前にとって、街の人間は大事《だいじ》だろう？　いや、街に限らず、人間そのものが大事なんじゃないか？　まあ、ランダムに殺すとはいえ他人は他人だ。お前が気に病《や》む必要はない。悪いのは俺だからな」

それもハッタリだろうか、と一瞬《いっしゅん》考えたが、昨夜《ゆうべ》自分が撃たれた事を思い返し、四十万は恐らく本気だろうと判断《はんだん》した。

腕をワナワナと震わせながら四十万を地面に降ろした後、セルティは怒りを押し殺しながら文字を紡ぐ。

『四十万博人《ひろと》……一体何が望みだ！』

「お前に望む事はないさ。ただ、俺も取引できる立場だと伝えたかっただけだ。俺だって殺人《さつじん》鬼《き》じゃないし、道を歩く罪《つみ》もない子供を殺して回るのが趣味《しゅみ》というわけじゃあない」

『……信用しろと？』

「ああ、俺みたいな悪人は信用しない方がいいぞ？　だが、折原臨也《おりはらいざや》よりは信用してもらいたい所だ。お前に望む事はないが、それ故《ゆえ》に俺は、お前と敵対する理由もないんだからな」

——こいつ、人を撃たせておいてヌケヌケと！

狙撃《そげき》が四十万の指示《しじ》だと考えていたセルティは苛立《いらだ》ちを覚えるが、ここで冷静さを失っては相手の思う壺《つぼ》だと判断《はんだん》し、この場に存在しない頭を冷やしながら『交渉《こうしょう》』を続ける。

『なら、どうして私と接触《せっしょく》した？』

「今日《きょう》、たまたま街でお前が俺を探してると聞いてな。園原杏里《そのはらあんり》と夏瓦雪彦《なつがわらゆきひこ》と赤林《あかばやし》の件以外で、俺に何か言う事でもあるか？」

肩を竦《すく》めながら言う四十万に、セルティは拳《こぶし》を握りしめながら、影を使って文字を打った。

『山ほどあるさ。まず、街に怪《あや》しげなクスリをばらまくのはやめろ！』

「解《わか》った、やめよう」

『今はまだ大きな被害《ひがい》は出ていないが、今後どれだけの人がええとあれちょっと待て、ちょっと待て？』

文章を綴《つづ》りながら混乱したセルティは、そこで一度文字を全て消して打ち込み直す。

『え？　やめる？』

「ああ。仲間にも『クスリを売る奴《やつ》は最悪だ』と言われたしな。それに、俺《おれ》としても粟楠会《あわくすかい》の赤林《あかばやし》をこれ以上敵に回すつもりはないからな、随分《ずいぶん》前から一般人《いっぱんじん》相手には商売してない」

『信じられるか！　だって、未《いま》だに街にばらまいてるって……』

「俺の指示《しじ》を聞かない連中《れんちゅう》が勝手《かつて》にやってたんだろう。ダラーズにもいたんじゃないか？　そうやって身内に迷惑《めいわく》をかける跳ねっ返りが」

さも他人事《ひとごと》のように言う四十万《しじま》に、セルティは訝《いぶか》しげに尋《たず》ねる。

『そういう連中がクスリをばらまくのを止められるっていうのか？』

「ああ、あと数日で終わらせるさ。……他に何か言いたい事は？」

セルティは数秒思案《しあん》した後、肝心《かんじん》の事を問い掛けた。

『……だが、私に対する狂 信者《きょうしんしゃ》達に、その妄想《もうそう》を加速《かそく》させるクスリをばらまいたのはお前なんだろう？』

辰神姫香《たつがみひめか》の姉と妹。

少なくとも二人の人生は四十万のクスリによって狂わされた。元々狂いつつはあったのだが、クスリによって時計の針《はり》を大幅に進められたと言ってもいい。

「ああ。あれは実験だからな。商売抜きだ。中々に興味深《きょうみ》い結果だったよ」

『……一発殴《なく》りたい所だ』

正直な感想を口にするセルティに、四十万がゆっくりと目を細めた。

「一発でいいのか？」

『何？』

ヘルメットを傾《かし》げさせるセルティの前で、四十万は懐《ふところ》から携帯《けいたい》電話を取り出し、どこかへと連絡《れんらく》を取る。

「……俺だ。これから首無《くびな》しライダーが俺を一度だけ殴るが、それは織り込み済みだ。街の人間への報復《ほうふく》は必要無い」

そして、電話を切ると同時に、眼鏡《めがね》をかけたままセルティに言った。

「いいぞ。お前の気が済む一発を俺に叩《たた》き込め、化《ば》け物《もの》」

『……いいのか？』

訝しげに言うセルティに、四十万は眼鏡の奥でニイ、と目を細めて言葉を続ける。

「できれば、死なない程度にな」

次の瞬間《しゅんかん》——四十万の身体《からだ》は、細い路地《ろじ》に沿って20メートル程吹き飛ばされた。

セルティが影を固めて造り上げた、直径《ちょっけい》1メートルはあろうかという巨大《きょだい》な拳《こぶし》。

その拳による尋常《じんじょう》ならざる速度のストレートを食らった四十万《しじま》は、人間大砲《たいほう》で撃《う》たれたかのような勢いで道を転がり、そのまま塀《へい》にぶつかって沈黙《ちんもく》した。

——……。

——あれ？　やり過ぎた？

——し、死んでないよな⁉

四十万本人というより、彼が死ぬ事により報復《ほうふく》の無差別狙撃《そげき》が始まる事を心配したセルティ。

彼女が慌《あわ》てて四十万の元に駆《か》け寄ると、彼は激しく咳《せ》き込み、血の混じった唾《つば》を吐き出しながらゆっくりと起き上がった。

割れた眼鏡《めがね》の破片《はへん》が目の傍《そば》に刺さっている姿《すがた》が痛々しく、殴《なぐ》った本人であるセルティも少し引きながら相手の様子《ようす》を窺《うかが》い見る。

すると、次の瞬間《しゅんかん》。

全身の切り傷から血を流し、折れたと思《おぼ》しき左腕を押さえながら——四十万は、笑った。

「くは……アハハハハハハ！　アハハハハハハハハハハハ！」

まるで童心《どうしん》に帰ったかのように、四十万は無邪気《むじゃき》な哄笑《こうしょう》を路地裏《ろじうら》に響《ひび》かせる。

傷だらけで楽しそうに笑うその姿は実に不気味《ぶきみ》であり、セルティの背骨に先刻《せんこく》とは別の種類の寒気《さむけ》が走り抜けた。

――しまった、当たり所が悪かったか⁉

――どうしよう、とりあえず新羅《しんら》に……いや頭のCTとか取った方が……。

相手が悪人である事も一瞬《いっしゅん》忘れ、オロオロとその場で困惑《こんわく》するセルティ。

そんな彼女の前で、四十万は吹っ切れたように爽《さわ》やかな目をして、笑い、嗤《わら》い、嗤《わら》う。

「はは……ハハハ！　やっとだ！　やっとだよ首無《くびな》しライダー！　やっと俺《おれ》は、誰《だれ》かに見られた気がするよ！　ようやく俺は負け犬になれた、い、い、い、いいいいた！」

『何を言ってるんだ？　大丈夫《だいじょうぶ》か？』

「感謝《かんしゃ》するよ首無しライダー。あんたが俺を真剣に殴ってくれたお陰で……天罰《てんばつ》じゃない、ただの感情にまかせた罰を与えてくれた事で、俺はようやく街とのズレを取り戻せた気分だ！」

ハイテンションで両手を広げる四十万に、セルティはますます混乱して『やはり脳《のう》を検査できる病院に連れて行った方が……』と真剣に思《し》案《あん》し始めた。

だが、四十万はそんなセルティの手を取り、固い握手《あくしゅ》を交わしながら言葉を紡《つむ》ぐ。

「まあ、錯覚《さっかく》だろうけどな。俺はこれで街への復讐《ふくしゅう》を止めるわけじゃあないし、突然《とつぜん》善人になったりもしない。だから安心して俺を警戒《けいかい》し続けてくれ。俺を敵視し続けてくれ」

それまでの冷めた目つきが嘘《うそ》のようだった。

瞳《ひとみ》を爛々《らんらん》と輝かせ、クリスマスプレゼントを前にした子供さながらの無邪気なはしゃぎ方をしている四十万だが、セルティの視界には寧《むし》ろ、先刻よりも遙かに不気味な物として映しだされている。

『敵視しろだと……？　どういう意味だ？』

「そうすれば、俺《おれ》は俺で在り続けられる。街に置いていかれる事もない。それだけの話だ。

……ああ、すまない。個人的な話だ。理解してもらえるとは思っていないから忘れてくれ」

彼の一見不明瞭《ふめいりよう》な言葉を聞いて、セルティはビクリと背を震わせた。

四十万《しじま》の言葉の端々《はしばし》に聞かれた『街に置いていかれる』『街とのズレ』というフレーズは、セルティがここ数日何度も頭の中に思い浮かべた言葉である。

世間《せけん》とのズレを怖《おそ》れ、運び屋の仕事を再開した自分の目の前に現れた、同じような事を危惧《きぐ》していたらしき男。

なのに、自分とはまるで違う道を歩んでいるように思える相手を見て、セルティは暫《しば》し惑《まど》い、果てには嫉妬《しっと》すら抱きかけた。

——こいつは、何を一人で勝手《かって》に納得《なっとく》して安心してるんだ？

——私は苦労して世間とのズレを縮める方法を模索《もさく》してるのに……。

だが、それを文字にして突きつけては流石《さすが》に逆恨《さかうら》みだろうと考え、セルティは基本に立ち返るべく、自分の仕事に戻る事にした。

『感謝《かんしゃ》してるなら教えて貰《もら》おう。夏瓦雪彦《なつがわらゆきひこ》の居場所と、園原杏里《そのはらあんり》に何をするつもりなのか』

「欲張りだな。二つとも知りたければ、園原杏里を連れて来て俺を『罪歌《さいか》』で斬《き》らせればいいだろう？」

『……お前を罪歌憑きにするのは危険な気がする。いいから質問に答えろ』

「正しい警戒《けいかい》だな。俺が求めてるのは園原杏里じゃない。『罪歌』の力だ。まあ、手に入らないなら入らないでそこまで執着《しゅうちゃく》はない」

再び冷め切った目に戻った四十万が、怠惰《たいだ》な色に満ちた声で答える。

しかし、それはセルティの納得できる答えではなかった。

『泥棒《どろぼう》に入ったり人攫《ひとさら》いまでしようとしていた癖《くせ》に、何を言ってるんだ』

「もうしないよ。それでいいだろ？」

『それでいいなら警察はいらない』

「じゃあ、一緒《いっしょ》に自首するか？ 無灯火《むとうか》暴走《ぼうそう》ライダーさん？」

——う……。

ニヤリと笑う四十万に、セルティは何も言い返せなかった。

「結局は俺もアンタも社会からのはみ出し者だよ。仲良くしようとは言わないさ。せいぜい街の裏側でドタバタと足掻《あが》き騒《さわ》ごうじゃないか」

四十万はゆっくりと踵《きびす》を返し、あちこちの骨にヒビが入った身体《からだ》を引き摺《ひず》りながらセルティにもう一つの質問の答えを告げる。

「夏瓦雪彦はあと少しで用済みだ。そうすれば、生きたままあんたに引き渡してやるよ」

そして、四十万《しじま》が去った後——セルティは静かに自らの手元に目を向ける。

髪《かみ》の毛よりも細い影が手首のあたりから伸び、道路に延々《えんえん》と続いていた。

——よしよし、あいつの靴紐《くつひも》に『影』をこっそりつける事ができたぞ。

——夏瓦雪彦《なつがわらゆきひこ》を何に使うつもりかは知らないが、その企《たくら》みを実行する前に、四十万のアジトを突き止めて助け出してやる。

——……いや、攫《さら》うんだったか？

——夏瓦雪彦の奴《やつ》も、一体どうしてあんな不気味《ぶきみ》な奴の所に身を寄せてるんだ……？

♂♀

埼玉《さいたま》県某所《ぼうしょ》
そんな首無《くびな》しライダーと青年のやりとりを遠くから盗撮《とうさつ》した映像《えいぞう》を見ながら、黒服の外国人達が互いに顔を見合わせる。
「あの青年は何者だ？」

「一体何の話をしていたんだ？　殴《なぐ》り飛ばしたかと思ったら、突然《とつぜん》固い握手《あくしゅ》を交わしたぞ」

「青年は笑っていたようだが……。しかし、街中《まちなか》で堂々《どうどう》と『影』を使用していたな」

「うむ……如何《いか》に人通りが無かったとはいえな……。あるいは、それを気軽に見せる事ができる関係という事か？」

「殴ったのは何かのテストかもしれん。直前に電話をどこかにかけていたしな」

彼らの頭の中には『首無しライダーの影はナツガワラ・グループの最新テクノロジー』という思い込みがある為《ため》、深読みとも浅慮《せんりょ》とも取れない意見を交わしてますます混迷《こんめい》していく。

しかし、彼ら自身は己《おのれ》が迷走《めいそう》している事すら気付かずに、更《さら》なる一手を切り出す事にした。

「念の為、奴と交友関係があると思《おぼ》しき連中《れんちゅう》を確保しろ。人質《ひとじち》に使えるかもしれんし、何か情報を引き出せるかもしれん」

♂♀

池袋《いけぶくろ》　露西亜寿司《ロシアずし》前駐車場《ちゅうしゃじょう》

露西亜寿司の斜め前にある有料パーキング。

そこに停《と》められた一台のバンを遠目《とおめ》に見ながら、若いチンピラが雪彦に告げた。

「あそこです、夏瓦《なつがわら》さん」

「おう、御苦労」

指し示されたバンが先刻《せんこく》の高校生が乗り込んだものだと確認《かくにん》すると、雪彦《ゆきひこ》は財布《さいふ》から一万円札を数枚出し、パシリと配下のチンピラの足元に放り投げる。

「へ、へへ、どうも」

頬《ほお》をひくつかせながらも、チンピラは笑って一万円札を拾い集めた。

そんな男を尻目《しりめ》に物陰からワゴンの様子《ようす》を窺《うかが》っていると、斜め向かいにある奇妙《きみょう》な外装の寿《す》司屋《しや》の方から、渋くも朗《ほが》らかな大声が聞こえてくる。

「オーウ！　毎度アリネー！」

声の方に目を向けると、巨漢《きょかん》の寿司屋店員に見送られる、数名の客の姿《すがた》が目に入った。

「社長サン達、お腹《なか》いっぱいネ？　お腹いっぱい、夢いっぱい、幸せはお隣《となり》さんにもお裾分《すそわ》けする、イイヨー？　お土産《みやげ》今ならなんと特別に時価《じか》ネ。イクラするのか開けてビックリ玉手箱《たまてばこ》ヨ。オー、玉手箱って何？　玉子《たまご》と蟹爪《かにづめ》の詰め合わせ？　イイネ。今ならたっぷり玉子と蟹をダンボール箱にすし詰めするヨ」

「……それ、何万円するお土産なんすか……」

「御馳走様《ごちそうさま》でした」

「美味《おい》しかったです」

後ろから無茶《むちゃ》な事を言って送り出す寿司屋の店員——サイモンに軽く手を振り、店を後にする久音《くおん》と八尋《やひろ》、そして姫香《ひめか》の高校生三人組。

その後ろには渡草《とぐさ》もついてきており、彼が出てきたのを見計らって姫香が頭を下げた。

「渡草さん、本当に御馳走様でした」

そんな年下の少女の対応に、渡草はヒラヒラと手を振って答える。

「いやあ、いいっていいって。税込《ぜいこ》み500円のワンコインディナーなんて寿司屋とは思えねえ安さだしな」

園原堂《そのはらどう》を出た後、久音達との集合地点まで送って貰《もら》った八尋だが、そこで三郎《さぶろう》が「なんだよ、どうせ飯食《めしく》うなら奢《おご》ってやるよ。こないだの洗車と整備の礼、まだしてなかったろ」と言いだし、三人はそのまま近場にあった露西亜《ロシア》寿司で夕食を取る形となった。

「何の魚か良く解《わか》らないのが多かったすけどね……。あとボルシチ寿司って……」

どこかげんなりした顔の久音を余所《よそ》に、渡草は上機嫌《じょうきげん》で言葉を続ける。

「ま、俺《おれ》としてもよ、乗せてるのがいつも同じ面子《メンツ》じゃ車がかわいそうってもんでな。門田《かどた》の旦那《だんな》はともかく、遊馬崎《ゆまさき》と狩沢《かりさわ》はどんどん私物を浸蝕《しんしょく》させてきやがるし……」

バンの後部に積んである漫画本《まんがぼん》などの事を思い出し、渡草は小さく溜息《ためいき》を吐きだした。

だが、すぐに気を取り直したのか、目を耀《かがや》かせながら開口する。

「若い連中《れんちゅう》にルリちゃんの素晴《すば》らしさを伝えるってのも、ファンクラブ一桁《ひとけた》ナンバーの俺《おれ》の使《し》命《めい》だしな。その話ができるなら寿司《すし》の一つや二つ安いもんよ」

「いやあ、勉強になりました。聖辺《ひじりべ》ルリさんの事、俺、小学生の頃《ころ》から『なんだか凄《すご》い神秘《しんぴ》的な人だな』って気になってたんですよね」

「そうだろうそうだろう！」

あからさまなおためごかしを言う久音《くおん》に対し、渡草《とぐさ》はそれを素直に受け取り上機嫌《じょうきげん》で笑った。

その後ろで、八尋《やひろ》は姫香《ひめか》に向かって小声で尋《たず》ねる。

「大丈夫《だいじょうぶ》だった？　ゴメンね、付き合わせちゃって」

「気にしないで。私も聖辺ルリは好きだし、楽しかったよ？」

「そう、それなら良かった」

自分が世間《せけん》からズレなかった事に安堵《あんど》する八尋。

やはり聖辺ルリのような、大勢《おおぜい》の人間と共有できる話題は良い。

それだけ多くの人に愛される聖辺ルリはやはり凄《すご》いなと、八尋は素直な羨望《せんぼう》を抱きながら渡草の車に乗り込んだ。

三人が後部座席に乗り込むと自動で扉《とびら》が閉まり、そのまま渡草が車を発進させる。すると、久音がそのタイミングで、食事の時とは別の話を切り出した。

「……ところでよ、さっきチラっと話してたけど、八尋の貰《もら》ったサメの歯の中に、なんかＳＤ

カードが入ってたんだって？」

「うん。これだけど……」

一応持ってきていたマイクロSDをポケットから取り出す八尋。サメの歯はとりあえず接《せっ》着剤《ちゃくざい》で再結合させたが、カードだけは外に出しておいた形となる。

「ふーん……俺のと同じメーカーのだな……」

ボソリと呟《つぶや》いた久音の声を聞き、八尋が小首を傾《かし》げた。

「同じ？」

「ああ、いや……まあ、実はよ、俺の貰ったあの箱にも……その、SDカードが入っててさ」

「ああ、ブログに載《の》せられないって言ってたあれ？」

「まあ、な。そっちはデータの中身見たか？　なんだった？」

するとと八尋は、難しい顔をしながら答える。

「うーん……それが、このカード見られる機械《きかい》持ってなくて……俺のスマートフォンも対応してないみたいだし……」

「あ、俺のタブレットPCなら見られるぜ。アダプタ無しでマイクロカードもそのままいける」

そのままカードを借りて、己《おのれ》の鞄《かばん》から取り出したPCに挿入《そうにゅう》する久音。

彼は心中《しんちゅう》で、『姫香ちゃんの前で俺の時みたいなエロ画像《がぞう》が出て来たらやばいな……いやでも、どんな反応するかそれはそれで気になる』などとゲスな事を考えていたのだが、画面に出て来たのは見たこともないソフトウェアが一つだけだった。

「？　なんだこれ……見たことないソフトだな……。ウイルスじゃなさそうだが……」

色々と弄《いじ》り始める久音《くおん》を余所《よそ》に、八尋《やひろ》は先刻《せんこく》からしきりに車の後ろに目を向けていた。

「どうしたの？」

姫香《ひめか》の問いに、八尋は真剣な表情で答える。

「この車……誰《だれ》かに後を尾《つ》けられてる気がする」

「えっ？」

八尋の唐突《とうとつ》な言葉に、渡草《とぐさ》や久音も思わず耳を傾けた。

「今日《きょう》、園原堂《そのはらどう》の周りでも、なんだか凄《すご》くピリピリした空気の人達が沢山《たくさん》居て気になってたんだけど……。今、俺達《おれたち》が車に乗る前から、ずっと物陰から視線を送ってきてた人達がいたんだ」

赤林《あかばやし》の部下《ぶか》達が園原堂を見張っている事を知らなかった八尋は、彼らの視線などを感じてからずっと襲撃《しゅうげき》に怯《おび》え、警戒《けいかい》を続けていたらしい。

「お前、俺の車乗る度《たび》に何かヤバイ奴《やつ》見つけるよな……？　こないだの通《とお》り魔《ま》とか……」

困ったように呻《うめ》く渡草に、八尋は申《もう》し訳《わけ》なさそうにしつつも自分の推測《すいそく》を淡々《たんたん》と述べた。

「でも、今度は一人じゃないっていうか……あ、もう一台増えたかも……？」

「おいおい、車でかよ？　いや……確かに、さっきからあの車、俺と同じ道来てるな……」

不安に感じた渡草は、横道に入りルートを変える。

すると、普通ならばあまり入らないような細い路地《ろじ》にもかかわらず、渡草達の後を追う形で車が数台進入してきた。

「クソ……何絡みだ……？　まさか、泉井《いずみい》の野郎《やろう》が性懲《しょうこ》りも無く来たんじゃねえだろうな」

三郎《さぶろう》は恐らく自分絡みの因縁《いんねん》だろうと考え、高校生達だけでもなんとか逃がそうと試みる。

「このままどっか駐車場《ちゅうしゃじょう》のある警察署《しょ》の方に行くからよ、そこでお前らは降り……うぉっ⁉」

すると、少し前の角《かど》から別の車が現れ、道路に斜めに停《と》めて狭い路地を塞《ふさ》いでくる。

「ちっ！」

慌《あわ》ててバックしようとするが、既《すで》に後ろには別の車が来ており、完全に前後の道を断たれる形となってしまった。

ギリ、と歯噛《はが》みをした後、渡草は助手席に置いてあった傘《かさ》を武器代《ぶきが》わりに握りこみ、一人で車を降りようとする。

「いいかお前ら、俺が引きつけるから、その間に逃げ……」

振り返った瞬間《しゅんかん》、三郎の言葉が喉《のど》の奥に呑み込まれた。

そこには既《すで》に黒い影を纏《まと》って『スネイクハンズ』となった八尋の姿《すがた》があり、既にドアを開けようとしている所だった。

「おい、八尋……」

止めようとした三郎だが、先日杏里《あんり》に言った『八尋って奴、セルティと同じタイプっつーか、割とグイグイ行くタイプだから』という言葉を思い出し、無駄《むだ》だろうと判断《はんだん》して覚悟《かくご》を決める。

「……ああクソ！　俺《おれ》も行くから、無茶《むちゃ》すんなよ！」

「お、誰《だれ》か出て来……なんだありゃ」

相手の車が停車した事を確認《かくにん》した後、夏瓦《なつがわら》は小槌《こづち》を握り締《し》めて車を降りたのだが——そのバンから降りてきたのは、実に異様《いよう》な風貌《ふうぼう》の男だった。

周囲の光を全て吸い込むかのような、完全なる影。

揺らめく影を纏《まと》い、まるでその空間だけ世界の裏側から食い千切《ちぎ》られたかのような『黒』で塗り潰《つぶ》す人型のなにか。

状況を整理できていないチンピラの一人が、混乱するままその『影』へと向かい、手にしていたバットを振り下ろそうとした。

しかし次の瞬間《しゅんかん》その男のバットが瞬時《しゅんじ》にしてもぎ取られたかと思うと、その先端《せんたん》がチンピラの鼻下に勢い良く叩《たた》き込まれる。

嫌《いや》な音が路地裏《ろじうら》に響《ひび》き渡り、男が鼻と口から血を噴《ふ》きながら昏倒《こんとう》した。

「な……なな……」

カタカタと震える夏瓦は、自分を奮《ふる》い立たせる為《ため》に、武器《ぶき》である小槌を握り締める。

だが、何度握り込んでみても、その震えが止まる事はなかった。

妖槌《ようづち》とさえ言われた小槌『蛮軟陣《ばんなんじん》』による催眠《さいみん》作用は、本物の妖怪《ようかい》とでもいうべき存在を前にして完全に消え去り──夏瓦雪彦《ゆきひこ》という男を、一瞬《いっしゅん》にして卑屈《ひくつ》な小悪党《こあくとう》へと引き戻してしまったのである。

そして、そんな雪彦をはじめとする怯《おび》えたチンピラ達に対し──その『怪物』が、容赦《ようしゃ》なく黒い双腕《スネイクハンズ》を振り下ろした。

♂♀

その喧噪《けんそう》が起こっている路地の入口あたり。

道を塞《ふさ》ぐ形で停車した黒塗りの車から、現場の喧噪を観察する者達がいた。

「馬鹿《ばか》な……あれは……『マジシャンライダー』と同じ『シャドウゴースト』を使っているのか……？」

「ナツガワラの関係者か⁉」

「どうする？　我々も撤退《てったい》するか？」

「……ユキヒコ・ナツガワラが確保されるのは不味《まず》い。奴《やつ》の逃走《とうそう》だけ援護《えんご》しろ」

夏瓦グループの敵対組織《そしき》に所属《しょぞく》する外国人達は、困惑《こんわく》しながらも事前に指示《しじ》されていた作戦《さくせん》を実行する事にした。

圧倒的な暴力《ぼうりょく》で蹂躙《じゅうりん》され、蜘蛛《くも》の子を散らすように逃げていく『ヘヴンスレイヴ』の面々。

彼らを追おうとする者を足止めする為《ため》に、威嚇《いかく》の射撃《しゃげき》を行う事にしたのだ。

バンの横に立っていたその怪物《かいぶつ》を威嚇する為——後部座席の窓からライフルの銃口《じゅうこう》を伸ばし、スコープの狙《ねら》いを付ける。

既《すで》にバンの後部を塞《ふさ》いでいた車は無い。現れた怪人《かいじん》のあまりの強さに怖《おそ》れを成し、運転手が仲間を見捨てて逃げ出していたのだ。

横にある路地《ろじ》へとそれぞれ逃げていった為に、丁度《ちょうど》大通りからの入口である現在地からの射線《しゃせん》が綺麗《きれい》に通った形となる。

「よし……撃《う》つぞ」

後部座席の狙《そ》撃手《げきしゅ》は英語でそう呟《つぶや》くと、件《くだん》のバンの後部の窓にあった妙《みょう》なシールを目印《めじるし》として、そこに鉛玉《なまりだま》を撃ち込んだ。

自分の放った弾丸《だんがん》が、更《さら》なる怪物を揺り起こすとも知らぬまま。

♂♀

「うおっ⁉」

突然《とつぜん》車の中に鋭い破砕音《はさいおん》が響《ひび》き渡り、久音《くおん》は姫香《ひめか》の頭を庇《かば》いながら身を屈《かが》めた。

「なんだ⁉　何が起こった⁉」

するとドアが開き、八尋《やひろ》が慌《あわ》てて中の様子《ようす》を窺《うかが》い、叫ぶ。

「銃です！　今、車の窓が撃たれました！」

「何い⁉」

車内の面々が見ると、確かに後部座席の窓に蜘蛛の巣状のヒビが走っており、その中心に丸い穴が穿《うが》たれているのが解《わか》った。

銃弾《じゅうだん》はそのまま車内を突き抜けたようで、フロントガラスの助手席側上部にも同じようなヒビと穴が生まれている。

「お、おい、流石《さすが》に銃はやべえよ八尋！　このまま逃げよう！　渡草《とぐさ》さんを呼んでさ！　今ならバックして横の路地に……あ……え……？」

久音が焦《あせ》りながら八尋に叫ぶが、そこで彼は、異常に気付いた。

いつの間にか運転席の扉《とびら》を開けて車内に戻ってきていた渡草が、魂《たましい》の抜けたような顔で後部の窓硝子《まどガラス》に開いた弾痕《だんこん》を見つめていたのである。

車を傷つけられたショックだろうかと考える久音達だったが、八尋だけは気が付いた。

——あの穴の位置……。

よく見ると、穴の周りには拉《ひしゃ》げて滅茶苦茶《めちゃくちゃ》な形となった、何かの模様《もよう》らしきものが見える。

のである。


八尋《やひろ》は知っている。

それが模様《もよう》などではなく、聖辺《ひじりべ》ルリを模《も》したマスコットキャラのステッカーだという事を。狙《ねら》ってか偶然《ぐうぜん》か、弾丸《だんがん》は、まさにそのマスコット化した聖辺ルリの絵の脳天《のうてん》を貫《つらぬ》いていたのである。

数秒の沈黙《ちんもく》を挟み——魂《たましい》の抜けていた渡草《とぐさ》の身体《からだ》に、『何か』が降りてきた。

彼は無言《むごん》のままハンドルに手を伸ばしたかと思うと、ギアをバックに入れると同時に、アクセルを一気に踏み絞《しぼ》る。

刹那《せつな》、車内の重力が乱れた。

「ちょっちょっ！　何⁉　何⁉」

「……っ！」

ノートパソコンを抱えたまま車内の床に転げ落ちる久音《くおん》と、八尋に庇《かば》われる形で座席に伏せる姫香《ひめか》。突然《とつぜん》ジェットコースターに乗ったかのような激しい揺れに見舞われる。

久音や姫香は混乱しているが、八尋にだけは正しく現状が理解できていた。

様々《さまざま》な感情の流れやその原因を省略《しょうりゃく》し、ただ単純に現在の状況を表すとするならば、恐らくは次の一文で纏《まと》められる事だろうと。

渡草三郎《さぶろう》は、キレた。

♂♀

「よし、あの影使いは車の中に引っ込んだぞ」

「運転手も下がったな。今のうちに『ヘヴンスレイヴ』の連中《れんちゅう》も……ん？」

「なんだ？」

何か様子《ようす》がおかしい事を察した黒スーツの襲撃者《しゅうげきしゃ》達が、件《くだん》のバンの方に目を凝《こ》らすと——

バンは通常ではありえないほどの勢いでバックをはじめ、時速100㎞を超えようかという勢いで路地《ろじ》の中をこちらに向かって突っ込んで来たのである。

「Ｃｒａｚｙ……」

狙撃手《そげきしゅ》が思わず呟《つぶや》いた次の瞬間《しゅんかん》、彼らは『ヘヴンスレイヴ』以上の勢いで、その場からの逃走《とうそう》を余儀《よぎ》なくされる結果となった。

♂♀

池袋某所《いけぶくろぼうしょ》

そして、更《さら》にもう一人。

渡草三郎《とぐささぶろう》という男の暴走《ぼうそう》がきっかけとなり、とある『力』が胎動《たいどう》する事となる。

様々《さまざま》な要素が複雑に絡み合う、強大な力だ。

国家権力《けんりょく》という後《うし》ろ盾《だて》を元に、エンジンの排気《はいき》を唸《うな》らせる法の番人。

人の身でありながら——異形《いぎょう》であるセルティ・ストゥルルソンをもってして『化《ば》け物《もの》』と言わしめる程の存在が。


『本部より全車両へ。川越街道《かわごえかいどう》を埼玉《さいたま》方面に向かって暴走《ぼうそう》する車両が二台。先頭《せんとう》を走る車両からは時折《ときおり》銃撃《じゅうげき》が行われているとの報告あり。急行されたし』

無線によって伝えられた、現代日本とは思えぬような内容の事件。

それを耳にした男は、サングラスの下で目を細めながら口を開いた。

「……了解《りょうかい》。現場に急行する」

短い言葉と共に、男は白バイに跨《また》がり、力強くそのハンドルを握りこんだ。

暗闇《くらやみ》から湧《わ》き出るいくつもの暗い影。それらを全て切り裂《さ》くような、圧倒《あっとう》的な『白』の固まりを相棒《あいぼう》として、男は夜の闇に己《おのれ》の身を躍《おど》らせる。

自分自身の信じる正義を貫《つらぬ》き通す。

ただ、それだけの――しかしながら、命を懸《か》けるには十分な理由を持って。

♂♀

同時刻《じこく》　埼玉県某所《ぼうしょ》　ショッピングモール建設予定地

――ここか。

セルティ・ストゥルルソンは、道の陰から巨大《きょだい》な建造物《けんぞうぶつ》を見上げていた。

完成間近《まぢか》であり、あとはテナントが入るのを待つだけの大型ショッピングモール。

テレビなどでも『メガギガテラペタ級モールついに登場！』と意味の良く解《わか》らない宣伝文句《せんでんもんく》で紹介《しょうかい》されており、新しい映画《えいが》館《かん》も入るという事で『ヘルメット着用したまま入れないかな……上映中は後ろの人の邪魔《じゃま》にならないように外すから……』などと考えた事を覚えている。

セルティが四十万《しじま》につけた影の糸を辿《たど》った結果、セルティはこのショッピングモールへと辿り着いた。糸は明らかに建物の内部へと続いており、四十万がここにいるという事を指し示している。

――夏瓦《なつがわら》雪彦《ゆきひこ》がここに直接監禁《かんきん》されてるかどうかは解《わか》らないが、何か手がかりぐらいはあるだろう。いざとなれば携帯電話《けいたい》やパソコンをくすねられれば……。

――いや、雪彦《ゆきひこ》は自分の意志《いし》で四十万《しじま》と組んでる可能性も大きいんだった。

――用済みになるとかなんとか言っていたから、四十万にとってはただの道具なんだろうが。

写真でしか知らぬ男に憐《あわ》れみを覚えつつ、セルティはシューターを駐車場《ちゅうしゃじょう》の隅《すみ》に停《と》めた。

現在はテナントの内装契約《けいやく》などの遅延《ちえん》で休工中であり、警備員《けいびいん》を除いて人の出入りする余地はあまりない。その警備員も、外部から定時に来て一回りしたら帰るという形らしく、先刻《せんこく》警備会社の車が駐車場から出て行くのが見えた。

――警備員の隙《すき》を突いているのか、それとも買収《ばいしゅう》か……？

何故《なぜ》四十万はこんな場所をアジトにしているのだろうと考えたが、工事の看板《かんばん》に『施工主《せこうぬし》：四十万建設』と書いてあるのを見て、セルティはとりあえず納得《なっとく》する。

――少なくとも、減音器《サプレッサー》付きのライフルを持ってる奴《やつ》がいるという事だよな。

――そいつに対しては最大限に警戒《けいかい》しないと……。

己《おのれ》の身体《からだ》を影の霧《きり》で包み込み、暗闇《くらやみ》に紛《まぎ》れながら少しずつ近づいて行くセルティ。

セルティは、やはり気が付いていなかった。

この場所に辿《たど》り着くまでの時点で、既《すで》に何者かに監視《かんし》されていたという事に。

♂♀

「……ショッピングモール？」

建設途中《とちゅう》のモール内に『マジシャンライダー』が入り込んだという報告を受けて、夏瓦《なつがわら》グループの敵対者達は眉《まゆ》を顰《ひそ》めた。

「ここのすぐ傍《そば》だぞ」

「ナツガワラの屋敷《やしき》からもそこまで離れているわけではない。あるいは、誰《だれ》かと接触《せっしょく》するつもりかもしれん」

そんな事を言っていると、少し経《た》ってから別の報告があがってきた。

「……！　やはりか。読みが当たったようだな」

報告を聞いたリーダー格《かく》の男が、我が意を得たりとばかりに会心《かいしん》の笑《え》みを浮かべて椅子《いす》から立ち上がる。

「今しがた……ナツガワラ家の人間が別の入口から内部に入り込んだそうだ。ああ、学校と自宅以外では我々の尾行《びこう》を撒《ま》く『対象《たいしょう》D』だ。……これで確定だな」

そして、机《つくえ》に手の平を強く叩《たた》きつけながら、周囲と己自身を鼓舞《こぶ》するように叫ぶ。

「手の空《あ》いた実行部隊《ぶたい》は全員現場に急行しろ。ただし、事を起こすまでは目立つ真似《まね》はするな。

あの大道芸人《だいどうげいにん》を片付け次第、シャドウゴーストを回収《かいしゅう》して警察が来る前に撤収《てっしゅう》する。万《まん》が一《いち》を考え、園原堂店主《そのはらどうてんしゅ》等の誘拐作戦《ゆうかいさくせん》も速《すみ》やかに実行しろ」

「上手《うま》く行けばナツガワラの人間とテクノロジー、両方を手中《しゅちゅう》にできるわけか……。中々に面白い状況だな」

♂♀

数分後　池袋某所《いけぶくろぼうしょ》

「あの黒いライダーの知り合いだな」

抑揚《よくよう》の無い日本語で紡《つむ》がれた言葉を聞き、トムと静雄《しずお》が足を止める。

仕事を終えて事務所へと帰る途中《とちゅう》、人通りが少ない道に差し掛かったタイミングで、身長180センチを超えようかという巨漢《きょかん》達が十名ほど現れ、静雄達の周囲を取り囲んだ。

「……なんすか、あんたら」

相手の威圧《いあつ》的な視線に不機嫌《ふきげん》になった静雄が、目を細めながら尋《たず》ねる。

トムは嫌《いや》な予感がしてきたとばかりに眉《まゆ》を顰《ひそ》め、それでもできるだけ相手と静雄を刺激《しげき》しないように答えた。

「いやあ、街で会ったら言葉を交わす程度っすけどね。マスコミの人？　だったら、テレビで流れたりしてる以上の情報はないから、よそを当たった方がいいと思いますよ？」

「関係の深さはこちらで判断《はんだん》する。来て貰《もら》おうか」

周囲に見えない位置で、ナイフを取り出しトムの腹部に突きつける黒服の大男。

「騒《さわ》げばどうなるかわかってぃりゃぼぁっ⁉」

台詞《せりふ》を最後まで吐く事ができず、大男は道路を30メートル程吹き飛ばされた。

「⁉」

これまでの常識《じょうしき》を全て覆《くつがえ》すかのような、バーテン服を着た男の強烈《きょうれつ》な一撃《いちげき》。

それを目《ま》の当《あ》たりにした大男達が、呆然《ぼうぜん》とした顔で凍り付いた。

彼らがプロの傭兵《ようへい》などであれば、それでも冷静に何か事を成せたのかもしれない。

だが、残念な事に——彼らは夏瓦《なつがわら》グループの敵対企業《きぎょう》に『捨《す》て駒《ごま》』として雇《やと》われた、チンピラに毛が生《は》えた程度の集団でしかなかった。

「俺《おれ》は頭良くねえけどよ……解《わか》った事はある」

地獄《じごく》の底から響《ひび》いてくるような声で、静雄はゆっくりと周囲の大男達を睨《ね》め回す。

「てめえらは、トムさんの敵で、セルティの敵で、俺の敵って事だ」

周囲の道を歩いていた人々は、人が吹き飛んだ時点で『平和《へいわ》島《じま》静雄に違いない』と判断し、そそくさと通りから逃げていくか、野次馬《やじうま》として遠巻きに取り囲み始めた。

そんな中、静雄《しずお》は拳《こぶし》を強く握りしめながら、彼の威圧感《いあつかん》を前に動けなくなっている大男達に向かって叫んだ。


「つまり、三回死ぬ覚悟《かくご》ができてるって事だよなぁぁぁぁああああぁぁっ！」

♂♀

園原堂《そのはらどう》

相変わらず杏里《あんり》を狙《ねら》っていた『ヘヴンスレイヴ』のメンバー達が次々と周囲を警戒《けいかい》していた『邪《ジャ》ン蛇《ジャ》カ邪《ジャ》ン』の手によって拘束《こうそく》されていく中——園原堂の店内では、物珍《ものめずら》しさに立ち寄った外国人の観光客にしかみえないブロンドの女性が、棚《たな》に並んだ骨董品《こっとうひん》とも中古品《ちゅうこひん》ともつかない品々を眺《なが》めている。

しかしながら、彼女もまた、夏瓦《なつがわら》グループの敵対企業《きぎょう》に雇《やと》われた『捨《す》て駒《ごま》』の一人である。

本人達は捨て駒ではなくエリートだと思っているが、2年前のヘリを落とされた事件以降《いこう》、企業側からは完全に終わったチームとして扱われていると気付いていない。

そんな彼女の任務は、園原堂の店主《てんしゅ》である女性に鎮静剤《ちんせいざい》の注射《ちゅうしゃ》を打ち、倒れた瞬間《しゅんかん》に店の前に車を停《と》めた仲間と身柄《みがら》を回収《かいしゅう》するというものだった。

——かわいそうだけれど、報酬《ほうしゅう》……任務の為《ため》だから仕方ないわよね。

心の中でわざわざ『自分は金目当てではなく、崇高《すうこう》な任務のためだ』とばかりに言い直しつつ、彼女は少しずつカウンターの店主へと近づいて行く。

そして、店主がカウンター側の棚から何かを降ろそうと背を向けた瞬間《しゅんかん》、工作員の彼女は音も無く躍《おど》り掛かり——

「ええと……あの、その注射器ってなんでしょう……？」

「はい、鎮静剤です。……『母《かあ》さん』……」

数十秒後、そこには杏里の身体《からだ》に巣《す》くう『罪歌《さいか》』の自動迎撃《げいげき》によって従順《じゅうじゅん》な『子』と化した工作員の女性が立っていた。

彼女は白目を真《ま》っ赤《か》に充血《じゅうけつ》させながら、煌々《こうこう》と瞳《ひとみ》を赤く光らせる杏里の質問に答えている。

当の杏里は何がなんだか事情が解《わか》らず、一から質問を続ける為《ため》に店の業務を早めに打ち切らざるを得なくなってしまった。

もっとも、既《すで》に『子』となった彼女以外に客はおらず、どのみち彼女が帰ったら店を閉めようと思っていたのだが。

♂♀

車内

「……どういう事だ？」

建設途中《とちゅう》のモールに向かう黒塗りの車の中の一台。

その後部座席で焦《あせ》りを見せるリーダー格《かく》の男に、他のメンバーが声を掛けた。

「どうしたんです？」

「バーテン服の男とドレッドヘアの男を『回収《かいしゅう》』に向かった面子《メンツ》から連絡《れんらく》が途絶えた。……園原堂《そのはらどう》の店主《てんしゅ》を狙《ねら》っていたオルカも、運搬班《うんぱんはん》への連絡が途絶えて姿《すがた》を消したそうだ」

「……厭《いや》な流れですね。どうします？」

罠《わな》の可能性もあるという意味で言った部下《ぶか》の言葉に、リーダー格の男が首を振る。

「どのみち、その面子が捕《と》らえられたとなれば撤収《てっしゅう》した所で活動し辛《づら》くなる。こちらの人員が全て揃《そろ》っている今のうちに、あの『マジシャンライダー』のシャドウゴーストの欠片《かけら》だけでも回収しなければ、それこそ我々は本部から切られるだろう」

もうとっくに捨《す》て駒扱《ごま》いされている事など知らぬまま、リーダー格の男は更《さら》に考える。

「奴《やつ》はバイクを外に置いているらしい。最悪、それだけでも回収するんだ」

♂♀

川越街道《かわごえかいどう》

「くそっ！　なんだあのバンは⁉　こっちはもう限界速度だぞ！」

「ただのバンのスピードじゃない！　相当弄《いじ》ってやがる！」

背後から迫る恐ろしい速度の痛車《いたしや》を前に、運転手から狙撃手《そげきしゆ》まで全員顔を青くしている。

「あの運転手を撃《う》てないのか！」

「この速度じゃ無理《むり》だ！　い、いや、さっきからタイミングを見て撃ってはいるんだが、あの運転手、運転で銃弾《じゆうだん》を避けてるとしか思えねえ！」

「バカ言うな！　そんな化《ば》け物《もの》がいてたまるか！」

焦る男達だが、比較的まだ理性を残していた助手席の男が携帯《けいたい》電話で応援《おうえん》を呼ぼうと試みる。

そこで、暗号《あんごう》によって次なる指示《しじ》が届いている事に気が付いた。

「指示《しじ》が来た！　今アジト近くのショッピングモールに『マジシャンライダー』がいて、動ける奴《やつ》は全員集結してるらしい！　そこで迎え撃《う》とう！」

♂♀

モール内

――いないな。

――『影』の糸はこっちの方に続いているんだが……。

ショッピングモールの二階部分にまで上がって来たセルティは、己《おのれ》の身を影で巧みに隠《かく》しながら、四十万《しじま》の靴《くつ》につけた糸を辿《たど》っていく。

モール内は完全な暗闇《くらやみ》というわけではなく、既《すで》に設置された非《ひ》常灯《じょうとう》や、所々にある工事か警備《けいび》の為《ため》の常夜《じょうや》灯《とう》のようなものが設置されていた。

もっとも、全体を照らすには心許《こころもと》なく、モール全体の七割ほどが暗闇《くらやみ》に包まれている。

――ここを溜《た》まり場にしてるなら、灯《あか》りぐらいつけてると思ったが……。

物音一つしない状況に首を傾《かし》げながら、更《さら》に歩を進めていった。

すると、糸の先が内装《ないそう》もほぼ終了している店舗《てんぽ》の一つへと伸びている事に気付く。

──あそこか。

──慎重《しんちょう》に、慎重に……。

影を巧みに操《あやつ》り、蜘蛛《くも》のように壁を登って天井《てんじょう》に貼《は》り付くセルティ。そのまま彼女は上からそっと店の中を覗《のぞ》いたのだが──やはり動く影は何一つ存在していなかった。

「奴らはどこだ……？」

各出入り口から侵入《しんにゅう》した企業《きぎょう》工作員達は、『マジシャンライダー』と『対象《たいしょう》D』の姿《すがた》を求めてモール中に散開していた。

数人一組でかなり広範囲にわたって動いているものの、モールが広すぎて如何《いかん》せんカバーしきれない。

一階から三階まで散開した後、それぞれのチームが気配《けはい》を消して進んでいく。

だが、セルティも企業工作員達も気付いてはいなかった。

彼らの全ての動きを把握《はあく》している存在が、モール内に一人だけ存在していたという事に。

その店舗が靴屋《くつや》だと気付いたセルティは、途端《とたん》に嫌《いや》な予感を覚える。

──まさか……。

ゆっくりと糸を辿《たど》ると、それは店内の靴《くつ》を模《も》した看板《かんばん》の傍《そば》に伸びており——そこに置かれた靴置き台の上に脱ぎ捨てられた、四十万《しじま》のシューズへと伸びていた。

——やられた！

——罠《わな》!? 見透《みす》かされていたのか！

慌《あわ》ててシューズを摑《つか》んだ彼女は、クシャリと音がしたのを聞き取り、その中に何か紙切れが入っている事に気が付いた。

——？

セルティはスマートフォンの灯《あか》りを付けて、その紙に書かれていた文字を見る。

【すまないな。無差別に狙撃《そげき》するという話は嘘《うそ》だ。俺《おれ》は銃《じゅう》なんか持っちゃいない】

——なんだと？

困惑《こんわく》するセルティだが、まだ続きがある事に気付き、紙に目を凝《こ》らす。

【騙《だま》したお詫《わ》びと言ったらなんだが、本当に銃を持ってる連中《れんちゅう》を紹介《しょうかい》する。俺の敵で、たぶんあんたにとっても敵だろう。まあ、頑張《がんば》ってくれ】

——はい？

何を言っているのか解《わか》らず、最後の一行《いちぎょう》に目を向けた。

【殴《なぐ》ってくれて本当に嬉《うれ》しかったよ。……あと、まあ、利用してごめんな】

セルティがそれを読み終わるのとほぼ同時に——モール内を、眩《まばゆ》い明かりが包み込む。

それまで消されていた内部の電気が一斉《いっせい》にオンになり、店内を覆《おお》っていた闇《やみ》が一斉に光へと塗りかえられたのだ。

——なんだなんだ!?

慌てて店の外に出たセルティは、そこで『彼ら』と鉢合《はちあ》わせする事になる。

吹き抜けに顔を出したセルティは、三階部分と一階部分に散在する男達と目があった。

何人かは眩《まぶ》しそうに暗視《あんし》ゴーグルを外しており——手には拳銃《けんじゅう》やアサルトライフル、サブマシンガンといった重装備《じゅうそうび》を握っているのが見える。

——……。

——ええと……。ここ、日本だよな？

一旦《いったん》現実逃避《とうひ》しかけたセルティだが、すぐに自分を取り戻す。

「居たぞぉ！　奴《やつ》だ！」

「捕《と》らえろ！」

男達の怒声《どせい》と共に、モール内に数発の銃声《じゅうせい》と、減音器《サプレッサー》付きの銃から放たれた弾丸《だんがん》による風切り音が鳴り響《ひび》く。

慌《あわ》てて靴屋の中に引っ込みながら、セルティは心中《しんちゅう》で叫んだ。

——確かに、夕べ狙撃されたから、銃には警戒《けいかい》していた！　警戒していたが……っ！

——こんなに大規模《だいきぼ》な連中《れんちゅう》が相手とは聞いてない！

♂♀

モール地下　電源操作室《でんげんそうさしつ》

「さて、開店セールの始まりだ。せいぜい派手《はで》に花火をあげてくれ」

遠隔《えんかく》操作で内部の照明《しょうめい》のスイッチを入れた四十万《しじま》は、ゆっくりと出口に向かって歩き出す。

すると、その先の角《かど》から、銃《じゅう》を持った企業《きぎょう》工作員の男が顔を出した。

「……」

面倒《めんどう》な事になったという顔をした四十万だが、彼の心配は杞憂《きゆう》に終わる。

銃を持った男はぐらりと前のめりに倒れ、その後ろからジャミが顔を出したからだ。

「ヤッホー、四十万さん。危機《きき》一髪《いっぱつ》だったね！」

ニコニコと笑うジャミに、呆《あき》れたように溜息《ためいき》を吐く四十万。

「わざと俺《おれ》を脅《おど》かしただろう」

「うん！」

「クズめ……」

吐き捨てるように言いながら、四十万はジャミと合流する。

「四十万さんにクズって言われると割と本気でショックだよ？」

「黙《だま》れ」

角を曲がった先では更《さら》に数名の武装《ぶそう》した男達が気絶《きぜつ》しており、暫《しばら》く意識《いしき》を取り戻す様子《ようす》は見られなかった。

それがジャミの仕業《しわざ》だと確信しつつ、彼は暢気《のんき》な表情の少年に尋《たず》ねた。

「……お前、銃を持った奴《やつ》らは怖《こわ》くないのか？」

「使う人によるよー。この人達は怖くなかった」

「……でも、静雄《しずお》は怖いんだな？」

「あれはもう人じゃないから、無理《むり》無理無理無理。少なくとも今はね。……将来身体《からだ》を鍛《きた》えればいけるかも……いけないかも……どうだろうね？」

ケラケラと笑った後、ジャミは逆に四十万に問い掛ける。

「それで？　これからどうするの四十万さん？」

「別に何も？　帰るだけだ」

いつもの冷めた目つきで虚空《こくう》を眺《なが》めながら、四十万は半分独《ひと》り言《ごと》のように呟《つぶや》いた。

「油はもう、撒《ま》き終わったんだからな」

♂♀

ショッピングモール　外部

「ん……？　今、銃声《じゅうせい》しなかったか？」

駐車場《ちゅうしゃじょう》の隅《すみ》に停《と》められていた『黒いバイク』を回収《かいしゅう》しようと試みていた数名の男達が、モール内から響《ひび》く破裂音《はれつおん》に気が付いた。

男達の装備《そうび》は基本的に減音器《サプレッサー》がついているものが多いが、中には素《す》のままの拳銃《けんじゅう》もある。誰《だれ》かが慌《あわ》てて撃《う》ったのかと考え、警察が来るまでの時間が早まったと危惧《きぐ》する男達。

だがしかし、その場には、彼ら以上に銃声に敏感《びんかん》な者が存在していた。

「おい、早くこいつを運んじまお……うぁあああぁっ⁉」

銃声に反応したとしか思えないタイミングでバイクが唐突《とうとつ》に動きだし、煙のように霧散《むさん》したかと思うと——次の瞬間《しゅんかん》、一頭の首無《くびな》し馬が工作員達の前に現れる。

「ちょっ……なん……ゴブっ⁉」

目の前の光景《こうけい》の意味を理解する暇《ひま》もなく、憐《あわ》れな『馬泥棒《うまどろぼう》』達は後ろ足で蹴《け》られて纏《まと》めて昏《こん》倒《とう》する結果となった。

　そして、馬の姿《すがた》を取ったシューターが、主人の居る場所目がけて勢い良く走り出す。

　まるで、自分こそが主《あるじ》の盾《たて》であり剣であると主張するかのように。

　丁度《ちょうど》そのタイミングで、駐車場に猛《もう》スピードで侵入《しんにゅう》する車があった。

　渡草《とぐさ》のバンから逃げていた、狙《そ》撃班《げきはん》の車両だ。

「よし！　ついたぞ！　仲間の車もある！」

「急いで合流しろ！　畜生《ちくしょう》……あのクソ車が……はっつけられたアニメだかなんだかのキャラクターごと蜂《はち》の巣《す》にしてやらぁ！」

「○×◆∇！　@℃#！」

「××××っ！」

　心に余裕《よゆう》が生まれたのか、その後も英語で翻訳《ほんやく》不能なスラングをいくつも並べ立てていた工作員達。

　しかし、彼らが仲間と合流する事はなかった。

　運転手の視線の先に、突然《とつぜん》首無しの馬が現れたのだから。

「うごぁぁあぁぁぁっ!?」

　唐突にありえない物の姿《すがた》を見た男は、恐怖《きょうふ》のあまり、猛スピードのまま勢い良くハンドルを切ってしまう。

「あぁあぁぁぁぁっ⁉」

そのまま車は横転し、派手《はで》にスピンしながら駐車場《ちゆうしやじよう》の街灯《がいとう》に激突《げきとつ》する結果となった。

「う……うぐぁ……」

上下逆さまになった車の中から、這々《ほうほう》の体《てい》で這《は》い出す狙撃手《そげきしゆ》。

その上に影が差したかと思った次の瞬間《しゆんかん》、狙撃手の頭が何者かによって勢い良く踏みつけられた。

「ぐぶぁ……っ」

「……痛《いて》ぇか……？　クズ野郎《やろう》が……」

そこには、憤怒《ふんぬ》の形相《ぎようそう》をしながらも、熟練《じゆくれん》の殺し屋のように冷めた声を出す渡草三郎《とぐささぶろう》の姿《すがた》が。

「手前《てめえ》……ルリちゃんを殺したな？」

「ルリ……だ、誰《だれ》だ？」

自分の狙撃では位置的に誰か死んだとは考えられない。

痛みと困惑《こんわく》でまともな思考《しこう》ができなくなっている狙撃手の身体《からだ》を車から引《ひ》き摺《ず》り出し、仰向《あおむ》けにする形で地面に叩《たた》きつけた。

「ぐぁっ」

「お前、何ルリちゃん呼び捨てにしてんだよ」

　そして、そのまま馬乗りになり、両手の拳《こぶし》が壊《こわ》れるのではないかという勢いで顔面にパンチを浴びせ始める。

「手前が撃《う》ったのはルリちゃんの魂《たましい》の一部なんだぞ……それを……俺は預かってたんだぞ……なのに、俺の目の前でルリちゃんの魂を砕《くだ》きやがって！　穢《けが》しやがってぇ！　死ね！　ルリちゃんの仇《かたき》は俺が取ってやる！」

　理不尽《りふじん》極まりない事を叫びながら、既《すで》に意識《いしき》が無くなりかけた狙撃手を尚《なお》も殴《なぐ》ろうとする三郎。あるいはそれだけでは飽き足らず、彼は車でそのまま男を挽《ひ》き潰《つぶ》すであろう勢いだった。

　だが、そんな三郎を羽交《はが》い締《じ》めにして止める者がいた。

「三郎さん！　落ち着いて下さい！」

「放せ八尋《やひろ》！　こいつぁルリちゃんを……ルリちゃんをぁあぁ」

「三郎さん！　ルリさんの事で三郎さんが警察に捕《つか》まったら、ルリさんが悲しみますよ！　スキャンダル……そう！　スキャンダルになります！」

「……」

『スキャンダル』。その単語《たんご》による説得《せっとく》は効果覿面《てきめん》だったようで、渡草は目から涙を流しながらスウ、と立ち上がる。

「……そうだな。すまねぇ。こいつを殺した所でルリちゃんの魂の一部が帰ってくるわけでもないのによ……」

——本気でステッカーに魂《たましい》が宿ってると思ってるんだなあ。

八尋《やひろ》はそう思ったが決して口には出さず、無言《むごん》のまま渡草《とぐさ》の肩をポンポンと叩《たた》いた。

「……何、あのシュールな絵面《えづら》」

車の中から恐る恐る顔を出した姫香《ひめか》が、『スネイクハンズ』の姿《すがた》をした八尋が三郎《さぶろう》を慰《なぐさ》めている姿を見て、そんな事を呟《つぶや》いた。

一方の久音《くおん》は、顔を真《ま》っ青《さお》にしたまま座席の隙間《すきま》の床に転がり、吐き気を必死に抑えながら口を開く。

「俺《おれ》……もう二度と渡草さんの車には乗らねぇからな……」

「……随分派手《ずいぶんはで》にやってくれたじゃねえか、あぁ？」

ようやく落ち着きを取り戻しつつあった三郎の背に、そんな言葉が掛けられた。

「……。……っ！」

三郎はその声に聞き覚えがある事に気付き、恐る恐る背後を振り返る。

するとそこには、白バイに跨《また》がりサングラスを掛けた、威圧感《いあつかん》の凄《すさ》まじい交通機動隊員《きどうたいいん》の姿があった。

彼に追従《ついじゅう》してきたと思《おぼ》しき数名の白バイ隊員達《たいいんたち》もおり、横転した車から残る黒服達を救出している姿《すがた》も見受けられる。

「救《きゅう》急《きゅう》車《しゃ》と消《しょう》防《ぼう》車《しゃ》は依頼したがよ……渡草《とぐさ》テメェ……。いつかやると思ってたがとうとうやりやがったな……。下手《へた》すりゃ免停《めんてい》じゃすまねえぞこいつはよ……」

「く……くくく……葛原《くずはら》……の……旦那《だんな》……」

涙を流したまま、三郎《さぶろう》は大量の脂汗《あぶらあせ》を掻《か》き始めた。

突然《とつぜん》現れた白バイ隊員に困惑し、八尋《やひろ》は二人の顔を無言《むごん》のまま見比べる事しかできない。

「……ん？　誰《だれ》だこの兄《にい》ちゃんは」

そんな八尋に気付いた葛原が、マジマジとその全身を睨《ね》め回した。

「……その黒いの、あの化《ば》け物《もの》の出すアレに似てるな……。ちょいと話を……」

鋭い声で言いかけた葛原だが——その瞬間《しゅんかん》、モールの内部から爆発音《ばくはつおん》や銃声《じゅうせい》のようなものが鳴り響《ひび》き始めた。

「⁉　なんだぁ⁉」

葛原は部下《ぶか》の白バイ隊員達にいくつかの指示《しじ》を出すと、自らは銃声の響くショッピングモールの中へと向かって行く。

当然ながら、相棒《あいぼう》である白いバイクに乗ったままだが——そんな彼に対して、誰も『危険だ』と止めるものは居なかった。

そして、時は収束《しゅうそく》する。

♂♀

モール内

——どうしてこうなった？

飛び交う銃弾《じゅうだん》。
渦巻《うずま》く爆炎《ばくえん》。
破壊《はかい》と喧噪《けんそう》が埼玉《さいたま》の空に響き渡る。

膠着《こうちゃく》状態になりかけた現場を動かしたのは、外から扉《とびら》を破って駆《か》け込んできたシューターの姿だった。

銃弾を何発も受けながらもセルティの元に辿《たど》り着いたシューターは、そんな傷などものともせぬとばかりに嘶《いなな》きをあげ、主人の身体《からだ》に自らの首を擦《す》り寄せた。

実際銃弾《じゅうだん》はものともしなかったようで、傷はすぐに再生し、バイクの形態になると同時に拉《ひしゃ》げた鉛玉《なまりだま》がバラバラと地面に散らばった。

——……シューターって、下手《へた》したら私より頑丈《がんじょう》だよな。

余計《よけい》な事を考えたのも束《つか》の間《ま》、靴屋《くつや》の中にグレネードが投げ込まれ、セルティはもはや敵を全員制圧《せいあつ》する他なしとの覚悟《かくご》を決めてモールの通路に躍《おど》り出たのである。

様々《さまざま》な思考《しこう》を巡らせつつ、セルティは銃撃戦《じゅうげきせん》の中を駆《か》け巡った。

しかし、如何様《いかよう》な武器《ぶき》もセルティとシューターの動きを封じる事は叶《かな》わない。

包み込んだ影からポロポロこぼれ落ちる鉛玉を後ろに見ながら、セルティは自嘲気味《じちょうぎみ》に肩を竦《すく》めた。

——なるほど、これは人間から化《ば》け物《もの》と言われても仕方ない。

彼女の心の中に、僅《わず》かな諦《あきら》めが生まれかける。

——ズレるもなにも、私は、最初から嚙《か》み合ってなかったんだ。

——もういいさ。私は新羅《しんら》がいればいい。

——私みたいな化け物が、人間の街に足並みを揃《そろ》えようだなんておこがましかったんだろう。

度重《たびかさ》なる非日常の応酬《おうしゅう》に疲れ果て、セルティは全てを投げ出し、新羅とどこかに逃げたいという衝動《しょうどう》が生まれていた。

——ああ、新羅。ゴメン。私はお前に甘えてしまうかもしれない。

——私が人間じゃなくなっても……例えば、私がこのまま怒りにまかせてこいつらを皆殺しにするような殺人鬼《さつじんき》になったとしても……。

——きっとお前なら許してくれるんじゃないかと、いつか思ってしまうかもしれない。

己《おのれ》が人類の敵になった時の事を考えつつ、セルティはそれでも気力で現在の状況をまともなまま乗り越えようと試みた。

——とにかく、これじゃ埒《らち》が明かない。全員影で押さえ付けるか？

——だが、今どこかに隠《かく》れてる奴《やつ》がいたらそのまま逃げるかもしれないな……まずはリーダーっぽい奴を探して押さえてから一気に……。

——一気に……に……ニニニニニニニニ……にに？

そして次の瞬間《しゅんかん》——

彼女は思い出す。

社会からズレる事を許さないのは、自分だけではないのだと。

池袋の街もまた、己の流れからズレていく住人がいる事を許しはしないのだと。

そして、街の怒りは姿《すがた》を変えて彼女の前に現れる。

多少の『ズレ』など笑い飛ばすかのような存在として。

ズレた程度で許されると思うなとばかりに、それは彼女に手を差し伸べる。

強制的に世界の流れにセルティを引き戻すべく――セルティ・ストゥルルソンにとっての恐《そ》怖《れ》が、今まさに彼女の目の前に現れたのだ。


――な……ちょ……え？

――なんで⁉

――なんでここに⁉　埼玉《さいたま》だぞ⁉


「いよう、派手《はで》にやってやがるな……化《ば》け物《もの》」

その白バイ警官――葛原金之助《くずはらきんのすけ》は、モール内の喧噪《けんそう》や立ち上る炎《ほのお》を確認《かくにん》しつつ、サングラスの下から双眸《そうぼう》を鋭く光らせる。

「それで？　この騒動《ドンパチ》は、どこまで手前《てめえ》が原因だ？」

♂♀

「クソ⁉　もう警察が来ただと⁉　早すぎる！」

企業《きぎょう》工作員のリーダー格《かく》である男が、舌打《したう》ちをしながら叫ぶ。

「やはり罠《わな》だったのか⁉」

「相手はまだ一人だ！　応援《おうえん》を呼ばせるな！」

外には既《すで》に渡草《とぐさ》の暴走《ぼうそう》に引き寄せられた白バイ警官が数名到着《とうちゃく》している事を知らない男達は、半分ヤケになる形で銃《じゅう》を乱射《らんしゃ》し始めた。

例え複合企業体に捨《す》て駒《ごま》扱いされる面子《メンツ》とはいえ、流石《さすが》にこの数の銃器《じゅうき》の前では警官一人など一溜《ひとた》まりもないだろう。

そう考えたセルティは、怯《おび》えつつも影の傘《かさ》を展開し、葛原の身体《からだ》を護《まも》ろうとしたのだが——

「おい、邪魔《じゃま》だ」

——へ？

葛原はその影の傘の下から躍《おど》り出て、モールの柱《はしら》の陰を縫《ぬ》いながら、あまねく広がる銃弾《じゅうだん》の雨を器用《きよう》に避けながら爆走《ばくそう》する。

——おいおいおいおいおい⁉

呆然《ぼうぜん》とするセルティの視線の先で、ピンの抜けた手榴弾《しゅりゅうだん》が葛原の元へと投げ放たれた。

だが、葛原はモールの噴水《ふんすい》の坂を利用して高くジャンプし——

「白バイ警官は……建物の中じゃ無能だとでも思ったか……？」

バイクを器用《きよう》にターンさせて、タイヤの先でその手榴弾《しゅりゅうだん》を跳ね返す。

――う、うそぉ……？

「う……うそぉ……？」

セルティの心の声と、手榴弾を投げた男の呟《つぶや》きが見事に一致《いっち》した瞬間《しゅんかん》――空中で手榴弾が爆発《ばくはつ》し、軍人《ぐんじん》の装備《そうび》というわけではないスーツ姿《すがた》の男達に手榴弾の鋭い欠片《かけら》が襲《おそ》いかかる。

「俺《おれ》が言いたいのは、一つだけだ」

まさしく阿鼻叫喚《あびきょうかん》の地獄《じごく》となったモール内で、葛原《くずはら》はセルティが張り巡らせた影の道すら利用して、器用に銃弾《じゅうだん》を避け、通り抜けざまに銃撃者《じゅうげきしゃ》達を蹴《け》り倒していく。

「交機《こうき》を舐《な》めるなよ、犯罪者《はんざいしゃ》ども」

いつしかセルティに言った事と似たような事を独り言《ひとりごと》として呟きながら――彼はただ、自分の持つ破壊《はかい》的な正義を押し通した。

「犯罪者風情《ふぜい》が、交機を舐めるな」

♂♀

数時間後　新羅《しんら》のマンション

『うわああああああ！　新羅新羅新羅新羅新羅ぁーっ！』

家に入るなり、新羅に抱きついてカタカタと震え出すセルティ。

「おやおや、また葛原さんに追いかけられたんだね？　もうこのやり取り何度目かな」

新羅は慣れたものとばかりに、セルティを落ち着かせようとその身体《からだ》を優しく抱きしめた。

『い、いや、今回は少し違うんだ。違うんだけど、最近の交機は化け物《ばもの》だ！　いや、寧《むし》ろあいつが化け物というか……色々通り越して……神……？』

「大丈夫《だいじょうぶ》だよセルティ。僕にとっての女神《めがみ》は君だけだから」

『そ、そうか……ありがとう新羅……』

余程怯《よほどおび》えていたのか、何一つ大丈夫ではない新羅の慰《なぐさ》めをも素直に受け入れる。

『いや、本当に怖《こわ》かった……。バイクでサブマシンガンやアサルトライフルの弾《たま》を避けるっていよいよ人間じゃないだろあいつ⁉　しかも私の影まで利用したり、最後にはショッピングモールの屋上《おくじょう》から逃げる敵の車の屋根《やね》にバイクでダイブして、その反動でまた別の車に跳んで二台連続でオシャカにしたんだぞ!? それで葛原《くずはら》本人は無傷《むきず》! なあ、あれは悪夢《あくむ》なのか?』

「そんな怖《こわ》い人に比べたら、セルティはやっぱり可愛《かわい》いなあウフフ」

『あ、ありがとう……って、そうじゃないだろ!』

やっと落ち着きを取り戻したセルティが、新羅《しんら》にいつも通りのツッコミを入れる。

『ああ……しかしやっと落ち着いた』

安堵《あんど》の息を漏《も》らすかのように肩を上下させるセルティだが、落ち着くにつれ、今度は多くの疑念が湧《わ》き上がってきた。

『しかし、結局今回の事件は何がどうなってたんだ……? 私を撃《う》ったのが四十万《しじま》じゃないとすると、揉《も》み消すだの金持ちだのとかいう発言はなんだったんだろう……』

するど、そのタイミングでセルティの携帯《けいたい》電話にメールの着信《ちゃくしん》が届いた。

——あれ、赤林《あかばやし》さんだ。

そういえば杏里《あんり》ちゃんはどうなったのだろうと思ったセルティがメールを開くと、そこには次のような件名が書かれていた。

【差出人《さしだしにん》:赤林】

【件名:早速《さっそく》、借りを返す時が来たみたいだよぉ】

そして、メールの本文を見たセルティは——何がなんだか解《わか》らず、再び混乱して新羅に縋《すが》り付く結果となった。

♂♀

一時間前　園原堂《そのはらどう》近辺

すっかり深夜を回った街の中を、夏瓦雪彦《なつがわらゆきひこ》がひた走る。

手に握るのは異質の小槌《こづち》。

目指《めざ》す先は、自らが先日侵入《しんにゅう》した『園原堂』の倉庫《そうこ》――ではなく、店の住居部分だ。

もはや一刻《いっこく》の猶予《ゆうよ》もない。

既《すで》に寝ているであろう店主《てんしゅ》を小槌で文字通り叩《たた》き起こし、人質《ひとじち》とする事であの学生からＳＤデータを取り返すのだ。

正直な話、彼はデータの中身がどのような代物《しろもの》かということは大体知っているが、具体的に何ができるのか、何を成したのか、そして世界にどのような影響《えいきょう》を与えるのか……といった事《じ》象《しょう》は知りもしないし、想像《そうぞう》する事すらできない。

ただ、『このデータは余所《よそ》の企業《きぎょう》に売れば金になる』というのは確かであり、その事実を後《うし》ろ盾《だて》に今後の人生設計を考えていた。

だからこそ、失うわけにはいかない。

『スネイクハンズ』の恐怖《きょうふ》の反動だろうか、気が大きくなっているというよりも半《なか》ばヤケになったかのような勢いで、狂ったように目的地に向けて走り続ける。

そして、『園原堂《そのはらどう》』の前まで辿《たど》り着くと、これから始まる暴虐《ぼうぎゃく》を想像《そうぞう》し、サディスティックな笑《え》みを浮かべた。

下卑《げび》た笑顔を貼《は》り付けたまま、雪彦《ゆきひこ》は鍵《かぎ》のかかった扉《とびら》に向かって勢い良く小槌《こづち》を振り上げる。音で警察が来るだの、その後逮捕《たいほ》されるだの、そんな常識《じょうしき》的な事などは既《すで》に忘却《ぼうきゃく》の彼方《かなた》だ。自分は何をしても許される特別な存在だという事を証明《しょうめい》する為《ため》に、彼は高々と振り上げた小槌を扉に向かって振り下ろす——事はできなかった。

「はいそこまで」

パシリ、と、上に伸びきった腕を後ろから摑《つか》まれる。

雪彦が振り返ると、そこには杖《つえ》を持った色眼鏡《いろめがね》の男が立っており、街灯《がいとう》を反射してギラついた目が鋭くこちらを睨《にら》み付けていた。

「……っだぁ手前《てめえ》!」

「それはおいちゃんの台詞《せりふ》だよお」

「なんだよ……消えろよお! 金ならくれてやるからよお!」

癇癪《かんしゃく》を起こして怒鳴《どな》りつけ、懐《ふところ》から分厚い財布《さいふ》を取り出して色眼鏡の男に投げつける。

だが、男は小さく肩を竦《すく》めると、そのまま雪彦の足を払い、勢い良く回転させて地面に頭から叩《たた》きつけた。

「お金が要《い》らないのかい？　じゃあ、おいちゃんが後でコンビニの募金箱《ぼきんばこ》にでもいれとくよ」

「あ、あが、あがが」

そのまま杖の先端《せんたん》で喉仏《のどぼとけ》を押さえられ、ガクガクと震え出す雪彦。

色眼鏡の男——赤林《あかばやし》は財布の中から保険証《ほけんしょう》を取り出し、夏瓦《なつがわら》雪彦という名を確認《かくにん》した。

「んん……？　夏瓦……？」

そして暫《しば》し頭を回転させて、赤林は一つの真相《しんそう》に辿《たど》り着く。

「ああ、さっきから捕《つか》まえた連中《れんちゅう》がこぞって『夏瓦さんに店主《てんしゅ》を攫《さら》えと言われた』って言ってたねえ……。夏瓦ってどこかで聞いた事があると思ったら、例の大財閥《だいざいばつ》か……。なるほど、親の力で揉《も》み消す云々《うんぬん》は四十万《しじま》じゃなくて君の事だったってわけかい」

更《さら》に赤林は考えこみ、少しだけ杖を押し込む力を緩《ゆる》めながら雪彦に尋《たず》ねた。

「もしかしてさあ、首無《くびな》しライダーが探してるのって、君だったりするのかい？」

♂♀

【本文：夏瓦雪彦君は預かってるよ。こっちの用が済んだら、生きて運び屋さんに引き渡すから安心してくれ】

メール本文を何度も見返し、セルティはその度《たび》に首を傾《かし》げる。

——なんで赤林《あかばやし》さんが、四十万《しじま》が私に言ったのと同じような言葉を……?

——っていうか、なんで赤林さんが雪彦《ゆきひこ》君を……? 何がどうなってるんだ……?

前者はただの偶然《ぐうぜん》だと気付く事も無いまま、セルティは悶々《もんもん》とした夜を過ごしていく。

結局、自分がまったく夏瓦《なつがわら》雪彦と関わらないうちに、他人の力だけで運び屋としての依頼をこなしてしまった事に深く自己嫌悪《じこけんお》を覚えながら。

『なあ新羅《しんら》……。私、運び屋向いてないのかなぁ……』

思わず愚痴《ぐち》を零《こぼ》したセルティに、新羅は満面《まんめん》の笑《え》みを浮かべて言い放つ。

「セルティに一番似合《にあ》うのは、僕のお嫁《よめ》さんだよ。……って言いたい所だけど、セルティに一番似合うのはセルティだよ。運び屋だろうとデュラハンだろうと正義の味方《みかた》だろうと悪人だろうと、セルティがやりたい事をやればいいよ」

『新羅……』

「世間《せけん》とズレる事もあるかもしれないけれど、きっといつか、街の方も君を理解してくれるさ。僕が君を理解するみたいにね。だから、たまには街の方が君に合わせて歩みを遅くしてくれる事もあるって信じようじゃないか」

『……そうだな。私もそう信じたい』

素直にそう文字を打ち込むセルティだが、そんな彼女に、新羅がいつもの調子で言葉のテンションをあげ始めた。

「あ、でもさ、お嫁さんっていうなら、僕がセルティのお婿《むこ》さんになるのもいいよね！　新羅・ストゥルルソン。いいじゃない！　僕とセルティが一つになったみたいで今まで以上にセルティを身近に感じるよ！　岸谷《きしたに》セルティだとなんか父《とう》さんの養子《ようし》になったっぽい気もするんだよね、だからほら、今からでももう一度結婚式をボボボボボ」

調子に乗って抱きついてこようとした新羅を影で諌《いさ》めながら、セルティは心中《しんちゅう》の苦笑《くしょう》と共に彼に対する言葉を打ち出した。

『やれやれ。私はもう、新羅に大きくズラされてここにいるんだって思い出したよ。本当なら、私と新羅はそもそも住む世界が違うんだからな』

「セルティ……」

また居なくなると言い出すのではないかと不安げな顔をする新羅に対し、セルティはハッキリとそれを否定する言葉を紡《つむ》ぎ出した。

『ありがとう、新羅。私の道を外してくれた事……今では凄《すご》く感謝《かんしゃ》してるよ』

エピローグ　御客様、今後出入禁止です

数日後　園原堂《そのはらどう》

「へえ、セルティさんとそんなに仲が良かったなんて驚きです」

姫香《ひめか》の言葉に、杏里《あんり》が照れた様子《ようす》ではにかんだ。

あれから数日が経過し、すっかり街の様子も落ち着いた頃合《ころあい》。

八尋《やひろ》達三人組が『園原堂』を訪れると、丁度《ちょうど》そこではセルティが杏里と話している姿《すがた》があり、そこで色々セルティを巡る話などで盛り上がったのだ。

「結局三郎《さぶろう》さんも、『銃撃《じゅうげき》された事によるパニック』って事が認められて、なんとか免停《めんてい》は免《まぬが》れそうって話ですよ」

「本当かなあ。刑務所《けいむしょ》行きは免れても、免停にはなると思うけどなあ普通……」

『まあ、渡草《とぐさ》は本当に聖辺《ひじりべ》ルリの事になるとおかしくなるからな』

そんな談笑《だんしょう》を続けながら、セルティは今回の事件の事をおさらいしていた。

流石《さすが》に八尋《やひろ》達の前で『罪歌《さいか》』の話は出さなかったが——彼らが来る直前まで、『罪歌』に纏《まつ》わる今回の事件の話をしていた為《ため》、うっかり口走らないようにするのが大変だった。

すると、久音《くおん》がチラリと店の奥で作業をしている女性を見つける。

「あれ？　あの人、新しい店員さんすか？」

「ええ、昨日《きのう》から働いて貰《もら》ってます」

杏里《あんり》がそう答えると、ブロンド髪の白人らしき女性がこちらを見てペコリと挨拶《あいさつ》をした。

「オルカと言います。留学生《りゅうがくせい》ですが、宜《よろ》しくお願いします」

「へー、日本語上手《うま》いですねえ」

「ありがとうございます。行き場の無い所を店長に拾って頂《いただ》いて、ご恩《おん》を返す為《ため》に働かせてもらっています」

「留学生なのに行き場が無い……？」

所々妙《みょう》な所は感じたものの、まだ完全に日本語に慣れていないだけだろうと判断《はんだん》し、スルーする少年達。

しかしセルティは知っていた。彼女もまた今回の事件の犯人側の一人であり、罪歌によってその罪《つみ》を洗いざらい吐き出された存在だと。

そして、それによってセルティは杏里から事件の全容を聞く事ができたのだ。

四十万《しじま》が脱退《だったい》した後に複数に分裂《ぶんれつ》して再生した『ヘヴンスレイヴ』に目をつけたのは、セルティがかつて夏瓦《なつがわら》家の蛇《へび》を取り返す時に揉《も》めた謎《なぞ》の集団だった。

当初は国際的な密輸《みつゆ》団《だん》だろうと思っていたが、どうやら夏瓦グループの研究内容を狙《ねら》う企《き》業工作員《ぎょう》だったらしく、彼らが夏瓦家長男《ちょうなん》が接触《せっしょく》した『ヘヴンスレイヴ』に目をつけ、複数ある組織《そしき》をまるごと手駒《てごま》に仕立て上げたそうだ。

そして、夏瓦雪彦《ゆきひこ》が唐突《とうとつ》に複数ある『ヘヴンスレイヴ』のうちの一つを乗っ取り、杏里を攫《さら》うように命令したらしい。

──やれやれ、泥棒《どろぼう》に入ったわけではなく、夏瓦家から持ち出したものを置きに来ただけとは……。しかもその二つを、よりによって八尋君と久音君が持って帰っていたとはな。

──……『蛮軟陣《ばんなんじん》』も結局雪彦が持ってたみたいだし、それもこれも全部鯨木《くじらぎ》が悪い。

──というか、四十万は今回の件には関係なかったんだな……。

悪い事をしたかとも思ったが、そもそも彼の悪行《あくぎょう》が発端《ほったん》であり、今回も最後には利用された形となるので、セルティは特に謝る必要はないと判断した。

セルティは偶然《ぐうぜん》に偶然が重なった事件に偶然巻き込まれたという運命《うんめい》の皮《ひ》肉《にく》を感じながら、とりあえず園原堂《そのはらどう》に平穏《へいおん》な日々が戻って来た事に安堵《あんど》する。

──企業工作員もここにいるオルカって娘《むすめ》を除いてみんな逮捕《たいほ》されたっていうし、まあ取りあえずは一安心だな。静雄《しずお》に殴《なぐ》られた連中《れんちゅう》はまだ全員入院中らしいが。

竜ヶ峰帝人《りゅうがみねみかど》は今回の件を知っているのだろうか、などと考えていると、八尋《やひろ》と久音《くおん》が不意《ふい》に顔を見合わせ、セルティに対してノートパソコンを差し出してきた。

『？　これは？』

「ええと……実はっすね。……その、ここで貰《もら》った品物から、なんかデータカードが出て来て……俺《おれ》の方は、エロ画像《がぞう》が数万枚だったんですけど」

──ああ、知ってる。

──それ、夏瓦《なつがわら》グループの総帥《そうすい》の恥部《ちぶ》だぞ。

苦笑《くしょう》しながら真実を話すべきかどうか迷っていると、八尋が妙《みょう》な事を言い出した。

「でも、実は違ったんですよ」

『え？』

「俺のSDカードの方に入ってた変なソフトウェア、なんだろうって思ってたんですけど、久音のお姉《ねえ》さんが解析《かいせき》したら、特殊《とくしゅ》な『結合ソフト』だって……」

結合ソフト。

特殊な形に分割された複数のファイルを組み合わせて、元のデータを再構築《さいこうちく》する為《ため》のソフトウェアのことだろう。

──なんでそんなものが？

首を捻《ひね》るセルティに、久音が続けた。

「それで、その……数万枚のエロ画像？　それ、偽装《ぎそう》だったんすよ」

『え？』

「その結合ソフトに画像フォルダを入力したら、画像の中に仕込まれてたコードを抽出《ちゅうしゅつ》して、全然別のファイルを再構築して……それが、このファイルなんすけど」

セルティはそのデータファイルを覗《のぞ》き込み、背筋《せすじ》をぞっと震わせた。

「なんか気味《きみ》悪《わる》くて……セルティさんなら詳しいんじゃないかと思って、ちょっと見て貰《もら》おうと思ったんですよね」

久音の言葉に、セルティは暫《しば》し考えこんだ後——何事も無かったかのように、明るい調子で文字を打つ。

『解《わか》った、ちょっとコピーさせて貰うよ。私の知り合いならもっと詳しいのがいるから、色々と聞いてみようと思う』

♂♀

夜　夏瓦邸《てい》

『どういう事か説明して貰おうか』

ズカズカと執務室《しつむしつ》に入り込んだセルティに、夏瓦白夜丸《なつがわらびやくやまる》は不敵な笑《え》みを浮かべて見せた。

「おやおや……もう成功報酬《ほうしゅう》は先日お支払いしたと思いますが？　ここに来るまでに執事《しつじ》やメイドやボディーガードがいた筈《はず》ですが、彼らはどうしたのでしょう？」

『……お前の探してたエロ画像《がぞう》を見つけたから届けに来たと言ったら、みんな通してくれた』

「うそぉ……」

即座《そくざ》に不敵な笑みを消し去って動揺《どうよう》した白夜丸に、セルティは勢い良くタブレットＰＣの画面とスマートフォンの文字列を見せつける。

『嘘《うそ》はついてないぞ。お前が箱根細工《はこねざいく》の中に隠《かく》したエロ画像二万枚は見つけたんだからな』

「あ、そうですか、それは割と本気でありがたいです。返して下さい」

『あと、メガロドンの歯の化石に隠してた結合ソフトもな』

「……」

そこで動揺を消し去り、再び不敵な笑みを浮かべる白夜丸。

「ほう……ということは、知ってしまったわけですな。我々の研究を」

『ああ。なるほど、確かにあれは、下手《へた》すれば塀《へい》の中に旅行だな。猥褻《わいせつ》画像の単純所持じゃ刑《けい》務所《むしょ》に入らなくても……一人の子供に対する、医療《いりょう》目的じゃないいくつもの人体実験なんて、普通に考えても虐待《ぎゃくたい》だろうよ』

八尋《やひろ》達が見たデータの中に書かれていたのは、ある特殊《とくしゅ》な事例の子供に様々《さまざま》な遺伝子《いでんし》操作《そうさ》や特殊薬物《やくぶつ》の投与《とうよ》を行い、人為《じんい》的に各種能力を引き上げようというものだった。

早い話が、子供の身体《からだ》をいじり回して超人《ちょうじん》を作り上げてしまえという実験である。

世界には多かれ少なかれそういう実験の例はあるが、そのデータの中に書かれていた実験の数々は、明らかに法で許される範囲を超えていると思われた。

八尋や久音《くおん》達は、そのデータが夏瓦家から流出したものだという事を知らない。

だが、セルティは知っている。

そこで、義憤《ぎふん》にかられた彼女が一言文句《もんく》を言おうと夏瓦家を訪れたのである。

データを突きつけられた白夜丸は、黒幕然《くろまくぜん》とした笑みを浮かべながら口を開いた。

「ふふふ……だとしたらどうするんですか？　そのデータには我々の企業名《きぎょうめい》やそれに連なる証拠《しょうこ》はありませんよ。エイプリルフール用の冗談《じょうだん》で作ったファイルだと言えばそれまでです」

『どうするもこうするも』

次の瞬間《しゅんかん》、パァン、パァンと小気味《こきみ》よい音が執務室の中に鳴り響《ひび》く。

「痛い!?　普通に凄《すご》く痛い！」

影で作った巨大《きょだい》な平手に張り倒された白夜丸は、涙目《なみだめ》になりながら黒幕らしさをゼロにして抗議《こうぎ》した。

「酷《ひど》いじゃないですか……！　別にその技術で殺人マシーンを作ったり、実験と称して村を一つ皆殺しにしたりしてるわけじゃないのに……」

『虐殺《ぎゃくさつ》しなけりゃいいってもんじゃない！　子供をこんな玩具《おもちゃ》にして……人の命をなんだと思ってるんだ！　お前、子供の夢の為《ため》に会社をやってるって言ったろう！』

「……ええ、言いましたよ。その気持ちに嘘《うそ》はありません」

『なんだと……？』

真剣な表情で言う白夜丸《びゃくやまる》に気圧《けお》され、息を呑《の》むセルティ。

一体どのような言葉が返ってくるのかと緊張《きんちょう》した彼女に、白夜丸は言った。

「……改造手術《しゅじゅつ》で特殊《とくしゅ》能力を得るって、割と男の子の夢じゃありません？」

『やっぱり森厳《しんげん》の親友だよ、お前は！』

首をギリギリと絞《し》め上げながら言うセルティに、白夜丸は彼女の腕をタップしながら呻《うめ》く。

「ま、待って下さい。それに、そのファイルの子は死んだわけじゃないです。命を玩具にはしてないです、信じて下さいトラストミーラブミーテンダーキリングミーソフトリー」

苦しんでいるのか余裕《よゆう》なのか解《わか》らない言葉を囁《ささや》きだした白夜丸を解放し、セルティは訝《いぶか》しげに尋《たず》ねた。

『じゃあ、その子は無事《ぶじ》なのか？　今どこに……』

「どこにも何も……ほら、ちょうど帰って来ましたよ？」

すると、階段の下から誰《だれ》かが駆《か》け上がってくる音が聞こえて来た。

——まさか……淡雪《あわゆき》ちゃん⁉

セルティが振り返ると同時に、執務室《しつむしつ》の扉《とびら》が開かれ——

♂♀

数時間前　埼玉《さいたま》県某所《ぼうしょ》　貸事務所

「やれやれ、煩《わずら》わしい連中《れんちゅう》が纏《まと》めていなくなって良かったよ。妙《みょう》な誤解《ごかい》も解けたろうし、ヘヴンスレイヴの残党《ざんとう》も粟楠会《あわくすかい》に売り渡したしな」

そんな事を言う四十万《しじま》に、ジャミが申《もう》し訳《わけ》なさそうに声をかけてきた。

「ごめんねー？　女の子を攫《さら》うとか疑っちゃって」

「気にしてないさ。俺《おれ》も必要があれば攫うだろうしな」

「うわあ最低！」

そんな事を言いながら、ジャミは手にしていた知恵の輪を何度もいじり回していた。

「うう、開かないよう」

「なんだお前、そういうの得意じゃなかったのか？」

「苦手《にがて》だよー？　学校の授業とか、記憶《きおく》したり計算したりは得意なんだけど……」

シュンと俯《うつむ》くジャミに、四十万《しじま》は首を傾《かし》げながら口を開く。

「この前ブルースクウェアの連中《れんちゅう》が持ってたカラクリ箱を簡単に開けてたろう」

「え？　あれはだって、何回も開けてるから」

「？」

「あれ、う、うちにあ、あるのか、か、一緒だ、だったからさ、さー。何度も開けてるからそりゃ馴《な》れるよー。でも、中身がデータカードっていうのも一緒《いっしょ》だったのはビックリした。みんな、箱根細工《はこねざいく》にはああいうの入れるのかなー？」

♂♀

現在　夏瓦邸《なつがわらてい》　執務室《しつむしつ》

「ただいま父《とう》さん！　……あ！　首無《くびな》しライダーさん!?」

長身の割に無邪気《むじゃき》な調子の言葉を吐いた褐色肌《かっしょくはだ》の少年を見て、セルティは首を傾《かし》げる。

『あ、ええと……はじめまして？』

「ああ、俺《おれ》は街でこの前見かけましたよー！　あと、妹の蛇《へび》を取り返してくれた時にも庭で見てました！　御挨拶《ごあいさつ》できて感激《かんげき》です！」

目を耀《かがや》かせる少年を見て、セルティは困ったように夏瓦に向き直った。

すると白夜丸《びゃくやまる》は、事もなげに答える。

「ああ、養子《ようし》のジャミです」

「夏瓦ジャミです！　宜《よろ》しくお願いします！」

『あ、どうも……』

ジャミから差し出された手を握り返すセルティの前で、白夜丸がサラリと告げる。

「で、この子がさっき言ってた、人体実験の子です」

『オイ⁉　本人の前で……』

「あれれ？　その話、しちゃったの父さん？　企業秘密《きぎょうひみつ》とか言ってなかったっけ？」

『普通に知ってるのか⁉』

衝撃《しょうげき》の連続で混乱するセルティに、白夜丸はあっさりと言い放った。

「もちろん。海外で適性のある子を見つけた所、困窮《こんきゅう》していた本当の御両親から実験台でもいいから使ってくれと頼まれましてね……。そこでありとあらゆる開発中の技術を試してみた所、全て成功！　健《すこ》やか過ぎるほど健やかな少年のできあがりというわけです。成績《せいせき》も優秀《ゆうしゅう》、運動神経《しんけい》もオリンピック級で、それが兄の雪彦《ゆきひこ》の嫉妬《しっと》を——……」

その後、養子になった経緯《けいい》や日本に来てからの話も散々聞かされたが、セルティは疲れ切って殆《ほとん》ど聞き流してしまっていた。

するど、憔悴《しょうすい》したセルティを見て白夜丸《びゃくやまる》が勝ち誇ったように言う。

「おやおやぁ？　これは『うっかり早とちりさん』と呼ぶべき事案《じあん》なんじゃありませ……痛い痛い痛い痛い！」

『普通に法律違反《ほうりついはん》してるって事は忘れるなよ？』

♂♀

数時間前　埼玉県某所《さいたまけんぼうしょ》　貸事務所

「でも、ごめんねー、義兄《にい》さんが変な事して話をややこしくしちゃって」

「まったくだ。そうか、さっき言ってたパズル……どういうわけか知らんが、ブルースクウェアのあいつが園原堂《そのはらどう》から買ってたんだな」

実際はただで貰《もら》ったものだが、そうとは知らぬまま四十万《しじま》は淡々《たんたん》と語り続ける。

「それで、お前の兄貴《あにき》はどうしてるんだ？」

「うーん。なんか凄《すご》く怖《こわ》い目にあったみたいで、部屋に引きこもっちゃってるよ？　時々『俺《おれ》は矮小《わいしょう》な存在です取るに足らないゴミですゴメンなさいゴメンなさいゴメンなさい』って泣き声が聞こえてくるけど、妹も母《かあ》さんも『とにかく生きて戻って来てくれて良かった』って大喜びだよ」

「……やっぱりお前の家族どこかおかしいぞ。……しかしまあ、お前の事を囮《おとり》にしたからな。俺の事を知ったら家族も怒り狂うだろうよ」

企業《きぎょう》工作員達を確実に誘《おび》き寄せる為《ため》、セルティを呼びつけたショッピングモールにジャミを向かわせ、わざと監視者《かんししゃ》達に顔を見せたのだ。

夏瓦家《なつがわらけ》の次男《じなん》が、首無《くびな》しライダーと接触《せっしょく》していると思い込ませる為に。

「四十万さんこそ、自分の家族が作ってる所で銃撃戦《じゅうげきせん》やらせるなんておかしいよ」

「俺はおかしいんじゃない。クズなだけだ」

「変なの。……ああ、でも、父《とう》さんは別に怒らないと思うよ？」

「どうしてだ？」

気になって尋《たず》ねた四十万に、ジャミは無邪気《むじゃき》な笑《え》みを浮かべながら言った。

「父さん、最初っからあの人達を潰《つぶ》す予定だったみたいだし。予定がちょっと早くなっただけだよ！」

♂♀

現在　夏瓦邸《なつがわらてい》

『お前にはもう一つ言いたい事があるぞ』

ジャミが自分の部屋に戻っていったのを確認《かくにん》した後、セルティはビシリと指を突きつける。

『お前……あの企業《きぎょう》工作員達に、私の「影」こそが夏瓦グループの新技術だという偽《にせ》情報を流したな？』

罪歌《さいか》に操《あやつ》られたオルカの情報なので、嘘《うそ》という事はないだろう。

すると白夜丸《びゃくやまる》は、再び不遜《ふそん》な笑《え》みを浮かべて執務室《しつむしつ》の椅子《いす》を軋《きし》ませた。

「おやおや、その事実にまで辿《たど》り着くとは、私は少々貴女《あなた》を侮《あなど》っていたようですね」

『息子《むすこ》を探させるというのは方便《ほうべん》で、実際は私を使って奴《やつ》らを掃除《そうじ》する計画だったわけだ』

「お陰様で、我が家の周りを彷徨《うろつ》いていた敵対組織《そしき》の残党《ざんとう》を一網打尽《いちもうだじん》にする事ができました。

やはり、以前一度敵対していただけに、運び屋さんは良い囮《おとり》になって下さったというわけです。

まあ正直、ショッピングモールで銃撃戦《じゅうげきせん》とかそこまで派手《はで》にして欲しくなかったなという思いは割と強くありますが。あれ、四十万《しじま》グループからも私が仕組んだと疑われてて辛《つら》いです」

最後だけ少し弱気になったが、いけしゃあしゃあと言い放つ白夜丸。

「くくく……どうですかな。森厳《しんげん》の言う事を鵜呑《うの》みにするような男に手玉《てだま》に取られた御感想は」

『うん……まあ、だが、何故《なぜ》それを今わざわざ私の前で言った？　「偽情報を流したのは第三者だ、私は知らぬ存ぜぬ」で押し通せる所だったんじゃないか？』

「いやあ、このままじゃ私は貴女にただのバカだと思われて終わりなので、それは悔《くや》しいなと思ったので。いやあー、手玉に取るの簡単でしたねぇー。伝説《でんせつ》の首無《くびな》しライダー」

あっけらかんと言い放つ白夜丸に、セルティが静かに一歩近づいた。

『なるほど。一応聞いておくが、森厳は他に私についてどんなことを言ってた？』

「そうですね……『下手《へた》に怒らせると凄《すご》く怖《こわ》い』とか……あ、あれ、おかしいですね。貴女の背後に黒い不動明王《ふどうみようおう》みたいなのが浮いて見えますよハハハ」

『私が今影で作ってるからな』

そのまま影の不動明王を無数の黒い触手《しよくしゆ》へと変化させ、ジリジリと躙《にじ》り寄る。

『そっちの評価《ひようか》の方を鵜呑みにしておくべきだったな』

ジワリジワリと迫る恐怖《きようふ》を前に、白夜丸が本気で悲鳴をあげかけたその時、執務室《しつむしつ》の扉《とびら》が勢い良く開かれた。

瞬時《しゆんじ》に影明王を消したセルティが振り返ると、そこには息を弾《はず》ませた淡雪《あわゆき》が立っている。

「運び屋さん！　ジャミ兄様《にいさま》からここにいると伺《うかが》いました……！　この度《たび》は、雪彦《ゆきひこ》お兄様を助けて下さって、本当にありがとうございます！」

『あ、ああ。いいんだ。まあ、正確には私が助けたわけじゃないというかなんというか』

ペコリペコリと何度も頭を下げる淡雪《あわゆき》に対してしどろもどろになるセルティ。

それを見て、白夜丸《びゃくやまる》がチャンスとばかりに娘《むすめ》に言った。

「ああ、淡雪！　丁度《ちょうど》良かった。雪彦《ゆきひこ》が無事《ぶじ》に戻った記念に、今日《きょう》は朝まで父《とう》さんとパジャマパーティーをしようじゃないか！　具体的にはそう、運び屋さんが飽きて帰るまで」

「パジャマパーティー？　何をするんですか？　御父様《おとうさま》」

するとセルティが、淡雪だけに見える形でスマートフォンを見せた。

『大人《おとな》にならないと見ちゃいけない、怖《こわ》い怪物《かいぶつ》やオバケが沢山《たくさん》出てくるビデオを見るらしいぞ』

「ひうっ……。わ、私は眠いので寝ます！　おやすみなさい、運び屋さん！　御父様！」

先日父親に脅《おど》された言葉を思い出したのか、セルティにもう一度ペコリと頭を下げると、パタパタと寝室に向かって走って行く淡雪。

「ぬあぁ⁉　娘に何を吹き込んだ⁉　おのれ、幼い子供を怖がらせるとは、それが大人のやることぐぬわぶぶぶ」

『お前が言うな！』

天井《てんじょう》から影で白夜丸を吊《つ》り下げ、下から影の槍《やり》を突き上げて脅しをかけるセルティ。

『何か言い残す事はあるか？』

「待って下さい！　そうだ、お金……迷惑料《めいわくりょう》をきちんとお支払いしますから！」

『……どのぐらいだ？』

そこで一旦《いったん》影の槍を引っ込めると、白夜丸は自由になっていた右手の人差し指を立てた。

「そうですね……。ジャミの研究データの口止めの件も含めて、まあ、これぐらいで」

――十万円か。

基本報酬《ほうしゅう》も合わせれば悪く無い数字だったが、下手《へた》すれば発信器で家を探されて新羅《しんら》にまで迷惑がかかっていたかもしれない事を考えると、セルティの中で僅《わず》かな苛立《いらだ》ちが湧《わ》き起こった。

『いいや、これぐらい貰《もら》おうか』

三本指を立てたセルティに、白夜丸はムムムと唸《うな》っていたが、やがて諦《あきら》めたように項垂《うなだ》れた。

「解《わか》りました……貴女《あなた》は中々に商売上手《じょうず》ですね、運び屋さん」

♂♀

翌日　新羅のマンション
『とまあ、夕べはそんな事があってな』

セルティの説明を聞いた新羅《しんら》は、へえ、と感心しながらネット銀行のHPにアクセスする。

「そっか、何を口止めされたのかは知らないし僕も聞かないでおくけど、日本有数のお金持ちをやりこめたなんて中々に爽快《そうかい》だね」

『いや……結局脅《おど》したようなものだし、爽快に感じるのはどうかと思うぞ……』

やはり自分も新羅も精神的にブラックなのかもしれないと思いつつ、セルティは心中《しんちゅう》で小さく溜息《ためいき》を吐いた。

——私も新羅も、世間《せけん》から見たらとんでもない悪党《あくとう》だろうな。

しかし、例え悪徳《あくとく》の道であろうと、新羅と同じ道を歩むと考えると、それはそれで構わないとも思い始めた。

お互いに世間からズレながらも、共に歩むものが居ればそれでいいのではないだろうか。

だが、できる事なら世間に迷惑《めいわく》は掛けずに生きていきたいものだ。

そんな事を考えながら、セルティはふと三人の学生達の事を考える。

——あの子達がもしもこっちの道に入りかけたら、私はなんとか押し戻してあげるような存在になろう。帝人《みかど》君を押し戻そうとした赤林《あかばやし》さんみたいに。

セルティはそこでふと、彼らが話していた『倉庫《そうこ》の片付けで貰《もら》った物』について思い出した。

そして、気になって杏里《あんり》にメールをしてみる。

【もしかしたら、姫香《ひめか》ちゃんの万年筆《まんねんひつ》にも何か仕込んであったんじゃないの?】

すると、返事は単純なものだった。

【いいえ、あれは、元から私が仕入れたものですよ】

——なんだ、そうか。

——流石《さすが》に変な偶然《ぐうぜん》はなかったか。

安堵《あんど》しかけたセルティは、杏里からのメールに続きの文章がある事に気付く。

【あれは、鯨木《くじらぎ》さんに売って頂《いただ》いた万年筆で、彼女がサービスとして、何処《どこ》かの島の埋蔵金《まいぞうきん》の地図をペンの中に隠《かく》しておいたそうです】

——ちょっと待て⁉　なんだそれ⁉

——杏里ちゃんも、なんでそんなのあっさりプレゼントしてるの⁉

やはり自分の周りにいる大人《おとな》はどこかおかしい人間が多いのかもしれない。

杏里ちゃんもすっかり大人になってしまったんだなあと考えていたセルティだが、ふと、新羅がパソコンの前で固まっている事に気が付いた。

『どうした？　新羅』

「ねえセルティ。夏瓦《なつがわら》さんのダミー会社から入金あったけど、なんか数字がおかしいよ？」

『何？』

——あいつまさか、指三本で300円でしたというオチを⁉

だとするならば今からでも埼玉《さいたま》に行って殴《なぐ》り倒さねばと思いつつ、セルティは新羅のパソコンを覗《のぞ》いてネット銀行の帳簿《ちょうぼ》を見る。

するとそこには、入金：¥30，000，000と書かれていた。

『なんだ、ちゃんと三十万じゃないかかかかっっかかっlj っkpk』

途中《とちゅう》でケタの多さに気付き、文字を打つ手が震えるセルティ。

「さ……三千万円入ってるんだけど……セルティ……一体どんな脅《おど》し方したの？」


その後、畳《たた》みかけるようにセルティのスマートフォンにメールの着信音《ちゃくしんおん》が鳴り響《ひび》く。

久音《くおん》からのメールには『マジぱねえっす！　姫香《ひめか》ちゃんの万年筆《まんねんひつ》の中から、宝の地図っぽいのが出て来て！　江《え》ノ島《しま》の沖《おき》にあるらしいんすけど、行くっきゃないでしょこれ！』と書かれており——セルティは、どう足掻《あが》いても自分は、どこか少しズレた非日常から逃《のが》れられない運《うん》命《めい》なのかもしれないと考えた。


そして彼女はその後、手にした大金で船を買って、八尋《やひろ》や静雄《しずお》達と共に夏休みに江ノ島近海で宝探しをする事となるのだが——それはまた、別の話。

セルティには、わざわざ海に乗り出さずとも——池袋《いけぶくろ》の街で繰り広げられる『少しズレた冒《ぼう》険《けん》』が、この先いくつも待ち受けているのだから。

新羅《しんら》という、彼女の世界を狂わせた最高の相棒《あいぼう》と歩む物語が。

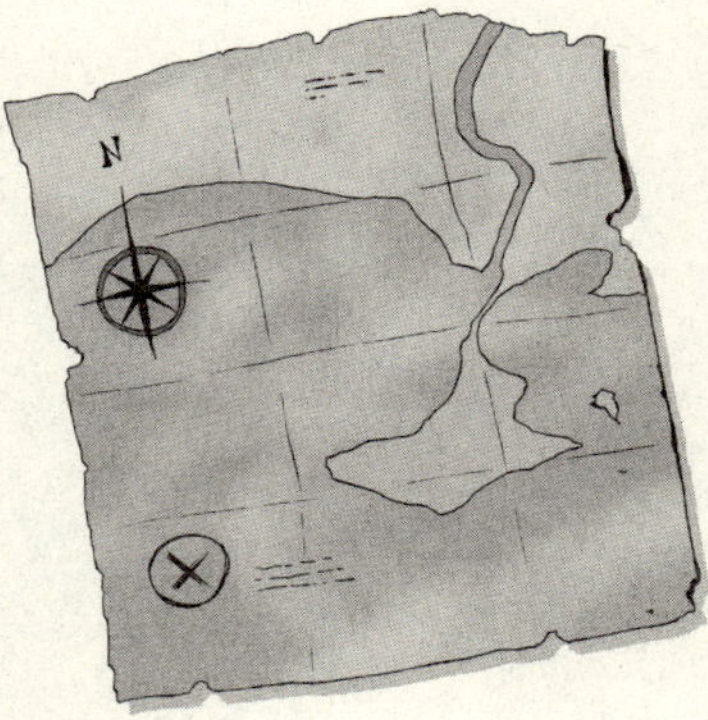

あとがき

どうも、お疲れ様です、成田です。

というわけで今回は『SH』前の『デュラララ!!』時代の4巻や7巻のようなノリで描かれたコメディタッチの回でしたが、杏里や葛原金之助など久々に登場するキャラもおり、書く際に些か緊張しておりました。

特にあれだけデュラ時代にセルティを引っかき回したあのラスボス系キャラは、私も『SH』で再登場するとは欠片も思っていなかったのですが——アニメシリーズの脚本などを見ていて、一度は理性のしっかりした状態でのセルティとの対話を描いておくべきだったかなあと思いつつ思い切って出してみた流れとなります。『よくも顔を出せたな!?』というセルティの叫び（セルティの場合は文字ですが）は、同時に私が書きながら思わず口にした言葉でもあります。

とりあえず『SH』では3巻、4巻のように1巻で終わる日常系の事件を今後もちょくちょく書いていければよいなという事で、今後も池袋の日常をお楽しみ頂ければ幸いです！

さて、今回の『デュラララ!!』は、お気づきになられた方もいるかもしれませんが、いつもと少し違う書き方をしております。実は私、去年の秋頃から『アナフィラクトイド紫斑病』という病気と、それに伴う軽い腎炎を患っておりました。そんなに大ごとな病気ではないのですが、治療そのものは『悪化させないようにしながら自然治癒を待つ』というものだそうでして。

皮膚科の先生「自然に治るまで、できる限り安静にしていて下さい」

私「大丈夫です！　私は座り仕事が基本ですから！」

皮膚科の先生「いえ、ですから安静にしていて下さい」

私「えッ!?」

という感じで、座るのは安静の範疇ではなく、足を高くして寝る＝安静との事で——自宅のベッドでひたすら横になる生活が数ヶ月続いておりました。

心も体も元気なのに寝続けるというのも中々大変だという事で、寝ながらずっと某スマートフォンの某アプリで小説を書いたりしていました。

というわけで、この本も大半がスマートフォン用アプリ（宣伝と思われると嫌なので、何のアプリかは具体的には伏せます）で執筆した形となります。もちろん最後はきっちりパソコンでブラッシュアップしているので、文章などのクオリティに影響はない……筈です！（スマホで書いた方がまともな文章だねと言われたらどうしようという不安も無くはないですが……）

最近やっと快方に向かってきたので座り仕事などもＯＫになったのですが、スマホで小説を書くというのは初めての経験だなあと思い、同時に『……意外と書けるな』と驚いたりした去年の後半でした。

とはいえ、流石に座り仕事よりは執筆が遅いので色々と仕事のスケジュールを組み直したりする事となり、この『ＳＨ』４巻も含めて様々な遅れが出てしまった形となります。

楽しみにしていた読者の方々がいらっしゃいましたら、お待たせしてしまって本当に申し訳ありませんでした。

とはいえ、一度書くのに慣れてしまうと割と書けてしまうもので、座り仕事がＯＫになった現在でも夜ベッドに入ってからスマートフォンで執筆する事もあり、今後は昼夜問わずに執筆できるなとほくそ笑んだりしています。

そういえば、安静期間の間は、新羅の妹が初登場となるアニメＢＤ＆ＤＶＤの特典短編などもスマートフォンで執筆していたのですが――

そう……アニメです。

18ヶ月連続で特典小説の〆切が来るというこの状況の中、いよいよアニメシリーズ『デュラララ!!×２』も、最後の１クール！　『結』の放映が開始されました！

最終回のアフレコも見学させて頂いたのですが、思わず涙ぐむ程キャストの皆さんの演技が素晴らしく、「ああ、いよいよ『デュラララ!!』が終わるんだなあ」と感慨深い気持ちになりました。

大森監督を初めとするアニメスタッフの皆さんに感謝しつつ、この『デュラララ!!』という物語を一視聴者として最初から最後まで楽しめた事が本当に嬉しかったです。

『デュラララ!!』の世界観自体は、今後もこの『ＳＨ』シリーズと、スピンオフである『折原臨也と～』シリーズで続いていくわけですが、読者の皆さんも、アニメとして生まれ変わった『デュラララ!!』という物語を最後までお楽しみ頂ければ幸いです！

そして更なるメディアミックスの話になりますが、この本と同じ2月10日に、『デュラララ!! Re:ダラーズ編』の最新巻と、コミック版『バッカーノ！』第1巻が、ともにスクウェア・エニックスさんから発売中となっております！

どうぞ『デュラララ!!』、『バッカーノ！』の小説と合わせてお楽しみ頂ければ幸いです！

最後に、御礼関係となります、

アニメの大切な時期に変な病気になってしまい、刊行スケジュールなどでご迷惑をおかけしてしまった担当の和田《ばびお》さん、並びに出版関係の皆さん。

『デュラララ!!』のアニメや漫画、グッズ等、様々な媒体でメディアミックス作品を作り上げて下さっている漫画家さん、スタッフさん、キャストの皆さん。

いつもお世話になっております家族、友人、作家さん並びにイラストレーターの皆さん。

今回の杏里などを筆頭に、昔からのキャラでも描く度に新たな魅力を引き出して小説に彩りを与えて下さるヤスダスズヒトさん。

そして何より、この『SH』の新刊を手にとって下さった読者の皆さんへ。

本当にありがとうございました！　今後とも宜しくお願いします！

『寝ながらスマートフォンのゲームを弄りつつ』２０１５年１月

成田良悟

◉成田良悟著作リスト

「バッカーノ！ The Rolling Bootlegs」（電撃文庫）
「バッカーノ！1931 鈍行編 The Grand Punk Railroad」（同）

「バッカーノ！1931 特急編 The Grand Punk Railroad」（同）
「バッカーノ！1932 Drug & The Dominos」（同）
「バッカーノ！2001 The Children Of Bottle」（同）
「バッカーノ！1933〈上〉THE SLASH ～クモリノチアメ～」（同）
「バッカーノ！1933〈下〉THE SLASH ～チノアメハ、ハレ～」（同）
「バッカーノ！1934 獄中編 Alice In Jails」（同）
「バッカーノ！1934 娑婆編 Alice In Jails」（同）
「バッカーノ！1934 完結編 Peter Pan In Chains」（同）
「バッカーノ！1705 The Ironic Light Orchestra」（同）
「バッカーノ！2002【A side】Bullet Garden」（同）
「バッカーノ！2002【B side】Blood Sabbath」（同）
「バッカーノ！1931 臨時急行編 Another Junk Railroad」（同）
「バッカーノ！1710 Crack Flag」（同）
「バッカーノ！1932-Summer man in the killer」（同）
「バッカーノ！1711 Whitesmile」（同）
「バッカーノ！1935-A Deep Marble」（同）
「バッカーノ！1935-B Dr. Feelgreed」（同）
「バッカーノ！1931-Winter the time of the oasis」（同）

「バッカーノ！1935-C The Grateful Bet」（同）
「バウワウ！ Two Dog Night」（同）
「Mew Mew！ Crazy Cat's Night」（同）
「がるぐる！〈上〉 Dancing Beast Night」（同）
「がるぐる！〈下〉 Dancing Beast Night」（同）
「5656！ Knights' Strange Night」（同）
「デュラララ!!」（同）
「デュラララ!!×2」（同）
「デュラララ!!×3」（同）
「デュラララ!!×4」（同）
「デュラララ!!×5」（同）
「デュラララ!!×6」（同）
「デュラララ!!×7」（同）
「デュラララ!!×8」（同）
「デュラララ!!×9」（同）
「デュラララ!!×10」（同）
「デュラララ!!×11」（同）
「デュラララ!!×12」（同）

「デュラララ!!×13」(同)
「デュラララ!! 外伝!?」(同)
「デュラララ!!SH」(同)
「デュラララ!!SH×2」(同)
「デュラララ!!SH×3」(同)
「デュラララ!!SH×4」(同)
「折原臨也と、夕焼けを」(同)
「ヴぁんぷ!」(同)
「ヴぁんぷ!Ⅱ」(同)
「ヴぁんぷ!Ⅲ」(同)
「ヴぁんぷ!Ⅳ」(同)
「ヴぁんぷ!Ⅴ」(同)
「世界の中心、針山さん」(同)
「世界の中心、針山さん②」(同)
「世界の中心、針山さん③」(同)
「Fate/strange Fake ①」(同)
「Fate/strange Fake ②」(同)
「オツベルと笑う水曜日」(メディアワークス文庫)

本書に対するご意見、ご感想をお寄せください。

電撃文庫公式ホームページ 読者アンケートフォーム
http://dengekibunko.jp/
※メニューの「読者アンケート」よりお進みください。

ファンレターあて先
〒 102-8584　東京都千代田区富士見 1-8-19
アスキー・メディアワークス電撃文庫編集部
「成田良悟先生」係
「ヤスダスズヒト先生」係

本書は書き下ろしです。

電撃文庫

デュラララ!!SH×4

成田良悟《なりたりょうご》

発　行　　2016年2月10日　初版発行

発行者　塚田正晃
発行所　株式会社KADOKAWA
〒102-8177　東京都千代田区富士見2-13-3
プロデュース　アスキー・メディアワークス
〒102-8584　東京都千代田区富士見1-8-19
03-5216-8399（編集）
03-3238-1854（営業）
装丁者　荻窪裕司（META＋MANIERA）
印刷・製本　加藤製版印刷株式会社

ISBN978-4-04-865666-5　C0193　Printed in Japan

電撃文庫　http://dengekibunko.jp/
株式会社 KADOKAWA　http://www.kadokawa.co.jp/

電撃文庫創刊に際して

文庫は、我が国にとどまらず、世界の書籍の流れのなかで〝小さな巨人〟としての地位を築いてきた。古今東西の名著を、廉価で手に入りやすい形で提供してきたからこそ、人は文庫を自分の師として、また青春の想い出として、語りついできたのである。

その源を、文化的にはドイツのレクラム文庫に求めるにせよ、規模の上でイギリスのペンギンブックスに求めるにせよ、いま文庫は知識人の層の多様化に従って、ますますその意義を大きくしていると言ってよい。

文庫出版の意味するものは、激動の現代のみならず将来にわたって、大きくなることはあっても、小さくなることはないだろう。

「電撃文庫」は、そのように多様化した対象に応え、歴史に耐えうる作品を収録するのはもちろん、新しい世紀を迎えるにあたって、既成の枠をこえる新鮮で強烈なアイ・オープナーたりたい。

その特異さ故に、この存在は、かつて文庫がはじめて出版世界に登場したときと、同じ戸惑いを読書人に与えるかもしれない。

しかし、〈Changing Times,Changing Publishing〉時代は変わって、出版も変わる。時を重ねるなかで、精神の糧として、心の一隅を占めるものとして、次なる文化の担い手の若者たちに確かな評価を得られると信じて、ここに「電撃文庫」を出版する。

1993年6月10日
角川歴彦

電撃文庫

デュラララ!!×6
成田良悟
イラスト／ヤスダスズヒト

臨也に嵌められ街を逃走しまくる静雄。自分の立ち位置を考えさせられる帝人。何も知らずに家出少女を連れ歩く杏里。そして首なし《デュラハン》ライダーが救うのは——。

な-9-31　1795

デュラララ!!×7
成田良悟
イラスト／ヤスダスズヒト

池袋の休日はまだ終わらない。臨也が何者かに刺された翌日、池袋にはまだかき回された事件の傷痕が生々しく残っていた。だが安心しきりの首なし《デュラハン》ライダーは——。

な-9-33　1881

デュラララ!!×8
成田良悟
イラスト／ヤスダスズヒト

孤独な戦いに身を溺れさせる帝人の陰で、杏里や正臣もそれぞれの思惑で動き始める。その裏側では大人達が別の事件を引き起こし、狭間で首なし《デュラハン》ライダーは——。

な-9-35　1959

デュラララ!!×9
成田良悟
イラスト／ヤスダスズヒト

少年達が思いを巡らす裏で、臨也の許に一つの依頼が舞い込んだ。複数の組織に狙われつつ、不敵に嗤う情報屋が手にした真実とは。そして、その時首なし《デュラハン》ライダーは——

な-9-37　2080

デュラララ!!×10
成田良悟
イラスト／ヤスダスズヒト

紀田正臣の帰還と同時に、街からダラーズに関わる者達が消えていく。粟楠会、闇ブローカー、情報屋。大人達の謀略が渦巻く中、首なし《デュラハン》ライダーと少年達が取る道は——。

な-9-39　2174

電撃文庫

デュラララ!!SH×2
成田良悟
イラスト／ヤスダスズヒト

失踪事件を追う少年達と首無しライダー。街がざわめく中、ついには粟楠会の幹部や八尋の仲間まで姿を消していく。非日常を求めて再び動き出した池袋の行方は——。

な-9-50 2821

デュラララ!!SH×3
成田良悟
イラスト／ヤスダスズヒト

池袋の街で起こる連続傷害事件。その犯人は——池袋を舞台にしたアニメのキャラクター!? そして、遊馬崎と狩沢に『犯人捜し』を依頼された八尋達は——。

な-9-51 2869

デュラララ!!SH×4
成田良悟
イラスト／ヤスダスズヒト

杏里が店主となった園原堂が荒らされた。疑わしいのは直前に罪歌を求めて接触してきたとある人物。同じ頃、セルティにも再び運び屋としての仕事が依頼され——。

な-9-55 3047

折原臨也と、夕焼けを
成田良悟
イラスト／ヤスダスズヒト

地方都市に現れたとある情報屋。彼がする事はただ情報を流し、誰かの背中を押す事のみ。事件を解決しているのか、かき回しているのか？ その男の名は——!?

な-9-54 2956

超飽和セカンドブレイヴズ —勇者失格の少年—
物草純平
イラスト／こちも

人類に非ざるはずの低「勇者値」の少年が出会ったのは、憧れの「A級勇者」の少女で——これは、勇者不在の時代に真の「勇者」を目指す二人の物語——。

も-2-7 3068

好評発売中! イラストで魅せるバカ騒《バッカーノ》ぎ!

エナミカツミ画集

『バッカーノ!』

体裁:A4変型・ハードカバー・112ページ

人気イラストレーター・エナミカツミの、待望の初画集がついに登場!
『バッカーノ!』のイラストはもちろんその他の文庫、ゲームのイラストまでを多数掲載!
そしてエナミカツミ&成田良悟ダブル描き下ろしも収録の永久保存版!

注目のコンテンツはこちら!

BACCANO!

『バッカーノ!』シリーズのイラストを大ボリューム特別掲載。

ETCETERA

『ヴぁんぷ!』をはじめ、電撃文庫の人気タイトルイラスト。

ANOTHER NOVELS

ゲームやその他文庫など、幅広い活躍の一部を収録。

名作劇場 ばっかーの!
『チェスワフぼうやと(ビルの)森の仲間達』

豪華描きおろしで贈る『バッカーノ!』のスペシャル絵本!

電撃の単行本